薄荷实验
Think As The Natives

Henrietta Schmerler and the Murder that Put Anthropology on Trial

〔美〕吉尔·施梅勒 著

黄若婷 译

Gil Schmerler

# 亨丽埃塔与那场将人类学送上审判席的谋杀案

华东师范大学出版社

·上海·

**图书在版编目（CIP）数据**

亨丽埃塔与那场将人类学送上审判席的谋杀案 /（美）吉尔·施梅勒著；黄若婷译．—上海：华东师范大学出版社，2022
ISBN 978-7-5760-2778-5

Ⅰ.①亨… Ⅱ.①吉… ②黄… Ⅲ.①纪实文学—美国—现代 Ⅳ.① I712.55

中国版本图书馆 CIP 数据核字（2022）第 071474 号



亨丽埃塔与那场将人类学送上审判席的谋杀案

**著　　者**　［美］吉尔·施梅勒
**译　　者**　黄若婷
**责任编辑**　顾晓清
**审读编辑**　郑絮文
**责任校对**　邱红穗
**装帧设计**　周伟伟

**出版发行**　华东师范大学出版社
**社　　址**　上海市中山北路 3663 号　邮编　200062
**客服电话**　021－62865537
**网　　店**　http://hdsdcbs.tmall.com/

**印 刷 者**　苏州工业园区美柯乐制版印务有限公司
**开　　本**　890×1240　32 开
**印　　张**　10.5
**字　　数**　231 千字
**版　　次**　2023 年 3 月第 1 版
**印　　次**　2023 年 3 月第 1 次
**书　　号**　ISBN 978-7-5760-2778-5
**定　　价**　79.80 元

**出 版 人**　王　焰

（如发现本版图书有印订质量问题，请寄回本社市场部调换或电话 021-62865537 联系）

# 目　录

# 致　谢

这本书从调查到最终写作完成，花了将近三十年的光景，在这期间我们接受了数不清的帮助，也亏欠了许多人情，要感谢的人可能有几十甚至上百位，包括所有不厌其烦地、在不同程度上阅读过各种修改版本的朋友。感谢作品经纪人带给我们的巨大启发（当然，他有时也会让我们感到意志消沉）；感谢那些把自家房子或小屋借给我当作写作空间的朋友，我经常霸占他们的房子长达几天甚至一个星期。很多年事已高的亲戚竭尽全力回忆亨丽埃塔在前往印第安保留地之前的生活故事，为我们描绘她的生平提供材料。阿帕奇的印第安伙伴们则帮助我们重塑亨丽埃塔当年在保留地度过的岁月，尽管他们其中一些人不免觉得我们就是一帮过着与他们截然不同的生活的东部人，现在却要再来盗取阿帕奇的历史。我还想感谢每一位对我的研究和写作表现出极大关注和兴趣的朋友，你们的关注赋予我源源不断的动力和热情，它们对我的影响程度可能早就超乎了你们的想象。

以下几位是我一定要点名诚心表示感谢的人们，他们为这个项目提供了关键性的帮助，也起到了不可估量的推动作用：

伊芙琳·卡曼尼茨（Evelyn Kamanitz）——最初也是最重要的陪伴者！她是这个项目的发起人之一，也是整个研究和写作过程的核心人物，我们互为伙伴，并肩走完了全程。出于她本人的意愿，她的名字并没有作为共同作者出现，但这本书也是她的作品。书中凡是出现以“我们”作为第一人称的地方，皆指的是我与我的姐姐伊芙琳，这是属于我们俩的冒险旅程——一起拜访博物馆、一起在档案馆里查找资料，尤其是一起前往怀特山保留地，那些丰富经历如今都跃然纸上，成为细致而真切的回忆。

高登·普拉德尔（Gorden Pradl）虽然是在这本书的写作末期才加入这个项目的，但他对项目最终得以完成却起到不可或缺的作用，他的重要程度与他参与的时间长短成反比。（实际上，我觉得我现在是在为自己开脱，为今年仍旧无法完成此书而找借口……）在写作的后期，我几乎是完全依赖他那敏锐的编辑眼光和组稿技巧来帮助我安排章节和梳理结构。

2012年夏天，保罗·莱维（Paul Levy）与我一起度过了一周的时间，当时他也正在为写作和出版自己的书忙碌着，我们约定互帮互助。尽管在碰面之前他已经完成了他自己的书，但他仍以巧妙而精彩的写作语言和成功的自出版经历给我带来了许多实质性的启迪，因为有他的作品作为参照，我重新思索了此书作为一个整体的存在。

伊丽莎白·西格尔（Elizabeth Segal）早在参加本书的校对工作之前就已经被亨丽埃塔的故事所深深吸引了。她将自己的体悟与情感融合进编校过程中，她的工作让本书的内容更加合理、结构更加紧凑，各位读者即将在阅读的过程中感受到她的成果。

安妮·阿特金森（Anne Atkinson）也是我在这个项目上的伙伴，每当我需要获取一些批判性的视角时，她总是将她的法务工作先放一边，全力帮助我呈现最佳的写作表达，她比我更理解为什么只要这个项目还没有结束，我们的生活就不可能拥有绝对的宁静与解脱。

我们花了两年的时间试图通过法律途径从FBI那里获取关于亨丽埃塔案件的档案材料，欧文·内森（Irv Nathan）作为我的法律顾问和辩护律师，陪我走过了这个极尽艰难险阻的过程，我们的努力和结果在这个法律领域留下了先例，欧文出色的法律事业也因此获得了发展的前景！

还有我们的弟弟威利·施梅勒（Willie Schmerler），他在项目过程中多次介入帮忙，尤其是庭审过程中的很多事情，都多亏了他劳心劳力。威利还时常为项目提供不可或缺的意见，并悉心保存相关的手稿和文件。

还有很多人和事需要提及并表达谢意，如果只是简单将他们的名字罗列出来，会让我产生轻怠他们的愧疚感，因为他们每个人对此书的贡献都是独特且无与伦比的，但这里还是想要提及对詹妮弗·罗宾森（Jennifer Robinson）、拉里·卡曼尼茨（Larry Kamanitz）、大卫·波特（David Potter）、希尔德·韦泽特（Hilde Weisert）、霍普·奥基夫（Hope O'Keeffe）、瑞玛·肖尔（Rima Shore）、迪克·米克尔（Dik Mickle）、尼基·哈里斯（Niki Harris）的感谢，未能列出的人还有很多，在此均向他们表示谢意。

当然，如果没有我们的父亲山姆·施梅勒（Sam Schmerler）

的话，恐怕也就不会有这本书了。他是本书主角亨丽埃塔·施梅勒的弟弟，他真真切切地经历过施梅勒一家失去亨丽埃塔的悲痛，他也陪伴我度过了本书大部分的写作历程，但遗憾的是，他最终还是没能亲眼见到这本书的完成与出版。这本书也是献给他的。

# 引　子　在贝莱家中的探索之旅

你艰难地穿越杂草丛生的庭院，把横生在面前枯萎已久的植物挪到一旁，试图开辟出一条通往门口的小路。一番努力后，你终于踏上那门廊，这时只要转个身，映入眼帘的就是曼哈顿下城宏伟醉人的景象，世贸中心的双子塔沐浴在阳光中，反射着水波一样粼粼的闪光。这高度使你本能地抓紧身边的栏杆，蜘蛛网迅速缠绕住你的手指和衣袖。

你终于进到了屋里。最恼人的事莫过于屋里那堵塞已久的排水池——无数碎物漂浮在棕绿色的污水上。你小心翼翼地打开厨房的橱柜，里面是几个深褐色的纸袋，几条肮脏的抹布，一堆塑料包装纸，还有一堆毫无用处的厨房用品挤占了每一寸空间。你若是不小心触碰到其中的什么东西，这一堆物件必然像瀑布一样倾泻而下。奇怪的是，橱柜竟然没有蛀虫咬蚀过的痕迹。

房主贝莱·梅勒在这套公寓居住的时间还不满六周。1985年4月1日，她从纽约地铁站里的楼梯上不慎跌下，两天后因为脑部出血不治离世，享年87岁。为了节省花费，贝莱生前出行从来都只乘坐地铁，从来不搭乘出租车，只有当一些善心的机构愿意派车来接送她的情况下，她才会心甘情愿地坐进车里。她过世后留下的450万美元遗产都悉数捐赠给了以色列的哈依姆·魏茨曼机构。

贝莱·梅勒是我父亲的姐姐。她是个失眠症患者，所以她总是在白天睡觉。每次我们前往拜访总是只能选在傍晚时分抵达她的阁楼式公寓，这可能也解释了为什么在我的童年印象中，贝莱姑妈的住处总是充斥着怪诞、阴暗、死气沉沉的氛围。贝莱在曼哈顿和大西洋城坐拥多处房产，但在我们的童年时期，她是那种会将小孩玩具、麦片包装盒和缎带当作礼物送给我们的人。

在她去世之前的25年前，大约是因为一些微不足道的事情，贝莱姑妈断绝了与所有家人的联系。我父亲不愿意接受这样的现实，孜孜不倦地给贝莱姑妈写信和留言，直到有一天他才终于幡然醒悟，贝莱姑妈是如此的意志坚决，她从未给予我父亲任何回复。1973年，贝莱的丈夫欧文·梅勒离世。欧文生前偶尔会和他的侄子一起共进午餐，欧文离世后，这位侄子来到贝莱的住处，想要告诉她这个不幸的消息，但却无法入内，只能对着紧闭的大门高喊，这时贝莱的声音从屋内传来："不要告诉任何人！我会处理。"二十几年来，贝莱孤身一人过着极度隔绝和疏离的生活。据她的邻居们回忆，她每天都穿同样的衣服，她也只在晚上出门搭乘交通工具，皮夹里永远装着数额为三位数的不记名债券。从来没有人进过她的公寓，自从她家里的洗手间冲水系统出现故障以后，她每晚都必须从外面提一桶水回家。

1985年，贝莱的死讯传来，伊芙琳催促我们的父亲山姆·施梅勒前往贝莱姑妈的公寓进行探索发现。他起初并不情愿，害怕会遇到什么令人"毛骨悚然"的事情，但当他想起贝莱家里还放着的那本由他父亲翻译成希伯来语的赫伯特·斯宾塞的书，他随即改变了主意，决定去寻一寻这本书最原初的那个版本。

等我们抵达之后，贝莱的公寓早已经被一群房产律师翻了个底朝天，他们都声称自己只移动了几样物品，保证我们眼前一切基本上与最原初的状态无异。进过那间公寓的人们纷纷表示“情况太糟糕了”，甚至不惜使用“脏乱不堪”和“污秽狼藉”这样的形容词，但当我们自己亲身踏足那间公寓时，才发现任何形容词都无法准确形容这间公寓的状态。

公寓表面大部分地方覆盖的灰尘可能有四分之一英寸那么厚，触碰任意物品都可能在手上留下某种顽固的不明物质残余——据说这已经是“除过尘”之后的样子，即使用大量的清水冲洗，24 小时之后，我们仍然感觉双手沾满污垢。

我们猜想贝莱姑妈一直都睡在椅子上，因为房间里有一条从垃圾堆里开辟出来的小路，从门口一直延伸到椅子那里，旁边堆积着一堆稀奇古怪的物品——四年前的《纽约邮报》、烤面包机的使用说明书、缠绕成团的麻线。昂贵的古董家具上是未拆包装的男士手帕，四个手电筒和电池套装全部都原封不动地躺在原包装里，配饰华丽的灯具颇有裸露的光秃感，早已褪色的破碎毛毯还挂在墙上。贝莱姑妈很早就切断了一切人际关系往来，包括与她的所有家族成员，但我们还是从她的遗物中找到我们父亲寄给她的明信片，还有我们母亲寄来的信件（当时我们的母亲已过世十年），甚至还有我们为父亲举办 70 岁寿宴时寄给她的邀请函，贝莱在那张邀请函上工工整整地写下“山姆生日”的字样；还有，我们的父亲如愿找到了那本由祖父翻译的斯宾塞的书。

在一个不起眼的角落，伊芙琳发现了一个彩色玻璃橱柜，她小心翼翼地拉开，从里面抽出一个纸盒，里面是贴着各种分类标签的物品——印第安风格的珠串、一支手电筒、几块积木、一个表面已经开裂的皮革制手包和一个珠串手提包。伊芙琳突然全身颤抖起来，她发现这些物件很可能与我们那位被谋杀的姑姑有关，很可能这些就是当时庭审的证物。她随手抽出一沓磨损程度不一的信件，每封信的落款都有“Hen”的字样，这些信件的收信人是施梅勒家族的家庭成员。还有一本剪报册，里面贴满了各种发黄发皱的剪报，全是关于女大学生在阿帕奇保留地失踪遇害的报道。伊芙琳顺手拿起一块轻微泛黄的皮质材料，我们推测这有可能是从一条破碎的鹿皮裙上扯下来的——很可能就是我们姑姑遇害那天身上穿的那条裙子！伊芙琳吓得当场将布料扔到地上。

后来我们回到巴尔的摩的家中，开始详细阅读这些信件和材料。伊芙琳感觉自己穿越时空来到了1931年亚利桑那州群山耸立的荒野印第安部落，那里有一个不畏艰难、年轻可爱的人类学学生正怀揣着激动却又害怕的矛盾心情，急切地希望向两千四百英里之外的亲友传达她的见闻。

父亲山姆·施梅勒曾对我们说过亨丽埃塔姑姑的故事。很多年前，她的姐姐——亨丽埃塔·施梅勒被谋杀于怀特山区阿帕奇保留地，但他没有继续透露更多了。在详细翻阅过这些资料和档案之后，我们感受到这里面有一个故事呼之欲出，亨丽埃塔的故事应该被世人知道。于是，我们开始一起着手对亨丽埃塔被谋杀一案进行调研和分析，这就开启了我们第二次的冒险之旅。

***

1931 年 7 月 24 日，美国哥伦比亚大学的一名人类学研究生——22 岁的亨丽埃塔·施梅勒的尸体被发现于亚利桑那州阿帕奇印第安保留地的一个山谷中，死前曾遭到强奸和暴力对待。她的死亡触发了一场美国当局对印第安保留地的大搜捕行动，这场大搜捕随着一位阿帕奇青年的落网而达到高潮，并结束于他被定罪入狱之日。

这桩谋杀案震惊了全国，耸人听闻的新闻标题和小道消息铺天盖地席卷而来，它的发生永恒地改变了美国社会科学工作者进行土著地区社会调查和研究的方式。每隔几年，这个事件就会被重新挖掘出来作为侦探类杂志上的“奇谈”，成为关于“暴力”和“性”的经典素材。在众多关于田野研究方法与伦理的学术类文章中，亨丽埃塔也成为了“活生生的案例”。

多年后的一个机缘巧合，亨丽埃塔的侄子吉尔·施梅勒和侄女伊芙琳·施梅勒发现了一批从未面世的信件，这些信件是他们这位素未谋面的姑姑在印第安保留地从事田野调查期间写作的，一批关于那段时间的文件资料随即浮出水面。这些资料所讲述的故事与当年公众舆论所表述的倾向完全不同——一些被时间掩藏的事实正等待被发现。这些资料背后的人物形象是一位有着强烈而热切的学术目标、勇于开拓、投身于艰难研究工作并付出了巨大努力的女性，但最后却成为了社会偏见和文化隔阂的受害者——一个侵犯者最终夺走了她年轻的生命。吉尔和伊芙琳决定让这些尘封多年的资料重见天日。亨丽埃塔的生命陨落在个体施暴者的残害中，但在这背后还有一批忙于自保的人类学家、滥用权力的FBI、行事如履薄冰的司法体系、扭曲事实的新闻报章、饱受舆论困扰的印第安群体，以及一群将悲剧的责任归结于受害女性的普罗大众。

我们确信无疑——亨丽埃塔是一位性格开朗、品行优秀且充满雄心壮志的青年。在哥伦比亚大学人类学系的支持下，她独自一人来到怀特山区的阿帕奇印第安保留地进行暑期田野调查。直到去世之前，她已经持续而专注地开展了三周半的调查工作，并在观察研究部落文化的同时收集了大量印第安传说。她残损的尸体被发现于一条小径旁，这条小径是从她居住的小木屋到当天举行阿帕奇舞蹈仪式现场的必经之路，她正是在前往观摩仪式的途中丧命的，她最终没有抵达那场期待已久的舞蹈仪式现场。

亨丽埃塔遇难后三个月，一名已婚的阿帕奇青年被捕落网，几轮庭审之后，他被定罪入狱，但关于亨丽埃塔死因的猜想和各种闲言碎语似乎从未停止过。在庭审过程中，有人建议将这些传言的内容作为考虑的因素纳入庭审进程，最终法庭没有采纳这些建议。这些讨论无疑导致了部分公众对此事件的错误认知：他们认为甚至是确信——是亨丽埃塔在保留地的不当行为最终引致了她的死亡。甚至那几位最初将她引向这场生命终结之旅的导师们——大名鼎鼎的人类学家玛格丽特·米德、露丝·本尼迪克特和弗朗兹·博厄斯，也都很快接受了这些传言，并奉为事实。

或许在公众的普遍认知中，这场谋杀案的后续是这样进行的：专注且投入的警察团队高效地侦破了案件，犯人迅速落网，司法系统随即进行了公正的庭审，法庭在完全没有受到公众舆论的影响的情况下做出了公正的判决，犯人以诚心忏悔的态度在狱中服完刑期，刑满后回到家乡，一切回归正常与平静……亨丽埃塔的死亡正式被认定为一个充满悲剧的过失，她本人的存在也成为了一个孤独的历史注脚。

但我们想做的是从一个完全不同的视角再次审视这整个过程。

我们首先看到的是相关机构的实际行动与公众言论之间存在的鸿沟。为此，我们重新检视了那些十分强调"专业性"的司法部门关于此案的工作——为什么这个案件的侦查和审理耗费了如此之长的时间？（我们也想知道为什么在案发的六十年后，FBI 仍然想方设法阻挠我们接触与案件相关的档案和卷宗。）在我们的合理要求面前，印第安事务局的官员们却过分紧张，似乎觉得我们坚持旧事重提的行为会导致原本就不稳定的印第安与盎格鲁之间的关系危如累卵。曾经的印第安阿帕奇部落所奉行的低调封闭以求自保的生存策略，不得不再次遭受白人世界司法体系和价值观念的搅动和洗礼（并且被卷入到某种当代价值观的审视之中）。最令人费解的是，我们见证了人类学家们在悲剧发生后是如何迅速地与亨丽埃塔划清界限的，实在难以想象她曾是这些教授们眼中冉冉升起的人类学新星。

山姆·施梅勒正在将鹅卵石放在姐姐亨丽埃塔·施梅勒的墓碑上，1997 年摄于斯塔顿岛。山姆的女儿伊芙琳和儿子吉尔（作者）于亨丽埃塔墓碑前合影。摄于 1992 年。（对页图）

**亨丽埃塔墓碑上的碑文内容：**

亨丽埃塔·施梅勒

学生与开创者

在哥伦比亚大学的帮助下

她抱着追寻更广阔知识世界的期望

来到亚利桑那州怀特里弗的阿帕奇印第安部落

她是为了探索他们的爱来到这里

却被他们夺去了生命

***

树枝被折断了

它本可长成参天大树

# 相关人名

**亨丽埃塔·施梅勒的家人**

伊利亚斯·施梅勒（Elias Schmerler），父亲

伯莎·克莱伯·施梅勒（Bertha Klepper Schmerler），母亲

贝莱·施梅勒·梅勒（Belle Schmerler Meller），姐姐

蒂莉·施梅勒·威尔克斯（Tillie Schmerler Wilkes），姐姐

法贝·施梅勒（Fabious Schmerler），哥哥

山姆·施梅勒（Sam Schmerler），弟弟

露丝·施梅勒·纽马克（Ruth Schmerler Neumark），妹妹

**亨丽埃塔·施梅勒在纽约的朋友**

伯莎·科恩（Bertha Cohen）

弗雷达·法恩（Freda Fine）

安妮塔·贝尔（Anita Bell）

托尼·加莱利尼（Tony Gallerini）

伊迪斯·韦依（Edith Weil）

**人类学家们（哥伦比亚大学）**

弗朗兹·博厄斯（Franz Boas），系主任

玛格丽特·米德（Margaret Mead）

露丝·本尼迪克特（Ruth Benedict）

格拉迪斯·雷夏德（Gladys Reichard）
露丝·安德希尔（Ruth Underhill）
朱尔斯·亨利·布鲁门索恩（Jules Henry Blumensohn）

**政府官员**

C. J. 罗兹（C. J. Rhoads），印第安事务局专员
H. J. 海格曼（H. J. Hagerman），印第安事务谈判特别专员
诺里斯·米林顿（C. Norris Millington），印第安事务局助理专员
卡尔·海顿（Carl Hayden），亚利桑那州议员
乔治·亨特（George W. P. Hunt），亚利桑那州州长
查尔斯·柯蒂斯（Charles Curtis），美国第 31 任副总统

**怀特山地区的阿帕奇印第安人**

高尔尼（麦克斯）·西摩尔（Golney Seymour）
罗伯特·盖特伍德（Robert Gatewood），高尔尼的妹夫塞穆尔
贝茜·盖特伍德（Bessie Gatewood），高尔尼的妹妹
伊丽莎白·西摩尔（Elizabeth Seymour），高尔尼的妻子
塞缪尔·西摩尔（Samuel Seymour），代号“H-4”，高尔尼的父亲
阿尔瓦·西摩尔（Alma Seymour），高尔尼的母亲
杰克·凯斯（Jack Keyes）
杰克·佩里（Jack Perry）
阿莫斯·马赛（Amos Massey）
玛丽·维莱克斯（莱利）（Mary Velesques）
西蒙·威克利夫（Simon Wycliffe）

约翰·多恩（John Doane）
克劳德·吉尔伯特（Claude Gillbert）
彼得·凯斯赛（Peter Kessay）（后改姓莱利）
塞拉斯·克拉赛（Silas Classey）
丹·库利（Dan Cooley）
乔治·沃伦（George Wallen）
乔治·柯兰兹（George Clantz）
伊迪斯·桑切斯（Edith Sanchez）
贝茜·桑切斯（Bessie Sanchez）
华尔特·安德森（Walter Anderson）
埃德加·佩里（Edgar Perry）
尼尔森·卢佩（Nelson Lupe），部落首领
玛丽·恩菲尔德（Mary Enfield），20 世纪 80 年代担任部落秘书
罗尼·卢佩（Ronnie Lupe），20 世纪 80 年代担任部落首领

**保留地的非印第安人**

威廉·唐纳（Willian Donner），阿帕奇保留地行政主管
切斯特·卡明斯（Chester Cummings），“政府的收税人”
埃德加·金瑟（Edgar E. Genther），牧师
弗朗西斯·华纳（Francis Warner）
威拉德·惠普尔（Willard Whipple）
约翰尼·李（Johnny Lee）
赫苏斯·维莱克斯（Jesus Velesques）
威廉·墨菲特（William Moffitt）
希德·厄尔（Sid Earl）
格特鲁德·柯布（Gertrude Cobb），威廉·唐纳的秘书

约翰 · 赫普（John Hupp），怀特里弗镇的医生
雷 · 弗格森（Ray Ferguson），阿帕奇堡的医生

**阿帕奇执法部门人员**

威廉 · 莫平（Willian Maupin），外号“图拉皮比尔”
乔治 · 伍尔福德（George Woolford）
泰德 · 希普利（Ted E. Shipley）

**庭审相关人物**

阿尔伯特 · 萨默斯（Albert M. Sames），法官
约翰 · 多尔蒂（John Dougherty），高尔尼 · 西摩尔的辩护律师
约翰 · 冈格尔（John C. Gung'l），联邦检察官
克拉伦斯 · 佩林（Clarence V. Perrin），联邦助理检察官
唐纳德 · 麦金托什（Donald McIntosh），法庭译员

FBI

约翰 · 埃德加 · 胡佛（John Edgar Hoover），调查局局长
R. H. 科尔文（R. H. Colvin），埃尔帕索市 FBI 特别行动署署长
J. A. 斯特里特（J. A. Street）
约翰 · 雷恩（John K. Wren）
L. C. 泰勒（L. C. Taylor）

**20 世纪 80 年代信息自由法诉讼案（FOLA Lawsuit）**

格哈德 · 格赛尔（Gerhard Gesell），美国地方法院法官
欧文 · 内森（Irv Nathan），法律顾问

霍普·奥基夫（Hope O'Keeffe），法律顾问
约翰·施尼特可克尔（John Schnitker），司法部门律师
大卫·森特尔（David Sentelle），华盛顿特区巡回上诉法院
劳伦斯·希伯曼（Laurence Siberman），华盛顿特区上诉法院
詹姆斯·巴克利（James Buckley），华盛顿特区巡回上诉法院

**历史学者 / 作者 / 档案保管员**

凯伦·温德姆（Karen Louise Smith Wyndham）
珍·斯皮拉（Jen Spyra），哥伦比亚大学校刊《哥大观察者》（*Columbia Spectator*）作者
梅达·提尔琴（Maida Tilchen）
希拉里·拉普斯利（Hilary Lapsley）
埃德蒙·凡·泰恩（Edmond Van Tyne），《真探》（*Ture Detective*）杂志作者
韦斯特·彼得森（West Peterson），《故事》（*Saga*）杂志作者
爱德华·雷丁（Edward Radin），《星期日镜报》（*Sunday Mirror*）杂志作者
艾伦·弗格（Alan Ferg）

**其他**

詹姆斯·麦克尼尔（James McNeil），汽车司机
汤姆·多塞拉（Tom Dosela），阿帕奇译员
查尔斯·弗思（Charles Firth），测绘人员
弗兰克·法兰肯塔尔（Frank Fackenthal），哥伦比亚大学事务秘书

# 第一部分

# 亨丽埃塔的旅程

亨丽埃塔的家庭生活照四张：冬天里的印第安人装扮；和妹妹露丝的合影；和姐姐贝莱、姐夫欧文·梅勒的合影；独照。

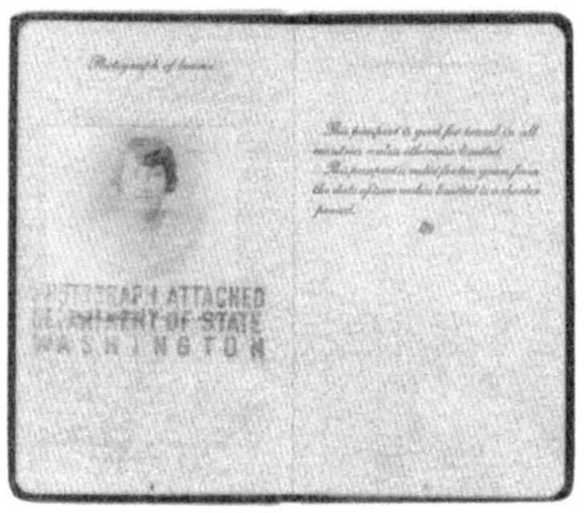

亨丽埃塔的照相馆肖像；1929 年办理的未曾使用过的护照。

# 1 | 成长

亨丽埃塔・施梅勒是伊利亚斯与伯莎・施梅勒的女儿。那令人震痛的死讯传来之前，亨丽埃塔 22 年的人生一直凭借着特别的天赋在各种环境中脱颖而出。伊利亚斯与伯莎育有六个儿女，亨丽埃塔排行老四，她是唯一被伊利亚斯认定为将来要进入学术领域的人，而亨丽埃塔也如父亲所期，一直雄心勃勃地奋力朝学术巅峰攀登。1928 年，母亲伯莎・施梅勒去世，父亲伊利亚斯的精神状态急转直下，时常陷入一种自哀的情绪当中，亨丽埃塔忍住悲痛、挑起家庭大梁，照顾家里年幼的弟妹。所以即使她离开人世已经七十余载，他的家人每每谈论起与她一起生活的时光，总是形容她是一个精力充沛、有强烈的责任感与慷慨之心的人——这已经成为家庭成员对她的共有认知。

幼年时期的亨丽埃塔充满活力，有很强的好奇心。她目光发亮，脸上时常挂着热情的微笑，那笑容足以掩盖她原本略微扁平的五官和苍白的肤色，让人心生暖意。

1911 年塔夫脱总统在任时期，美国三角衬衫工厂发生大火，146 位年轻工人葬身于火海之中。那一年亨丽埃塔 2 岁，年幼懵懂的她创作了一首关于“公主统治了一个紫色王国”主题的歌曲，紫色王国里的臣民和动物都过着幸福的生活——那是一个没有死亡的国度。她 3 岁时已经开始如饥似渴地阅读书籍，她会给所有接触到的人和事物都编一个故事。

那段时间里伊利亚斯与人合作投资童装制造业，生意蒸蒸日上，积累了相当可观的财富。之后不久，施梅勒举家从贝德福德-史岱文森（也是亨丽埃塔出生的地方）搬迁到布鲁克林。他们的住处极尽奢华，占据了布鲁克林菠萝园街区一半的区域。要知道伊利亚斯十年前才从澳洲来到美国打拼，仅用这么短的时间就从一个手推车小商贩发展到当时那般成绩，实在令人惊叹。19—20 世纪之交的那段时间里，伊利亚斯的业务还只是售卖一些杂件——针线、别针、缎带、线轴等等，到后来他已经成为几个孩子学校班上最富有的那位家长。

伊利亚斯对自己那三层八室的框架式公寓非常满意，与这个豪华公寓配套的是巨大的草坪、喷泉和鱼塘，后院还有一棵 30 英尺长、高度接近屋顶的进口棕榈树，那是伊利亚斯的心头好。他还给妻子雇用了两个家务帮手，一个厨子和一个女佣，还有一位名叫查理·布莱克的司机。但他不是一个爱炫富的人，极少吹嘘或谈论富裕对他来说意味着什么。当时的伊利亚斯怎么也预料不到自己的妻子和女儿会在之后接连离世，从那以后他才开始表露悲痛和学着谈论自己的感受，但吐露的对象也只限于家人和朋友。

即使是处在事业的巅峰期，伊利亚斯也从来没有把自己当作一个彻头彻尾的商人。伯莎在世的时候曾说，伊利亚斯推着手推车在街头做生意的时候，常常被人撞见他背靠着手推车读书。他是一个自学成才的希伯来语学者和翻译家，他所出版的译作里就有赫伯特·斯宾塞爵士的《伦理学》和海因里希·格雷茨的自传，后者写了一本介绍犹太人历史的名著[①]。为了翻译这些名著，他所研读过的书籍排满了几面墙，有德文书籍、英文书籍与希伯来语书籍，他还规定任何人不得在他外出工作时进入这间书房。

作为家庭重心的伊利亚斯个性冷淡严厉，有时甚至到了严苛的地步，家族中的晚辈常常描述他是一个“一丝不苟”的人。他的侄女格特鲁德回忆起小时候常被长辈吓唬：“现在我们要去施梅勒家拜访了，在他家里不准喧哗。”他们总是被吓得乖乖遵照指示。

但是当伊利亚斯来到阿迪朗达克山脉，在凉爽而宁静的山间湖泊上划船或垂钓时，他就会表现出难得的舒缓与放松，说话也轻柔了许多，脸上还会浮现盈盈笑意。他会花上很多个周末驾车前往山区物色合适的农场，但大部分农场并不合他的心意。施梅勒家里的每个孩子都有自己关于他们父亲“偶然闪现的温柔”的独家记忆——比如他被笑话逗笑、他关心他们受伤的情况、他为他们取得的成绩感到骄傲——在伊利亚斯眼里，每个孩子都是特质各异的珍宝。

与伊利亚斯正好相反，伯莎·施梅勒是个性情温顺、说话轻柔的女人。她热爱唱歌，更喜欢教给孩子们唱德语歌曲。孩子们都记得父母之间偶尔会爆发激烈的争吵，父亲的声音响亮而暴烈，母亲却总是选择静默忍受，成为被压制的那一方，争

---

① 译者注：原文指的是海因里希·格雷茨所著的《犹太人的历史：从最古到当下》（*History of the Jews: From the Earliest Times to the Present Day*）。

吵因此不会持续很长时间。

亨丽埃塔 11 岁就已经在《布鲁克林鹰报》上发表了一则题为“印第安人如何来到美国”的故事，这一则故事极富想象力地把神话、历史与个人创造力结合起来，讲述了敏德纳恩，一个美丽的印第安公主，鼓励她的女儿乘独木舟跨越白令海峡逃亡以躲避丑恶的怪物，这个怪物正是她女儿的丈夫。她的故事描绘了一个名叫卡特图亚的人，他独自居住美国西部偏僻之地，他以某种方式创造了一男一女并让他们结婚，生下的孩子就是最早的北美印第安人，他们最终的命运是被从欧洲来的白人所征服了。

当时亨丽埃塔的同班同学在她的签名本上赞美她“像钻石一般纯净 / 像珍珠一般无瑕 / 最纯净的女孩 / 天真无邪”，有的写的是“愿你以成功为自己加冕 / 愿我们未来的女作家一切顺利”。

亨丽埃塔虽然外形看起来纤细柔弱，但她性格活跃，总是扎在男孩堆里，男孩子们也总是乐意和她一起玩。她的童年大部分时间是在户外度过的，与布鲁克林其他富裕家庭的孩子无异，她从小就得以游历各地，假期时常去远足、游泳和泛舟。她喜欢在结束一整天的户外活动之后，一个人坐在山巅眺望远方景色，欣赏日落，读书做梦，她将这样的时刻视为对自己的奖赏。

亨丽埃塔最怀念的便是家庭记忆中的“冒险的篇章”。据她的妹妹露丝回忆，当她还只有 4 岁时，亨丽埃塔为了让她学会如何游泳，就把她从岸边直接扔进湖中（后来证明了这个方法确实奏效）。有一年隆冬时节，亨丽埃塔带着弟弟山姆在通往缅因州的一号公路上搭便车，山姆从此被她的胆量所深深折服。有一件事烙印在山姆的记忆中难以抹除，有一次他们一起在舒伦湖划船时突然遭遇冰雹天气的袭击，亨丽埃塔没有慌乱，而是冷静果断地指引大家将船只成功划到岸边。

亨丽埃塔 14 岁那年，她带着 10 岁的山姆在阿迪朗达克山脉的法劳山远足，登上法劳山的制高点后，他们站在山顶感受那令人窒息的寂静，闪耀而炫美的景色尽收眼底，亨丽埃塔被眼前的景象所折服，她对山姆说："小山姆，我想今晚就在这里过夜，等待明天早晨的日出，你能想象到这里的日出会有多美吗！"当时还年幼的山姆并没有太多冒险精神，决定匆忙撤回到施梅勒一家在山脚下的度假屋，留下亨丽埃塔一人独自面对不断迫近的黑暗，只有看不见的山林在黑暗中像一排排侍卫一样保护她不受暗夜邪灵的侵袭。那一晚山姆担心得失眠了，他们的母亲也彻夜未眠，第二天清晨才终于等到亨丽埃塔回到度假屋，她将背包往卧室地板上一扔，用一种征服者的语气说："日出真是绝了！那景象真是绝了！小山姆，你应该感到后悔。"

亨丽埃塔被人铭记的特质可远远不止这些。还有更突出的：她做事极度投入、热爱阅读、求知欲强——不论是作为一个学生还是学者的身份。对家人来说，她是热情满溢、责任心强的女儿，是弟弟妹妹们的好姐姐，也是他们最好的朋友。

1924 年，15 岁的亨丽埃塔跳级从手工培训高中（The Manual Training High School）毕业，进入纽约大学就读。纽约教育的跳级制度造就了大量像亨丽埃塔一样年轻的毕业生，在这批年轻的孩子中，亨丽埃塔的成熟程度大概是靠前的。当时亨丽埃塔的姐姐贝莱还对父亲的安排提出了质疑，她对此感到不满，想知道为什么父亲愿意支付亨丽埃塔高昂的大学学费，而在 8 年前伊利亚斯明明亲口告诉贝莱，女孩子无需接受大学教育，如今却心甘情愿供亨丽埃塔到纽约大学就读。

这是一张摄于 1926 年纽约大学女子曲棍球队队员的合影，后排左一的亨丽埃塔与其他健壮的运动员站在一起，她是所有人中最矮小瘦弱的那一个。这张照片拍摄六十五年之后，当时女子曲棍球队的队长伊迪斯·韦依仍然能生动地回忆起亨丽埃塔在打曲棍球时最突出的是勇猛的进攻性，而不是战术方面的什么特质。但作为一个仍然在长身体、还不到 16 岁的女孩，能在这 11 个运动员中占有一席，还代表学校参加曲棍球比赛，这就足以体现亨丽埃塔骨子里的独特魄力。

亨丽埃塔大学初期修读的课程似乎引导她发现了自己的兴趣方向——大部分课程都与文学和哲学相关。弟弟山姆回忆，他们经常在远足或划船期间讨论深刻的文学和哲学问题，亨丽埃塔会向他讲述亚瑟王的事迹，讲述浪漫主义的诗人和英国荒野的故事，或谈论尼采的“超人说”……受她影响，山姆开始读乔纳森·斯威夫特与托马斯·哈代的小说，读席勒与康德的哲学，读布朗宁、庞德和叶芝的诗歌。亨丽埃塔还给了山姆音乐和政治方面的启蒙，早在 1926 年，她就会带着山姆去布鲁克林音乐学院听保罗·罗伯逊的音乐会，当时罗伯逊还未成为享誉世界的歌唱家。

The Album

SCHMERLER EDELSTEIN KIRSCHENBLUTH MCGARY TAMOR DISMEUKE
ROBBINS WIMPIE WEIL ZINS KENTFIELD

## Girls' Field Hockey

Edith Weil . . . . . . . . . . . . . . . . . . . . { *Captain* / *Manager*

Frances Froatz . . . . . . . . . . . . . . . . . . . . *Coach*

When the announcement was made that a Girls' Field Hockey team was being organized to represent the Violet for the first time, it evoked an enthusiastic response from the female athletes who flocked to the first practice in great numbers. Coach Froatz spent the first few weeks organizing the team and teaching the squad the rudiments of the game.

One contest for the fall term was arranged by acting-manager Edith Weil, this being a tussle with Oaksmere School at Mamaroneck. The Oaksmere aggregation was composed of many veterans, and their experience was enough to turn the tide. The Violet eleven was compelled to play a defensive game throughout, and succeeded in threatening its opponents' goal only once. Muriel Wimpie, Ann Haber, and Edith Weil flashed a fine defensive game and were instrumental in keeping the score down to 3-0. Stella Zins and Bernice Saul excelled on the offense for N.Y.U.

On the whole, the team showed continued improvement in the face of many handicaps and can be expected to give a good account of itself during the spring season. The opponents to be met during the second half of the year include Adelphi, Hunter, St. Joseph's, and there will also be a return game with Oaksmere.

## Swimming

Stella Zins . . . . . . . . . . . . . . . . . . . . *Manager, 1923-24*

Josephine Deutsch . . . . . . . . . . . . . . . . . . . . *Manager, 1924-25*

Inasmuch as swimming is not a Varsity sport, all interest in Co-ed aquatic contests was drawn towards Interclass contests. Elsie Brinn, the mainstay of the Junior Class and a high individual scorer throughout the year, enabled '26 to maintain the lead during the 1923-24 season.

The 1924-25 season had a more auspicious start with Ethel McGary, a National and Olympic star, in our midst. The prestige of our Co-ed Swimming group was considerably increased and the prospects for swimming being recognized as a major activity are very promising.

In the Interclass meet, held on December 6th, the Frosh took first place with 14 points, leaving the Sophs and Juniors tied for second with 13 points apiece. The excellent swimming of Ethel McGary who, despite generous handicaps, took first place in all her entries and scored 10 points; Rejene Landsman who came second with 8; and Edna Jacobus with 6 points, was praiseworthy. Other outstanding stars were Muriel Wimpie and Mildred Simon.

*Three Hundred Thirteen*

1926

1927 年，母亲伯莎 · 施梅勒突然病倒。最初她被诊断为糖尿病，但之后才发现是误诊，伯莎实际上得的是癌症。家中的长子法贝回忆，他常常听到母亲用唱歌的方式来缓解疾病的疼痛。伯莎一直是施梅勒一大家子的粘合剂——伊利亚斯对家人总是要求严苛，对很多事情却不闻不问，六个孩子虽然都比较坚强，但也都各有主见。之后一年里，伯莎的病情不可逆转地急剧恶化，在生命的最后两个月，难以想象的疼痛折磨着她。那段时间里，伯莎的病痛加上生意上遭遇的挫折，迫使伊利亚斯不得不变卖家具和器物。比亨丽埃塔年长的法贝、蒂莉和贝莱都在异地居住，亨丽埃塔成了全家人精神上的主心骨，她要一边完成纽约大学沉重的课业任务，同时还要一边照料生命垂危的母亲、帮衬父亲照看生意，以及照料年幼的弟弟山姆和妹妹露丝。

1928 年，伯莎病逝。那一年亨丽埃塔满 19 岁，还在读大学四年级。伊利亚斯沉浸在失去妻子的哀悼中，慢慢长大的弟弟妹妹变得越来越倚靠她，依赖她的指引与支持。有一年，伊利亚斯在避暑地度过夏天期间曾写信说道：“孩子们一切都安好，过得很开心。他们正在享受当下的一切，亨丽埃塔把他们照料得很好，家中的一切运转正常。我多亏有她，她总能找到时间把这些事情做好，还能一边享受这个过程一边换得一些收入。愿上帝保佑她。”

在这个家庭里，伯莎永远都是最温柔的、最令人心安的存在。她的离世给每一个家庭成员都带来难以抚平的伤痛。多年之后，当伯莎的照片偶然从一本破旧的黑色皮质地址簿中掉落出来时，伯莎的孙女伊芙琳拿起照片的那一刻就感受到一种突如其来的强烈情感，这个地址簿是亨丽埃塔在亚利桑那州印第安保留地做田野调查期间一直带在身边的东西。1931 年，亨丽埃塔命丧此地后，它被当作呈堂证物之一，之后就被时间封存起来，一如这场早已被人遗忘的庭审。

1929 年 10 月，美国股票市场崩溃，数百万人的美国梦随之幻灭。这一年也是伊利亚斯・施梅勒事业急转直下、从富裕走向窘迫的开始，他所持有的股票在一周时间内全部成为废纸，不久之后他不得不将之前唯一幸存下来的工厂也关门大吉，短短一年时间他已经欠下了巨额债务。这位曾经意气风发的男人一夜之间陷入无助与迷惘，他写下这样的感叹：“我用尽全力使我的意识陷入麻木，我只想忘记命运加诸于我身上的那些沉重的创伤。”

1928 年，亨丽埃塔从纽约大学顺利毕业，她没有坚持之前定下的继续攻读研究生的计划，而是接受了一份薪水微薄但极富挑战性的工作——为《新犹太百科全书》（*The New Jewish Encyclopedia*）做研究员，尽管她早已下定决心继续在学术的道路上深造，只是还在文学、哲学、政治学与之后新增的人类学几个学科之间斟酌。但考虑到家庭需要她的支撑，另一方面她也认为暂时离开学校到社会中历练未尝不是一件好事。这份工作给亨丽埃塔提供了一个新的学习环境，使她能接触到许多学者和知识分子，还有一些空间允许她去探索自己感兴趣的观念。

工作中的亨丽埃塔也是个性格外向、充满活力的人。她的朋友圈子广泛，并不只限于男性或女性，虽然她与三五好友时常外出社交，但那段时间里好像并没有出现对她来说“特别的男人”，也不曾陷入恋爱关系中。妹妹露丝回忆说亨丽埃塔少年时期曾十分迷恋邻居家的男孩，“那个男孩长大后成为了非常著名的音乐家”。（露丝不愿透露这个男孩的姓名，说是为了表示对姐姐的尊重，我们猜想这个男孩应该是托尼·加勒瑞尼——20 世纪三四十年代著名的手风琴演奏家和乐队队长。）山姆曾说“男朋友”在亨丽埃塔的人生中是“非常缺席”的，因为她本人总是散发出一种无关性别的魅力，这种魅力与当时那些致力于展现性感一面的时髦女郎们形成鲜明对比。

那时亨丽埃塔的注意力渐渐被一群能力强大、吃苦耐劳的人类学家所吸引。他们在文化研究方面取得了激动人心的开创性成果，其中很大一部分是女性，这与当时芝加哥或纽约女性从事学术研究工作的比例极不相符。他们热衷于研究南美洲、南太平洋诸岛和美国西部的土著，试图去寻找不同文化、不同种族之间的差异和共性，从文化存在的形态去探求文化本质为何。在这些开山辟路的人类学家里，就有以研究萨摩亚社会而收获大量关注的玛格丽特·米德、擅长文化研究而闻名学界的诗人兼人类学家露丝·本尼迪克特，被称作“当代人类学之父”的弗朗兹·博厄斯的功绩更甚。当时他们三位都供职于哥伦比亚大学，这所大学距离施梅勒一家在纽约中央公园附近的公寓只有约一英里的路程。

1930 年 2 月，亨丽埃塔被录取为哥伦比亚大学人类学专业的研究生，师从博厄斯和本尼迪克特。对一个将人类学作为志业的年轻学生来说，哥伦比亚大学的人类学系是智识与力量的象征，未来顿时充满了无限的可能性。入学后亨丽埃塔很快就融入新的环境中，准备在全新的领域里大展拳脚。如果能暂时不去想母亲去世的事实与父亲遭受的挫折，那确实是激动人心的一段时光。

第一学期尚未结束时，亨丽埃塔在师生印象中就已经是一个极尽勤奋、前途光明的学生。她饱览群书，常在与人讨论时引入新的视角，当她听到与自己的观点存在分歧的言论时，甚至会毫不犹疑地起身向资深教授发起质疑。

那时亨丽埃塔正在计划 1930 年夏天前往欧洲旅游，为此她已经辛苦存了两年的经费。但 1930 年对施梅勒一家来说是无比艰难的一年，到四月份伊利亚斯所居住的小公寓已经拖欠房租三个月有余，房东威胁再不缴纳房租就将他扫地出门。在丧妻之痛与破产的双重打击之下，伊利亚斯早已无力支付房租，他本想向女婿欧文·梅勒求助——欧文是贝莱的丈夫，但伊利亚斯一想到之前刚向欧文推销过一个商业投资计划，他正在等待欧文拍板参与，所以向他借钱是行不通了。亨丽埃塔偶然间听到父亲提及此事，语气里带着窘迫与羞愧，但他并没有指望亨丽埃塔为他解难。亨丽埃塔听后立即到银行提取了 400 欧元交给伊利亚斯——换算过后刚好是需要缴纳的房租数额，之后她便取消了自己的欧洲之行。

欧洲旅行计划幻灭之后，亨丽埃塔将自己全部身心都投入到暑期研究项目的计划上。她发现自己只能选修一门人类学相关的课程，因为暑假哥伦比亚大学的人类学系基本上处于空置的状态——大部分教职员工和高年级学生都在“田野中”，他们分散在世界各地的原始部落中研究地方文化，例如印第安的莫霍克（Mohawk）、纳瓦霍（Navajo）和阿帕奇（Apache）部落，还有去更遥远的异域部落的——爱斯基摩人（Eskimo）、萨摩亚人（Samoans）和巴厘人（Balinese）。每年夏天，人类学界里的所有的焦点、激情和闲话，都是围绕着这些远在几千英里之外的人与他们的活动展开的。在这种神奇的氛围之下，亨丽埃塔早已经把欧洲之行的遗憾抛到脑后，她开始热切期待明年夏季轮到自己前往土著人部落的调查，去哪都好，她简直想不到比这更激动人心的事情。

亨丽埃塔研究生第二学年的生活陷入到一片混乱中，课业比之前更加繁重，除此之外还要承担高强度、低薪酬的研究助理工作，但她却极其需要拿到这份薪酬来支付学费，即使只是杯水车薪。这一学年伊始，学院里的其他同学已经开始为即将到来的暑期田野实习挑选地点。本尼迪克特计划从五所大学中招收六位学生组成调查团，前往新墨西哥州的梅斯卡勒罗（Mescalero）[①] 保留地进行民族志考察，亨丽埃塔早早地就提交了申请材料。

本尼迪克特的研究专长是种族与文化模式，她因文化模式的分析和比较研究成果而在全国范围受到瞩目和追捧，亨丽埃塔就读研究生时她才 40 多岁，身材高挑，外形威严，头发里已经出现几丝银色。她特地将亨丽埃塔叫到办公室，亲自告诉

① 译者注：Mescalero 是居住在美国新墨西哥州和得克萨斯州的阿帕奇族印第安人。

Columbia University in the City of New York

NAME Henrietta Schmerler

COURSES

1929-1930
Anthropology c102 3 H
Anthropology c114 3 H
Comp. Lit. 3 H

Summer Session 1930
Anthropology s102 3 H
Fine Arts s136 3 H
Philosophy s101 3 H

1930-1931
Anthropology 111 3 H
Anthropology 203 3 P
Anthropology 303 3 H
Philosophy e141 3 H
Psychology e164 3 H
Anthropology 104 3 H
Anthropology 106 3 H
Anthropology e114 3 H

Unit of Value: A POINT signifies one hour weekly of attendance in classroom or two hours weekly in laboratory or drafting-room for a winter or spring session, or the equivalent.

First copy furnished without charge. Each additional copy will cost one dollar.

in Faculty of Philosophy
Feb. 1930
B.S. 1928, N.Y.U.
Washington Square Col.
Cornell Univ. S.S. 1928
Subject of Major Interest: Anthropology

A.M. Degree conferred
Title of Essay for A.M. Degree
Ph.D. Degree conferred
Title of Dissertation for Ph.D.

Residence Requirements
For A.M.—30 tuition points.
For Ph.D.—60 tuition points.

MARKS, ABBREVIATIONS AND SYMBOLS:
P=Passed. H=Credit for attendance only (Residence Credit)
F=Failure.
Also: A=Excellent. B=Good. C=Fair.
D=Poor (Not passing). Abs.=Absent from exam.
Wd.=Withdrew. Dr.=Course dropped.
In.=Work incomplete. N.C.=No credit.
N.M.=No mark on record.
O Indicates required courses (to be passed.)

COMMITTEE ACTIONS, REMARKS, ETC.
Granted full graduate standing to date from February 1930. Special Session, March 6, 1930.

CERTIFIED AS A CORRECT PHOTOSTATIC COPY
Date

Leanore F. Bona
Associate Registrar

亨利埃塔在哥伦比亚大学就读时的研究生成绩单。她所上的大多数课程是由本尼迪克特或博厄斯教授的。“H”的评价对博士生来说都是令人满意的成绩。

亨丽埃塔她落选这个研究计划的消息。入选的六位学生分别来自哈佛大学、威斯康星大学、天主教大学和芝加哥大学，哥伦比亚大学唯一的席位留给了朱尔斯·亨利·布鲁门索恩（Jules Henry Blumensohn）——后来在民族学研究领域取得不俗的研究成果的一位人类学家。当时本尼迪克特对亨丽埃塔说："你没能入选，我很遗憾，但我希望你不要灰心放弃，毕竟弗朗兹老爹可是非常看好你！我相信如果你能制定出自己的研究计划，他总会有办法给你筹一笔经费帮助你进行调查。""弗朗兹老爹"就是博厄斯，这是当时人类学系对他的普遍称呼。

亨丽埃塔为这种额外的关注与承诺感到欢欣鼓舞，她带着请求直接去找博厄斯，博厄斯思考了一会儿，最后决定从人类学系的基金中拨 500 美金给她作为必须的研究经费，博厄斯说："你可以考虑去怀特山区的阿帕奇部落，当然如果你有比这里更好的选择也未尝不可，我们可以一起讨论，往年我们曾在怀特山区做过一些非常好的研究项目，但今年却没人选择那里作为调查地点。"亨丽埃塔听后毫不犹豫地答应下来，她完全被博厄斯的提议吸引住了，即便那意味着她必须独自一人前往阿帕奇保留地。

# 2 | 崭露头角的人类学家

亚利桑那州的阿帕奇部落被称为美洲印第安部落中最野蛮的一支。在早期时代西方探险家的文本里，阿帕奇部落的总体形象是恐怖和危险，当地人性情暴戾，对人怒目而视，十分可怖。广泛流传的还有各种各样的偷袭行为，以及历史上被制服的部族首领杰罗尼莫的事迹。人类学家和一些文化研究专业的学生都知道，20 世纪 30 年代以前印第安阿帕奇部落已经基本上被官方控制，他们正在反抗白人企图对他们进行的文化同化，希望在生存的同时保有印第安自身的社会文化地位。对于即将前往那里进行探访调查的人来说，这个名字依然极具震慑作用，使人不寒而栗，亨丽埃塔或许也有同感。

1931 年春季的大部分时间里，亨丽埃塔都在为阿帕奇之行做准备。调查计划需要撰写，食物和住宿问题需要安排、衣物和生活用品需要添置……当然，还有最重要的事情——查阅印第安阿帕奇保留地的相关资料，提前了解当地的风土人情。但她又放心不下父亲，父亲伊利亚斯当时在绞尽脑汁寻找新的商机，挣扎着试图从挫折中爬起；姐姐蒂莉突发中风；当然，还有年轻的弟弟妹妹需要陪伴，虽然他们都长大了，但仍然没有从母亲离世的打击中恢复过来。

除了家庭的忧思，让亨丽埃塔最焦虑的是没有足够的时间去学习阿帕奇语言。本尼迪克特告诉她目前研究美洲印第安人语言最杰出的语言学家在芝加哥大学，她去亚利桑那州的路上会经过芝加哥，所以亨丽埃塔请求本尼迪克特为她去造访一些印第安语语言学家铺路，本尼迪克特同意了。

各种潜在的风险和难以预料的问题充斥了亨丽埃塔的大脑。她还曾给一位圣路易斯华盛顿大学的眼科教授写信，那位医生是施梅勒家庭的世交，她想询问关于患上沙眼病的风险——沙眼是一种在西南部印第安部落十分流行的眼病。这位教授给她寄回一篇复印版的关于“沙眼病原分析”的评论文章，并且向她保证只要“保持正常的清洁卫生，就能免于被感染”，最后这位教授在信中的附言还写道：“如果你担心会不由自主地揉眼睛的话，可以考虑去接触印第安人的时候戴一副汽车专用的护目镜。”

秋季学期的开支也是亨丽埃塔要考虑的大问题。如果不为下学期开支进行储备的话，她将无法继续学业。她向哥伦比亚大学人类学系提交了助学金申请，在申请表里她解释家庭持续恶化的经济状况已经难以支撑自己的学费和开支；她也同时申请了华盛顿的哈蒂・斯特朗基金会的资金援助，但被告知必须优先考虑已有的申请者，所以只能等到八月份之后才会有相关的结果答复。亨丽埃塔将所有的积蓄都取出来兑换成旅行支票，至于博厄斯给的那500美元的经费，只够支付差旅花销和购置几件适合田野调查的衣物。但无论经济状况如何紧缩，对亨丽埃塔来说，为这次田野调查做好准备是最重要的事情。

在那段紧张而忙碌的时间里，她的家人几乎见不上亨丽埃塔一面，弟弟山姆甚至都不知道她即将一个人前往印第安保留地，直到六月份亨丽埃塔已经抵达阿帕奇并给他寄来第一封信的时候他才知道。妹妹露丝当时只有 16 岁，她只记得当时突然要接替姐姐去做每年夏天的工作——在麦迪逊大街的福利之家给小朋友读书讲故事，她还十分期待这份工作。伊利亚斯虽然并不赞同他那聪明能干的女儿离开纽约去一个陌生地方探险，但碍于当时他正竭尽全力谈一笔生意，也就没有再多说什么。亨丽埃塔的表亲格特鲁德回忆起当时自己父亲知道这件事后曾说："如果伯莎还在世的话，一定不会让她去那种地方的。"

在出发之前的那个春季学期，亨丽埃塔必须修完四门高级课程，严格的期末考试与繁重的论文写作任务压在她的身上。其中有两门课程是博厄斯负责讲授和评分（分别是"人类学研究方法"与"人体测量学：生物统计方法"的自主研究课程）的，还有一门"原始人的神话"课由本尼迪克特负责讲授。虽然这两位教授都参与了她出发前往保留地之前的准备工作，也都理解时间对她来说是多么珍稀和紧迫，但亨丽埃塔没有钻空子，为了向两位教授证明自己的能力，她对课业和考试没有任何懈怠。最后一门课程是奥图·克兰伯格（Otto Klineberg）所讲授的"种族心理学研究"，他曾与亨丽埃塔一起参加过博厄斯举办的研讨会，六十年后他还能清晰地回忆起亨丽埃塔的才智和亲和力。最后亨丽埃塔这四门课程都取得了"H"的成绩级别，当哥伦比亚大学想要奖励在校研究生在追求更高学位过程中取得优秀成果时，就会给予他们这个级别的评分。

前期对阿帕奇保留地的资料收集工作也不能落下。亨丽埃塔从学校图书馆里借阅了大量书籍，其中就有关于纳瓦霍人和皮马人（Pima）祈雨仪式以及他们如何使用字符表意的书籍，还有六大捆人类学对美洲印第安部落的研究文献，这些资料塞满一个大行李箱。

最关键的住宿问题还没解决。本尼迪克特帮忙给几位西南部著名的人类学家写信，询问是否能在阿帕奇找到“适合一个人去进行田野调查的女性学生”的住所。

本尼迪克特所联系的这几位人类学家里，哈里·霍伊格尔（Harry Hoijer）和奥德·哈尔赛斯（Odd Halseth）都写信回复了，他们提醒即便是能够住在阿帕奇家庭中，想要接近他们也是很艰难的事情。霍伊格尔是新墨西哥州大学的教授，他特别警告在那里生活要忍受“身体上的不适”——蚊虫、兽害、污垢、漏水的屋顶、怪异的食物、哭号的幼儿，这些都将成为从事研究的极大阻碍。

哈尔赛斯是亚利桑那州考古委员会的秘书，他的回复直言不讳地指出阿帕奇人“食量大得惊人，他们将会把你身上所有的财物都榨干，另外阿帕奇人身上散发的气味就连同样身为印第安土著的普韦布洛人（Pueblo）都难以忍受”。所以他们都认为最好是在当地建立自己的住所。哈尔赛斯提出，建议那位想要独自前往阿帕奇保留地的女性最好能改换计划，与其他女性研究者结伴选一个保留地进行研究，在当地“架一个双壁帐篷（double-walled tent），这样每人都有各自的空间，并且既能保证安全，也能友好相处”。

本尼迪克特在信中说亨丽埃塔没有汽车，哈尔赛斯表示汽车作为田野调查的代步工具是必不可少的，尤其是在阿帕奇保留地这样的地方，否则出行将变得极为困难。

当本尼迪克特将这些建议转达给亨丽埃塔时，她的第一反应是："我怎么可能买得起车呢？我也不会开车啊！"像大部分从小生活在纽约的孩子一样，不论是上层社会还是底层社会，很少有人认为学习驾驶是一项必备的技能。本尼迪克特建议亨丽埃塔在出发前取得机动车驾驶执照——"以防万一"，亨丽埃塔于是赶紧前往机动车部门办理了驾驶员学习执照。

六月里的一天，亨丽埃塔与本尼迪克特、米德进行了一次会面，那时米德只有 29 岁，但她已经凭借着对新几内亚和萨摩亚的研究收获了大量学术赞誉。那是一次愉悦的非正式谈话，气氛轻松随意，两位导师为亨丽埃塔分析了在保留地可能会遇到的事情，还进行了模拟的田野访谈。米德在之后出版的自传《黑莓果之冬：我的早年岁月》（*Blackberry Winter: My Earlier Years*）中就曾写道："除了教授学生人类学的理论之外，还要带领学生到土著人部落中观察研究，这种学习方式本世纪初就盛行了，学生们到土著部落中生活，学习如何解决问题和生存下来。"她们还一起讨论了与土著人一起生活的利弊、女性从事田野工作的优势与不便，还有大量有待亨丽埃塔前去收集和论证的现象……亨丽埃塔一方面对本尼迪克特和米德的关注感到受宠若惊，但另一方面，她的大脑已经开始进入到紧张状态，等待她的注定是各种复杂的情况以及难以预料的挑战。

之后的时间里，亨丽埃塔的思绪在激动与忧虑二者之间挣扎，除了做好出行准备和危机评估之外，亨丽埃塔也在计划一些轻松休闲的旅程作为调剂。她发现从芝加哥前往亚利桑那的最佳路线中途会经过大峡谷景区，只要花上四美元，她就能坐火车一睹大峡谷的宏伟风光。于是她计划在动身前往怀特山区之前抽出一天时间来一次当地旅行。

6月15日，亨丽埃塔启程从纽约中央车站乘坐夜间火车前往芝加哥。离开前，她与忧心忡忡的父亲、妹妹露丝和姐夫欧文一起吃了晚餐，众人为她践行。露丝还记得饭桌上姐夫欧文还用印第安人“剥头皮”的血腥风俗来开玩笑，亨丽埃塔听后大笑起来，露丝却感到一阵突如其来的恐惧。在车站互相道别的时刻，她紧紧抱住亨丽埃塔，只说了一句话：“一切小心。”

在芝加哥中转停留的时光是令人陶醉的。亨丽埃塔为自己安排了满满两天的行程——她要拜访芝加哥大学一位天分极高的人类学家、同时也是人类学系主任的费伊·库珀·科尔（Fay Cooper Cole），另一位要拜访的是亨丽埃塔的偶像——极具声望的“美国语言学权威”爱德华·萨丕尔。萨丕尔与亨丽埃塔详谈了几个小时。她在之后写给姐姐贝莱的信中记录了这次会面：“他教我阿帕奇语言的语音系统，准确来说是阿帕奇邻近的纳瓦霍部落的语言。他还评价我有很敏感的听读能力，你能想象当时我有多么荣幸吗，我感觉我仿佛站上了世界之巅。”

去峡谷旅游的那天，亨丽埃塔骑着驴子沿着小径一直下到峡谷最底端，她忍不住感慨：“天啊，这真是一次令人犯心脏病的旅程！”6月23日她给山姆寄了一张明信片，明信片的正面是一只张着大嘴好像受惊了的驴子，背面写有文字，“沙漠里的夜莺——它在嘲笑我这个即将到来的新人骑驴手”，“最后再骑

一圈我就要离开了，前往阿帕奇的公共汽车一小时后发车”。

亚利桑那州的霍尔布鲁克（Holbrook）距离怀特里弗地区（Whiteriver）有 96 英里的路程，20 世纪初期，如果乘坐公共马车前往保留地，要在蜿蜒崎岖的山路上颠簸一整天才能到达。到了 1931 年 6 月 23 日，轮到亨丽埃塔需要进入保留地的时候，搭载她的交通工具仍然被称为“公共马车”，但不同的是由原来的马作为动力变成了用引擎驱动，体积还是跟原来的邮车一样大，但全程只需要不到三个小时，中途还会停下来歇脚吃午饭。亨丽埃塔怀揣着复杂的心情坐在汽车前部与司机并排的位置，祈祷这段全程颠簸、黄沙漫天、时常有生命危险的疯狂之旅快点结束，但又希望在踏上印第安的土地之前能多些时间梳理自己的想法——毕竟这趟车抵达后，她人生中重要的首次冒险即将开启。

汽车司机詹姆斯·麦克尼尔明显全程在帮倒忙。他向亨丽埃塔宣传阿帕奇人的阴暗面：嗜酒、肮脏、敌视外来人。亨丽埃塔镇静地回应他："我并不担心这些，我已经做了充分的准备，资料上说如果你以友好的态度和方式接近阿帕奇人，他们就会对你报以同样的善意和友好，就像任何普通的人与人之间的关系那样，我正是打算这样去做。"

## 怀特山区（White Mountain）

1987年，我们第一次造访怀特山阿帕奇保留地，保留地入口处赫然树立着一个金绿色的标语牌，上面写着："欢迎来到怀特山阿帕奇保留地。"回想当年，当亨丽埃塔从邻近的洪达（Hon Dah）镇跨越进入保留地时，只能看到越来越破败的乡村图景以及道路两边疯狂生长的植物，伴随着司机麦克尼尔冷冰冰的报站提醒："阿帕奇到了。"

怀特山区部落是美国西部三个主要的阿帕奇印第安分支部落之一。他们在此地生活的时间最早可以追溯到1400年，当时他们靠捕杀水牛来存活，这种谋生方式持续了几个世纪。在与周边部落进行土地与资源的争夺过程中，他们被不断驱逐，从新墨西哥州和得克萨斯州不断向西南方向迁徙，最终在怀特山区扎下根来，后来这个区域被划归为亚利桑那州的管辖范围。

直到步入19世纪之前，阿帕奇部落一直是自给自足的存在状态，当时印第安人富有攻击性的说法还没有流传开来。白人殖民者发起的西进运动不断挤占他们的生存空间，将印第安人赶往更西部的边缘。19 世纪 60 年代，美国内战爆发，南北陷入一片混战，但阿帕奇部落内部却是一派和气景象，与周围的白人殖民者之间也处于相对和平的状态。

到了 1868 年，美国社会处于一片混乱与失序当中，到处都是劫掠与袭击，白人和印第安人之间开始了劫掠与反劫掠的游击战，当时联邦政府还在保留地建立起类似奥德堡（Fort Ord）那样的堡垒来维持秩序，但劫掠的情况并没有减轻。阿帕奇部落甚至还继续南下发动袭击，程度也越来越凶残。1871 年的格兰特营大屠杀事件中，白人治安团屠杀了手无寸铁的阿帕奇妇女和儿童。阿帕奇人内部也开始内讧，西部的阿帕奇侦察军被克鲁克将军利用，在战役中攻击阿帕奇分族的托通人（Tonto）和奇里库亚（Chiricua）人。1870 年，美国陆军部宣布将怀特山区设为限制性保留地，阿帕奇部落分散在亚利桑那州与新墨西哥州，分归两州政府管辖，白人统治者从此开始了臭名昭著的“绥靖政策”。

之后的二十年间，白人与印第安人之间、印第安不同部落之间的关系越来越紧张，怀特山区一直处在动荡不安的局势中，印第安人的生存空间越来越拥挤。阿帕奇印第安人首领杰罗尼莫向美军投降后，袭击者们陆续在 1890 年之前撤出保留地，奥德堡成了阿帕奇堡，阿帕奇保留地经过扩张之后又被分为怀特山区和圣卡洛斯区，投降之后的杰罗尼莫还被拉出来与“水牛比尔”（Buffalo Bill）一起当众巡演，以昭示阿帕奇人已“被驯服”的事实。阿帕奇人一边要在本来就不多的耕地上开荒，又要适应极端变化的地形和气候，再也没有水牛可供捕杀，他们也就失去了稳定的肉食来源。

在亨丽埃塔乘坐汽车到达保留地之前，这段阿帕奇部落的历史早已经深深印刻在她的脑海中了，她非常清楚这个地方的遗留问题——历史上饱受压迫的挫折与怨恨在这片土地上不断积累。他们曾经是独立自主的人群，他们为自己的种族而感到自豪，但却被迫忍受几十年的束缚和种族管制。现在这里只有贫穷、债务、高发病率的疾病、自相残杀的暴力和根深蒂固的酗酒风气。阿帕奇长期面临来自白人和现代社会的文化同化，两股力量在这里互相拉扯——一种是成为一个“标准的美国人”，共享美国梦的荣耀与财富；另一种是捍卫自身“阿帕奇勇者”的传统身份，保护印第安文化，重振印第安人的辉煌。

在来到保留地之前，这些历史与现实对亨丽埃塔来说都只不过是资料上的文字。公共汽车带她驶向保留地的途中，车窗两边的景色从宏伟壮观的山体逐渐过渡到美丽静谧的山谷、小溪和田野；两边的植物也从杜松树、雪松和杉树逐渐被排列奇特的丝兰、鼠尾草灌木丛、仙人掌和仙人球所代替。偶尔会在田间看到一两个农民或农场主停下手中的工作抬头看一眼。没有人对她的到来表示欢迎，但她也没有感受到特别的敌意。一路上看到的尖顶茅屋和木制房屋的数量大致相当——曾经脑海中的幻想和书本中阅读过的一切渐渐成为眼前的现实之物。衣着精致的老妇人提篮走在路边，几辆皮卡搭载着几位穿着印花围巾和 T 恤的年轻人，车子发出咔哒咔哒的声音，从老妇人的身边呼啸驶过。

亨丽埃塔的人类学素养使她很快就注意到这里是个文化混

杂的地区，年龄分布与环境形态都是多样和变动的。她屏住呼吸，怀着激动与紧张交织的心情观察眼前的一切，毕竟她从来没有涉足比宾夕法尼亚州更远的地方，此时她对这个陌生而美丽的新世界充满了敬畏。

怀特山区的入口处没有任何标志或指示牌把它与其他村庄区分开来，所以当司机麦克尼尔突然指着前面一座白色木屋说“那就是保留地总部”的时候，亨丽埃塔着实吓了一跳。

# 3 | 初到保留地

威廉·唐纳其人被评价为印第安保留地的“铁腕熟手”，他性格易怒，为人自私，所以他有魄力将阿帕奇保留地这个传奇的旷野部落的一切事务打理得井井有条，唐纳本人对此感到骄傲不已。1922 年起，他就作为联邦政府与印第安事务局派出的全权代表，被指派到怀特山区担任主管人。尼尔森·卢佩在 1938 年至 1962 年间曾任阿帕奇的部落首领，卢佩评价唐纳是个不苟言笑的、令人胆怯的白头发男人——“他就是那种老派作风的人。”他常常在路上斥责那些开车速度超过每小时 25 英里的印第安人，但转眼他自己便以更快的速度在同样的道路上咆哮疾驰，喇叭鸣得震天响，像是平白无故地定期宣示一下自己的权力。

1931 年 6 月 23 日那天傍晚，当一个学生模样的年轻女性空降于他的办公室，宣称要在这里度过整个夏天的时候，他难以掩饰自己不悦的情绪。对于亨丽埃塔突然造访，他事前并不知情，他讨厌这种突然陷入被动之中的感觉。

但可能是因为亨丽埃塔长着一张朴素无害的面孔，再加上她脸上一直挂着热情开朗的笑容，身上散发出兴奋与活力，在某种程度上消除了一些唐纳的不悦感，所以他并未把自己的愠怒诉诸于言语。虽然他还是充满戒备，也还能对亨丽埃塔保持基本的热情，但唐纳以自身的经验察觉到，任何外来的人或事都有可能轻易打破阿帕奇保留地那原本就很脆弱的平衡。

唐纳本人并没有收到任何关于亨丽埃塔要来访的文件，他猜想总部里有其他人知道这件事，他回想起哈利·霍伊格尔曾经同他商量让几个人到这里来过暑假的事情，前几年也曾有几个知名大学的研究生进驻这里，说是来研究印第安文化，当时这事把他给忙得团团转。毫无疑问，眼前这个女孩十有八九被她的导师告知，只要来到这里就会有人接待他，为她安排好一切。

“哥伦比亚大学是吗？之前也来过几个你们学校的人，他们在这儿过得还行。”唐纳思考了一下，突然问道：“但从来没有你这样一个女孩单独来到这里的，何况你还这么年轻，看上去没有什么社会经验啊，你有单位或机构的介绍信吗？”

“我没有介绍信，”亨丽埃塔回答说，“但如果您需要我提供证明的话，我箱子里有一整箱从哥伦比亚大学图书馆借来的书，您可以瞧瞧。”她指了指立在唐纳办公室外面的那个超大号的方形皮箱，箱子的边缘就快要被书挤压到开裂，两人同时会心一笑，之前的唐突气氛和拘束感似乎消去了一些。

五个星期之后，唐纳在官方报告中这样记录当时的情况：

施梅勒小姐并没有提供任何来自哥伦比亚大学的介绍信或证明文件，她声称没有必要提供这些文件。她带来一大箱子的书和册子，说那些是从哥伦比亚大学图书馆里借出来的书。鉴于我认为我们没有足够的理由能够阻止她在这里开展研究工作，所以对于她到来的意图，本办公室不作反对。①

似乎从来没有人考虑过要将亨丽埃塔到访保留地的信息提前告知唐纳，并做好必要的安排，这个问题成了日后亨丽埃塔一案的关键争议点之一。

对于几个核心问题，每一方都各自持有不同的观点：亨丽埃塔应该研究哪一方面的阿帕奇文化？在保留地里她应该找谁交谈？是否应该有人陪她一起研究？但最关键的莫过于亨丽埃塔在保留地的住所问题。出发前哈里·霍伊格尔和奥德·哈尔赛斯都提出与阿帕奇家庭同住的弊端，哈尔赛斯还建议可以找另一位女性田野工作者一起住双壁帐篷，本尼迪克特和米德随后提供了另一种选择，即找一块地自建一个印第安风格的尖顶茅屋，亨丽埃塔原本打算听从本尼迪克特的建议，但唐纳提出她“可以先暂住在学校里，以学校为基地开展工作”。（“学校”指的是西奥多·罗斯福印第安学校，是以前阿帕奇堡的营房改造而成的，冬季学期这里会成为纳瓦霍青年的寄宿学校。）

---

① 这段引文所用的材料与本书中多处材料一样，都出自 FBI 关于亨丽埃塔案件档案“发生在联邦保留地的谋杀案”文件夹中，这份档案一共有 445 页。在经历了反对《信息自由法条例》（FOIA）对这些档案延长两年的封存期的艰难战斗之后，我们终于拿到它。在这些材料的基础上，我们得以写作此书，这批档案材料包括 FBI 的案情文件、家庭成员之间的信件、大量新闻剪报、在瓦萨学院发现的材料。还有从美国哲学学会、哥伦比亚大学和亚利桑那州博物馆取来的材料也是我们重要的资料来源，我们还从司法部系统里获得了一些数据。对于每一个信息引用，我们都标注身份和信息来源，考虑到这些信息有可能会给读者造成理解障碍，所以我们通常不指明文件最初所在地或详细的信息源。

亨丽埃塔并不认为这是个好提议。对此，唐纳曾写道："施梅勒小姐说她如果与白人住在一起或过于亲近，将使她无法有效地进行研究工作，她希望能住进印第安人家里。"唐纳比较温和地坚持她应该在"政府的范围"附近建立自己的住所，还承诺会为她安排一个"靠得住的印第安人"——切斯特·卡明斯及其家人来协助她建立自己的房屋。

唐纳说服亨丽埃塔暂时在怀特里弗区政府的总部落脚，与白人职员同住在一起，亨丽埃塔在那住了六天。6 月 28 日，她给弟弟山姆写信谈到暂住在政府总部的情况："这里是一个真正的印第安保留地村庄，所以这是接触和了解印第安人的好地方。"信里她还向妹妹露丝炫耀："我根本不需要付一分钱房租，只需要付一些伙食费就可以了（通常是 0.5 美元一餐）。"

但亨丽埃塔急切地希望早日离开白人的居住领域和保护范围，现在这样的居住方式将她与印第安人的生活世界区隔开了。6 月 25 日，她与一位名叫杰克·凯斯的印第安人一起为建造自己的帐篷选址。杰克·凯斯是政府的"副手"，负责协助政府在东福克阿帕奇部落的事务，他的工作之一就是确保自己知悉东福克区的所有人事，同时这也是个带着亨丽埃塔接触印第安人，获取必需生存资源的好机会。6 月 29 日，亨丽埃塔搬离了在政府总部的暂住地，因为凯斯说服她改变原先的计划，她会先搬到东福克一个"野外的小屋，旁边是阿帕奇人的定居点"，在那里一直住到雨季结束。亨丽埃塔当时心想，虽然这里并不是一个合适的居所，但在还没有安顿下来的时期里，把这里作为过渡也未尝不可。

结果这个小屋的情况比亨丽埃塔预想的更糟糕，在给姐姐蒂莉的信中，她写道，找到合适的住处的过程是艰难和充满考验的，其中有一项考验便是“有几个晚上必须要睡在鸡的笼舍中，与鸡同眠”。

关于住所的计划永远都在变动，因为总是时不时就有新的消息出现。她在写给博厄斯的信中说：“阿帕奇人的生活完全是游牧式的（但并非整个阿帕奇部落都是这样，我知道这种情况在纳瓦霍部落比较普遍，他们常常会一时兴起或频繁地聚在一起喝图拉皮酒［tulapai］，场面非常壮观）。找到一个合适的住处太难了，这里的主管人让我在印第安人聚居区里自建帐篷，这也是当初我与本尼迪克特教授讨论的方案，但我总是担心会有一些不好的情况发生，我担心因为我的唐突闯入，某天早晨我一觉醒来，就会看到周围的村庄都消失了，帐篷、支架和所有的一切，都成了逝去之物。”

住所问题终于敲定下来。东福克的印第安人聚居区里有一间三房小木屋最近空置了出来。这是一间不算大的木质尖顶框架房子，孤独地矗立在聚居区人烟稀少的一角，这里距离怀特里弗的政府总部大约四英里，距离东福克约三英里，最近的白人居住区就在不到一英里之外，亨丽埃塔对此非常满意。凯斯说房主阿莫斯·梅西的父亲搬去了圣卡洛斯保留地，所以他愿意将这个小屋租给亨丽埃塔，阿莫斯·梅西与大部分年长的印第安人一样，比起政府给他们建造的房子，他更情愿住在传统的印第安尖顶棚屋中。亨丽埃塔终于找到一个属于自己的合适住处，她感到狂喜，这个独立的空间可以让她脱离政府的保护范围，得到一些独立行事的空间。在这里安顿下来后，她写信告知博厄斯："虽然我才刚搬进来没多久，但我总觉得这里就是最好的选择。"

起初那个小屋里面的情况也不乐观，最棘手的是卫生方面的问题，但好在她总算有了一个独立的空间，所以这些难题顿时都显得微不足道了。老梅西将房子的后屋当成了一个杂乱的储物区，房间里堆放着几大桶杂物和干草，还有各式各样的老旧农具堆在一起，使得这个房间基本上已经没有任何可以落脚的空间。第二个房间里，谷物的外壳铺满整个地板，成堆的旧衣服胡乱堆放，亨丽埃塔只好在一块小空地上支起自己的床，衣服就留在行李箱里，她不想破坏老梅西家里原来的样子。房子前屋有一个破败的炉子、一张大工作台、两把椅子——这都是亨丽埃塔需要的东西。

房子前面的门廊看起来就是个天堂。顶上有一个遮蔽棚，下面放了一张桌子，旁边也有足够的空间放置椅子。亨丽埃塔如果不需要出门的话，这里就是她的大本营，也是她招待访客的绝佳场所。这里的日落景象尤为壮观，她给父亲写信描述道："我的房子朝向西边，每当日暮时分，我会注目那壮美的亚利桑那州日落，我可以就这样望着日落、长久地沉浸其中。"她也给姐姐蒂莉写了信："现在被我叫做'家'的这个地方，是一个带门廊的三室小屋，坐在这里可以远眺四周的山脉，小屋被四面山脉所环绕，四面都是开阔的景象，远至我们的视线所不能及之处。昨天晚上我就是坐在这里整理当天下午与阿帕奇青年的访谈，面前就是全世界最壮美的日落景象，偶尔可以听见大雨

**亨丽埃塔在保留地所居住的小屋。**

环绕在身边倾泻而下。太神奇了，不是吗？”

之前，本尼迪克特曾建议亨丽埃塔尽快在保留地找一位印第安女性作为向导和陪同，亨丽埃塔刚到保留地时，唐纳也对这个建议表示赞同，他说他能给亨丽埃塔找来一个“可靠的印第安女孩”做她的翻译，收费为每月 15 美元，需提供膳食。之后广泛流传的说法是亨丽埃塔任性地拒绝了唐纳的请求，但事实恰好相反，亨丽埃塔欣然答应了这个提议。

后来亨丽埃塔对唐纳推荐的两位年轻印第安女性都进行了面试，第一位女性说她可以接受七月份一共 15 美元的酬劳，但七月份里她将有十天无法工作。之后，她与第二位女性进行了详谈，两人聊得非常投机，也愉快地达成了协议，约好从第二天清晨开始工作。在之后给好友伯莎・科恩的信中，她写到自己“雇用了一位带着私生子的女孩，既作为管家，也给自己做个伴”。然而，这位女子第二天并没有如约出现，亨丽埃塔不得不重新打算。

之后，在保留地主管唐纳给上级提交的报告中涉及到给亨丽埃塔介绍女性向导的部分里，唐纳并没有直接提及亨丽埃塔对这个建议的回应，也没有提出亨丽埃塔实际上听从了他的建议，很快就雇用了他推荐的印第安女子，他没有意识到一个严重的问题——亨丽埃塔的经费有限，这个问题会在日后变得越来越突出。唐纳只是这样提到：“起初她决定采纳我的建议，但几天后她又说她认为不需要再雇用任何人了，因为她会时不时地离开几天，在那几天里她就不需要陪同了。”从唐纳这份报告的论述中，我们会看到一个对事情只有片面理解的人是如何曲解事实真相的，但对亨丽埃塔的误解远不止这些，这也只是之后引发争议和猜测的众多事情之一。

即便寻找住所的过程一波三折、历经艰辛，但这没有使她放慢开展调查的脚步。她细致访问每一位可以接触到的印第安人，事无巨细地记录一切信息。她时常感觉时间紧迫，毕竟只有两个月的调查期，就更不应该把时间浪费在琐碎的事情上。

唐纳给亨丽埃塔介绍了切斯特·卡明斯，一位政府的收税人（亨丽埃塔说卡明斯是“这一片区真正的负责人”），卡明斯能为亨丽埃塔在保留地内的活动提供一些保障措施，也可以领着她与当地的阿帕奇人接触，协助她寻找愿意接受访谈的阿帕奇人。卡明斯是一个和蔼可亲的 63 岁长者，以前是俄克拉何马州种小麦的农民，他常开着自己那辆绿色的雪佛兰汽车载着亨丽埃塔到处闲逛，寻找愿意接受采访的印第安人。亨丽埃塔常评价卡明斯：“他真的是个很善良的老头子。”在众多的夸赞之后，她还写道：“他向我保证这整个夏天里只要我需要乘车，他就会为我安排，保证会有车子供我使用，这实在是太棒了！”这句话日后再看起来有种残酷的讽刺感，亨丽埃塔正是因为找不到前往峡谷日舞会的交通工具，才会最终踏上死亡之路的。

亨丽埃塔来到保留地的第二天早晨，卡明斯就特地带她去了一个被风侵蚀严重的小屋，那个小屋位于卡明斯自己那个白色隔板房的另一面，在那里，亨丽埃塔第一次见到了凯斯。卡明斯对她说：“有一个人你需要见一见。”当天，凯斯答应帮助亨丽埃塔搭建帐篷。在建帐篷这件事情行不通之后，凯斯才帮助亨丽埃塔找到了东福克的那个空置小屋，而那里便成了亨丽埃塔在保留地的家。凯斯还给亨丽埃塔介绍东福克的阿帕奇居民、故事讲述者和翻译，他自己也给亨丽埃塔讲了大量关于阿帕奇印第安人的传说。高尔尼·西摩尔也是经由凯斯引荐和亨丽埃塔认识的。

但毕竟在整个怀特里弗，还有大量的印第安居民是卡明斯和凯斯都没有给亨丽埃塔引荐过的。亨丽埃塔每次经过村庄或营地时都会对沿路遇到的人热情地打招呼，但得到的回应大多不是她所期待的那样，大多数阿帕奇男性只是冷漠地点点头，偶尔脸上会闪现一丝无所适从的微笑，如果亨丽埃塔能成功地与他们搭上话，他们的表情会随着谈话的深入而渐渐开朗起来，有时还会发出开怀大笑。但对于阿帕奇女性来说，情况就没有那么简单了，她们对主动打招呼的亨丽埃塔很少有回应，报以微笑的情况就更稀罕了。尽管亨丽埃塔早就听说美洲土著女性的性格胆怯，但还是能感受到某种充满戒备的敌意。7月4日，她给博厄斯写信说："情况与我之前预想的完全相反，我觉得男性比女性要容易接触得多，我已经与几位男性成为了很好的朋友，但至今仍然没有与一位女性进行过有价值的对话。"后来她多次尝试向阿帕奇女性做自我介绍，消除她们的戒备感，费了好大劲才终于找到几位女性作为被访者，积累了一些资料。

只有和孩子们在一起时，亨丽埃塔才会是完完全全放松的。虽然一开始孩子们也有些胆怯，尤其是面对一个性格如此外向的白人女性的时候，但亨丽埃塔深知孩子们的好奇心终究会战胜胆怯。她在给姐姐蒂莉的信中用兴奋的口吻写道：

今天早上有个小男孩来到我这里，我从他那里听到一个关于柏油娃娃（tar baby）故事的有趣版本，在此之前他已经带过两个男孩到我这里来（但说实话我并不记得曾经见过他们，我到现在还是不能把他们的长相给区分开来）。我给了他们一些糖果，他们在我这里待了一阵子，但好像一直都很羞怯，也不怎么说话，我就通过翻花绳的游戏来消除他们的胆怯，过了一会儿他们说要离开，但又说马上会回来，才过了一会儿的工夫，其中的两个孩子又出现了，手里还提着一袋李子要送给我，他们简直太可爱了！

刚才我在写这封信的时候，突然被一群不知道从哪里涌出来的孩子给打断了。他们是一群住在东福克的孩子（东福克就是我所居住的那个区域，离这里大约4英里远），他们跑过来攀着我所乘坐的车，我根本就不认识他们，但他们很明显是认识我的。我热情地邀请他们到我家里去，我觉得如果和孩子们能保持很好的关系，再去接触当地的成年人应该就会容易一些。这些孩子们真是极其友善，他们总是充满了童真与活力。

19 世纪 20 年代末至 30 年代初是学术界研究美洲土著社会的狂热年代。这一时期的土著社会文化研究者会接触大量的本地人，将他们视作文化信息的提供者，但事无巨细地收集一个部落所有的社会文化资料并不是一种常见的研究取向。普遍的做法是将研究范围限定在某个特定的主题上，因此亨丽埃塔的田野工作研究主题日后也成为了一个富有争议的话题，关于她在印第安人社区的研究主题究竟是什么，就出现了各种各样相互矛盾的论述。在对嫌疑人高尔尼·西摩尔的庭审过程中，检控方证人露丝·安德希尔在作证时就曾说亨丽埃塔的田野工作是“为了研究阿帕奇印第安女性”。但在亨丽埃塔本人看来，她的工作是探悉所有接触到的、关注能力所及之处的阿帕奇整体文化，包括亲属关系模式、儿童养育和教育实践、礼仪规范、宗教仪式和语言使用情况等等。本尼迪克特曾对她说，女性通常在看待事物方面有独特的视角和洞察力，也比男性更容易接触，交谈起来更安全，但本尼迪克特也从未要求亨丽埃塔去阿帕奇只能从事与女性相关的研究，或只能对女性进行采访。对于亨丽埃塔这样有人类学素养的学生，显然不会放弃任何与每一位信息提供者进行交流的机会。

亨丽埃塔有了固定的住处之后，她小屋的门廊和那几把舒适的椅子发挥了大作用，多亏了有这个空间，采访与交谈进行得更加顺畅。当地开始流传那位“总是熬夜写作的白人女孩”正在急切地征集有丰富的人生阅历和记性好的阿帕奇人进行交谈，还有传言说她会付钱给阿帕奇人换他们讲故事。来访者们开始以定期的频率造访，亨丽埃塔认真聆听每一次对话，一边记下所有细节，只有在必须要向他们提问的时候才会偶尔打断他们的叙述，如果遇到会说英语的阿帕奇人，采访过程就会顺利得多。但不论是什么身份的阿帕奇人前来接受采访，她都非常愿意倾听他们的好故事。如果能请到会说英语的塞拉斯·克拉赛或她的邻居来帮忙翻译，那就再好不过了。

有几位阿帕奇年轻女性是墨西哥混血，她们与亨丽埃塔可以自如地交谈。伊迪斯·桑切斯与贝茜·桑切斯是“门廊谈话”的常客，她们聚集在亨丽埃塔家里谈论家长里短，她们的谈话内容为亨丽埃塔了解印第安家庭关系和家庭生活的实践贡献了大量生动的信息。玛丽·维莱克斯那时 20 岁，她的父亲就是赫苏斯·维莱克斯——一位杰出的墨西哥游骑兵，母亲是阿帕奇人，她像对待朋友一样与亨丽埃塔相处，还给她讲述许多阿帕奇的社会文化习惯。

五十六年之后，玛丽·维莱克斯的人生已来到风烛残年之际。她是阿帕奇部落委员会首位女性成员，并且长期担此职位。玛丽在见到作为亨丽埃塔侄子和侄女的我们之后，含着泪用可以听懂的语言，略带夸张地说：“她曾是我最好的朋友。”

但亨丽埃塔的田野资料来源几乎全部是阿帕奇男性——年长的、年轻的，甚至年幼的都有。杰克·佩里的家与亨丽埃塔的住处就在同一条路上。他自家的木屋一直空置着不住，在屋后又搭起了印第安人传统的尖顶茅草屋。他向亨丽埃塔讲述了大量关于照料马匹和畜牧的知识，还有一个散工的一天是如何运转的。塞拉斯·克拉赛带给亨丽埃塔关于英语和阿帕奇语的应用知识，与她谈论这两种语言的音位差异，以及阿帕奇部落特有的土语和俗语。有几位二十出头的青年男子总喜欢来找她聊天，与她谈论他们的工作生活、娱乐活动和未来规划，彼得·凯斯赛就是其中之一，他经常问亨丽埃塔关于纽约市的问题，总让她谈谈在纽约的生活。

14 岁的乔治·沃伦住在路德教会的教堂里，让他讲故事要先支付 15 美分，没料到他是一个滔滔不绝的健谈者，他向亨丽埃塔详细讲述了自己的教堂生活，还提供了许多关于社会风俗和青春期男女性行为的资料。在亨丽埃塔看来，他以自己为例讲述性经历的时候更像是在夸耀和吹嘘，但她还是专注地倾听，在听到关键信息时记下笔记。

一些年长的信息提供者开始向亨丽埃塔索要更多的钱。渐渐地，亨丽埃塔在获取信息上付的钱已经超出了预算。“不知怎么的，这些老人家误以为我会在他们身上花费大量的金钱来换取他们的故事，所以如果我不愿意再多付一些钱，他们就拒绝继续向我讲述，”亨丽埃塔曾写道，“但最初他们是感激有我这个倾听者的，一开始他们都迫不及待地与我交谈。”

阿帕奇人的舞蹈仪式有大量丰富的内容有待被发掘。阿帕奇舞蹈主要分成两种，一种是公共性质的社会舞蹈，白人与印第安人共同出席，分成各自单独的两组进行，或者白人与阿帕奇人一起观赏印第安舞者充满戏剧性的舞蹈。另一种是仪式性的舞蹈，通常只有阿帕奇人参与，舞蹈仪式的进行有固定的时间表，地点通常选在隐蔽的地方，很难进行旁观。

亨丽埃塔很快就参与到对阿帕奇舞蹈仪式的观察和研究中，在她到达保留地的第五天，她已经参与观察了两场舞蹈仪式，都是青春期女孩们的成年礼仪式。6 月 28 日，她在给弟弟山姆的信中描述了这一场特别的舞蹈仪式：

关于这些舞蹈仪式的细节等我回到家中再与你详细讲述，但是我现在迫不及待地想跟你分享我的经历。以前，阿帕奇人的舞蹈仪式是彻夜进行的（有时候甚至还会持续到第二天白天），但现在的仪式分成两个部分，第一部分在傍晚时分举行，第二部分在黎明破晓时分举行。仪式地点在一个棉白杨树林里，怀特里弗的溪流穿林而过，对面就是政府驻地。参加傍晚那场舞蹈仪式的人群中有很多白人，所以我好像并没有感觉到陌生或不安，只是站在一旁急速地做田野记录。晚上 10 点 30 分左右，舞蹈停止，仪式结束，白人们陆续散去，各自返家，但大部分阿帕奇人会留下来，他们在仪式场所附近搭建了临时帐篷（与他们常住的那种帐篷不同，这种临时帐篷较为简陋），而且会一直在这里住到 7 月 4 日之后，那天，这里将举行一个盛大的庆祝活动。

10 点 30 分仪式结束后，我跟随最后一批白人离开了仪式现场，但我决定观看黎明的那场仪式。没有人能告诉我黎明那场舞蹈仪式开始的具体时间，为了不错过任何一个细节，我凌晨 2

点起身，3 点 15 分抵达仪式现场附近，整个世界还处于一片彻底的黑暗之中，唯一可辨的声音从小溪对岸传来，那是时断时续的婴儿啼哭声。

这将是我第一次完完全全地独自面对一群阿帕奇人。我该怎么办？

我在小溪边坐下，一动也不敢动，我不敢呼吸，我害怕自己任何一点轻微的移动都会打破这沉睡中的营地的寂静，如果让黑暗中的响尾蛇注意到我的存在，它可能会向我发起攻击。

恐惧从四面八方向我袭来。

大约 4 点，我听到几声筒鼓的低拍，我屏住呼吸，缓慢穿过小桥到达小溪对岸，两个印第安人正从营地走出（我相信他们应该是仪式某个环节的负责人），为了不让他们误会我是鬼祟游荡的人，我特意大声询问他们是否能告诉我黎明的舞蹈仪式开始的时间，他们回复我时间尚早，还得等一会儿。于是我走进营地，找了一个角落的位置盘腿坐下，蜷缩着身体，静静等待，我努力降低我自己的存在感，尽量保持面无表情的平静，因为我不想因为我的存在而惊扰任何一个还在沉睡的印第安人。

不久之后营地响起了唤醒的号角声，营地中所有的人都陆续醒来，起身。天啊！我从来没有同时见过这么多印第安人聚集在一起。有些人发现了我，突然用手指向我："那里坐着一个白人！"突然他们都在盯着我看！他们对于我的存在又惊奇又困惑，我的出现是那么的不合时宜，但正因为如此，观察他们看我的表情反倒成了一大乐事。过了一会儿，有一位会说英语的印第安人向我走来，他问我从哪里来，到这里来做什么，我每回答一个问题，他就会用阿帕奇语言向远处的同伴喊话。另一个阿帕奇人也过来了，我们短暂地交谈了一会儿。他们对我的在场并没有表现出任何敌意或不满情绪，反而热心地告知我这周内其他几场舞蹈仪式举行的时间，在黎明仪式进行的过程中，他们还给我一把玉米花粉——那是一种在印第安仪式里充当重要角色的物品。（顺带一提，舞蹈仪式真是太精彩了！）

亨丽埃塔觉得这是一次振奋人心的观察经历，于是她更加集中地追踪观察阿帕奇舞蹈仪式，7 月 4 日她给博厄斯写信说道：

我正在等待观看牧牛的仪式（cowpunching），这个仪式是为了庆祝印第安 7 月 4 日的节日。这段时间里，很多个夜晚和黎明我都是在女孩们的青春期仪式过程中度过的，这显然是一个很隆重的仪式，印第安人对我的存在已经习以为常了，因为我总是带着笔记本出现在他们之中，昨天晚上甚至还有两位年长者邀请我加入舞蹈，我向您发誓，那一刻我感受到的自豪比我少年时代第一次有人邀请我跳舞的那一刻还要多。

笔记本很快就被亨丽埃塔写满了密密麻麻的田野记录，亨丽埃塔将它们小心翼翼地收进那个塞满衣物的皮箱，她还有些担心会招小偷，但就算这些笔记被展露无遗，恐怕也不会有任何人对这些内容感到好奇的。

亨丽埃塔接触阿帕奇人的急切愿望，以及她多次拒绝在有陪同的情况下开展工作的事情在白人社区激起了一些不满与闲言碎语。在后来的叙述中，亨丽埃塔对住处的选择也被夸大为有意远离白人社区，唐纳在发回华盛顿总部的汇报中写道："她对保留地中的白人兴趣不大，她结交的几乎都是印第安人，要不就是只与西奥多·罗斯福学校的几位男性工人交谈。"

但事实上，因为初到保留地时她无法很好地融入阿帕奇群体，迫使她被动地处于离群状态，这导致了她最频繁的来往对象反而是白人。卡明斯就经常邀请亨丽埃塔到家里用餐，为她提供一些生活上的帮助和便利。除此之外，亨丽埃塔经常与怀特里弗镇上的白人商人或机构人员热情地打招呼，只要有点空闲时间就会聊上一会儿。很多年后，据一个杂货店的店主约翰尼·李（他是 W. A. 李的儿子）描述，当时，人们对亨丽埃塔的普遍评价都是"非常和善的年轻女性"。还有的评价说她不愿猜疑或者对阿帕奇人抱有戒心，她对人对事总是全身心地投入，即便所有人都建议她还是小心为上。但她没有因此就对印第安人产生戒备，她曾对卡明斯说："如果我对他们表现出谦恭与尊重，他们一定会对我回报善举。他们与我们并没有什么不同，更何况他们历史上曾遭受过压迫，现在也仍然处于被压迫状态之中。"

亨丽埃塔最忠诚的陪伴者其实是一个来自路易斯安那州的白人画家，名叫弗朗西斯·华纳。几年前，他带着自己 11 岁的孩子辗转漂泊来到阿帕奇保留地定居。弗朗西斯与东福克纳瓦霍保留地寄宿学校签订了工作合同，平时会在那里工作。弗朗西斯对亨丽埃塔格外关怀，时常关照她的安全，为她提供帮助。但对于弗朗西斯过多的援手，亨丽埃塔习惯于谢绝，她想尽量规避过于频繁地融入保留地的白人社群中，所以只是有几次在弗朗西斯礼貌而关切的坚持之下才会乘坐他的顺风车。令人意想不到的是，在亨丽埃塔遇害后，弗朗西斯对联邦调查局（FBI）说，亨丽埃塔“常常与年轻印第安人出入一些酒会派对，也常常光顾麦克纳里的赌场，很多次看到她和一个名叫布鲁斯的阿帕奇堡雇员往来，这个人后来还因为‘不道德行为’被驱逐出保留地”。

7 月 12 日，周六当晚，亨丽埃塔的小屋遭遇了入室盗窃，当时她正在弗朗西斯·华纳的车上。当天下午当亨丽埃塔还在家里的时候，几位“不速之客”突然来到她的小屋，其中就有彼得·凯斯塞——有人曾叮嘱过亨丽埃塔要提防此人。这已经是三天里他们第三次这样不请自来了，尽管亨丽埃塔告诉他们她当时不便待客，可是这几人还是闲站在前院，僵持一阵后，亨丽埃塔紧张地要求他们马上离开，他们最后只好带着愠怒情绪离开。因此当天晚上亨丽埃塔才不得不请弗朗西斯·华纳载她一程。

她坐在华纳的车上兜了几圈，中途还停下来与一对年长的阿帕奇夫妇闲聊了一会儿，他们正要去田间查看庄稼。亨丽埃塔心里的阴霾被扫除了一些，她随即请华纳载她回家。

根据华纳的描述，当车子快要开到亨丽埃塔家时，突然遇到另一辆车横在畜牧栅栏的地方，车上是克劳德·吉尔伯特和其他两个印第安人，华纳要求他们后退让自己的车通过，他们照做了。将亨丽埃塔送回小屋后，华纳在回程路上又遇到了同样的路障，这次，他怒不可遏地冲出车子，拿起千斤顶想给这些人一点教训，让他们看看自己在搞什么鬼，吉尔伯特立马倒车，往东福克的方向跑了。

与此同时，刚回到家的亨丽埃塔发现侧窗的链子被撕扯开了一个口子，门也是虚掩着的，她心里一紧，立即冲进房间查看是否有任何异样——她的物品散落在杂乱无章的房间各处，有一只箱子不翼而飞，里面装着两本田野工作笔记本和几件衣服，桌上之前放的三美元也不见了，小屋的后门是敞开着的。亨丽埃塔的心沉了下去，从这一刻起，这趟原本绚烂多彩的旅程开始沦为一场艰难的渡劫。她迅速锁好门窗，走路到半英里之外的卡明斯家借宿（后来，弗朗西斯·华纳的口供说是克劳德·吉尔伯特和车里那两个醉汉将亨丽埃塔送到卡明斯家，卡明斯和克劳德同时否认了这个说法）。

7 月 15 日，华纳载着亨丽埃塔去了一趟镇上，周三返回，临别时华纳问亨丽埃塔下次再见面的时间，亨丽埃塔说周日晚上之前都不会再见面了："她说接下来一阵子将会很忙碌，她要找人为她制作一件印第安裙子，养精蓄锐等待参加周六通宵的峡谷日舞会。"亨丽埃塔还告诉华纳："我非常想跟印第安人一起参加这个舞会。"

***

这起入室盗窃事件使亨丽埃塔陷入极度恐惧之中。最初驱使她来到这里的那些振奋人心的设想——包括抵达后顺利与管事人接触，安排好田野工作日程，透过印第安人的内部视角去观察那令人着迷的印第安部落仪式，聆听美妙的地方故事，人人都将她视为一位严肃认真的研究者，还有很多在这样壮美的自然景观中可能会发生的好事……这一切美好幻想从她家被闯入的那一刻起就一点一点地走向幻灭。亨丽埃塔锲而不舍地尝试以自己的善意来接近和感染印第安人，但很多时候只是徒劳无功，许多白人频繁劝诫她与阿帕奇人打交道时要格外小心。阿帕奇女性对她的态度始终处于疏远的冷淡状态，同时，一些年轻的阿帕奇男子的言行举止使她的不安全感日益增加。

一开始，亨丽埃塔自然而然地认为这种孤独感只是一个刚离家到遥远地方居住的人会有的自然状态，她将这种孤独感写在每一封寄给家人朋友的信件中，但孤独最终总会被愉悦战胜。她努力打起精神，让亲朋好友们都感受到她的想念："请多给我写信，这里的生活实在是太孤独了。"在前期她写给山姆的信里，这句话是常见的附言。她经常向山姆描述青春期成年礼仪式的绝美场景，对父亲则更多的是安抚："通常晚上都会有阿帕奇的客人到访，所以我并不觉得孤单。"但有时她就会直白地写道："我越来越感受到难以忍受的孤独。"

研究是否能顺利进行下去成了个问题。在保留地待了一周后，她给山姆写信说道："有时我真的感觉很泄气。"但每次在信件最后又能看到她的乐观心态："有些对阿帕奇很了解的人评价说我的工作已经做得很好了，我和他们的关系慢慢在发展，毕竟让他们对我完全敞开心扉没有那么容易。"一周后，她在给博厄斯的信中写道："有时我会陷入一种可怕的颓丧，但我又觉得这些情绪恐怕是每个第一次从事田野工作的人必定会经历的，我很享受正在做的事情。”7 月 16 日，她在给父亲的家书中还在努力表现出愉悦，但信中的情绪看起来已经相当勉强与紧绷了：

当我感觉沮丧的时候，特别是在某些场合，我尤其容易产生这种挫败感，唯有听闻家中一切安好的时候，我才能获得一些宽慰……我在这里一切安好。很多人说阿帕奇人对我很友善，我自己也这样认为，因为如果不是这样的话，我的在场对他们来说一定是一件很突兀和难以忍受的事情，他们也就不会客气地对待我。虽然实际上我与当地人相处得非常好，但眼前的进步还是远远低于我作为一个初出茅庐的人类学者对自己的期望。

亨丽埃塔初到保留地第一天就形容阿帕奇是一片“壮美的土地，印第安人看起来也都非常和善”。三周半后，在写给好友安妮塔·贝尔和弗雷多·法恩的那封信里，她写道：“阿帕奇是个‘古怪之地’，本土文化在这里非常强势。他们生活中最主要的消遣就是喝一种叫图拉皮的酒精发酵饮料，这是一种易醉的、难以下咽的饮料（我试过几次）。我的工作已经取得了很可观的进展，过去很长一段时间里我被挫折感包围，简直是随时随地都想放弃一切飞回纽约。阿帕奇女性一直是这个地方最糟糕和最难以相处的人。我有认识一些非常善良友好的印第安男性朋友，但要接近女性看起来希望渺茫。我也试过很多方法，比如用翻花绳的游戏接近孩子，希望可以与她们拉近距离，任何可能的事情我都尝试过了，根本就不奏效。总之，我现在就正在经历所谓人类学田野的痛苦时光。”

# 4 | 通往峡谷日舞会的死亡之旅

亨丽埃塔对峡谷日舞会的期待超越了一切。她在阿帕奇调查的最大进展和最稀有的快乐都是在印第安的舞会里得到的。她在写给朋友弗雷达和安妮塔的信中谈到了 7 月 4 日的舞会："参加阿帕奇人的通宵舞会之后，我感觉开始融入了他们的社群。"在保留地待到第四周的时候，几乎所有人都知道她了，所以不需要进行艰难的访谈她也能收集到很多有用的信息，也无需像之前一样费尽心思去与不愿言谈的人破冰。但在跳舞时，所有的猜疑和不信任都被放在一边，就算只有短暂的一晚也很好。只有在舞会上，她与他们是毫无差异的，她终于有机会穿上鹿皮制成的印第安裙子——玛丽·维莱克斯承诺会在峡谷日舞会来临之前为她赶制完成。她还计划着借玛丽的串珠来搭配裙子，这一定会是绝佳的搭配。

怎么到达峡谷日舞会的现场是个亟待解决的问题。不久之后，她会有自己的马，但得等到舞会结束后的那个周一才能交易（如果负责这桩交易的惠普先生没有食言的话）。25 美元买一匹马这种事要是放在纽约，真的不算是特别高的价格，当然了，谁会在纽约买一匹马作为代步工具呢？看着调查的时间一天天在减少，亨丽埃塔心里焦急万分。尽管之前卡明斯承诺过"不论你去哪儿，我都可以替你安排"，但真切的出行阻碍就摆在她面前，所以她最终还是决定为自己买一匹马。但在这之前，最重要的事就是找到一个能在周六晚上载她去峡谷日舞会的人。

大多数时候，她总是乘坐华纳和卡明斯的车出行，但考虑到他们都是白人，她担心乘坐白人的车前往这么重要的仪式会被印第安人排挤，被误会为“与白人来往过于频繁”。有时候亨丽埃塔独自在家时，就会有一群印第安小孩来到小屋门廊前，她和孩子们聊天玩耍，自在安逸，无话不谈。但只要有其他白人在场，孩子们就会不自觉地表现得迟钝和沉默。所以，她寻思着既然穿上了阿帕奇服装，最好还是跟阿帕奇人一起前往好些。

舞会前一天是周五，那天里亨丽埃塔的小屋接二连三地有人到访，这似乎已经成为一种常态了。贝茜和伊迪斯下午过来聊了一会儿家常，亨丽埃塔边听边做笔记，一边梳理有关亲属和宗族的信息。突然，彼得·凯斯赛出现在亨丽埃塔家门前，两个女孩找了个借口迅速离开了。之前凯斯赛也曾这样不请自来，但这次，他的态度既诚恳又谦逊，亨丽埃塔与他交谈了大约 15 分钟。

没过多久，杰克·凯斯散步来到亨丽埃塔小屋门前，凯斯是亨丽埃塔住得最近的邻居，也是小屋最频繁的访客。他是个和善健谈的人，每次亨丽埃塔只需要稍微开启一个话题作为引子，凯斯的话匣子就像被打开了一样，开始天南海北地谈论关于阿帕奇的生活、历史和习俗，亨丽埃塔一边记录信息，一边还要努力辨别哪些材料是真实可用的。

亨丽埃塔与凯斯正谈话时，一个年轻的印第安人突然出现在庭院外的栅栏边上，亨丽埃塔见过他，但从未与他交谈过。当时，凯斯话正说到一半，他用阿帕奇语叫住这个男子，两人说了些什么，男子耸了耸肩。

“我在问他刚才与我们交谈的那位年长印第安人的名字，他说他也不清楚。”凯斯用英语跟亨丽埃塔解释。

没过多久，25 岁的汽车修理工人克劳德·吉尔伯特来到小屋，亨丽埃塔邀请他一起讨论几个印第安词汇的意义，并时不时在纸上用阿帕奇语和英语写写画画，此时凯斯准备起身告辞。

亨丽埃塔提起：“我听说明天晚上是峡谷日舞会。”

“是的，我也听说了。”凯斯答道。

“很多印第安人都在做准备了。”吉尔伯特补充了一句。

亨丽埃塔说玛丽·维莱克斯为她做的印第安裙子明天就能完成，但怎么去舞会现场是个大难题。吉尔伯特提出他明天会开车经过东福克，可以顺路载她一程，亨丽埃塔非常感激，随即答应下来。

十天后，吉尔伯特在提供给 FBI 的口供中是这样陈述当时的情况的：“我当时说我会在那天晚上开车到东福克，如果你愿意的话可以搭我的车。”但亨丽埃塔回复说，她或许能在这之前找到其他的人带她过去，“就这样，我们并没有达成约定”。[①]

---

① 我们的疑问是，亨丽埃塔难道真是一直等到周五（峡谷日舞会的前一天）才开始思考交通工具的问题吗？在之后调查过程中，所有人都否认他们曾与亨丽埃塔就交通工具一事有过什么约定或安排。为亨丽埃塔缝制裙子的那位名叫玛丽·维莱克斯的女孩说，周六上午把做好的裙子交给亨丽埃塔时，亨丽埃塔说她会向克劳德·吉尔伯特提议，付他一点报酬，让他把玛丽也一同载去舞会现场（1987 年，当我们到访阿帕奇保留地时，年事已高的玛丽·维莱克斯在回忆当时情景时讲述了一个我们所不知晓的状况，舞会当晚，她以为亨丽埃塔会来找她一起，但一直等到日落也不见她出现）。

我们的另一个问题是，当时亨丽埃塔是否知道吉尔伯特的已婚状态？（转下页）

在FBI的案件卷宗里，关于凯斯的口供有很多份，在最早的一份口供中，凯斯提到他从未听说吉尔伯特提议要载亨丽埃塔去舞会现场。那天下午，凯斯是在吉尔伯特之前离开亨丽埃塔家的，临走前，他还特地提醒亨丽埃塔最好不要穿印第安女子的服装，不要刻意模仿印第安人的装束，因为保留地政府正在推行印第安人改换传统的生计模式和穿着习惯的政策，所以曾经有一段时间里，穿得像印第安人的白人女性会很招人嫌，看上去也会显得很滑稽。

还有一种说法是，凯斯曾对他人提起吉尔伯特承诺会载亨丽埃塔到舞会现场的事情，他曾多次私下对探员说怀疑凶手要么是吉尔伯特，要么就是“那个白人”，然而他一开始就知道了凶手的真实身份。

凯斯离开之后没多久，亨丽埃塔就开始把门廊书桌上的书收拾进屋里，又从屋里拿出一小捆姜饼送给吉尔伯特，随后两人道别，吉尔伯特离开。

毫无疑问，亨丽埃塔当时一定认为交通工具的问题已经得

---

（接上页）卡明斯曾批评过亨丽埃塔对于吉尔伯特的已婚状态毫不避忌的心态，他对亨丽埃塔说：“你这个傻姑娘，他就是这个保留地里最道德败坏的人，我知道他有一个老婆和一群孩子，就住在离盖伊·西森的车库不到五十码的地方。”

更关键的是，吉尔伯特并没有可以支配的车，为什么他会提出载亨丽埃塔去舞会呢？吉尔伯特曾经对FBI探员雷恩说，“我的车子借给了奥古斯汀神父开十天，直到下周三才能取回”，当时雷恩探员半信半疑，吉尔伯特只好为自己打圆场：“我当时的意思是如果能提前取回我的车，我就可以载她一程。”探员雷恩稍后查问了汽车修理工“白人”，他向雷恩确认吉尔伯特的车确实在那几天内无法使用，一直存放在神父的家里，直到周日下午才修理好。

到完美解决——吉尔伯特明晚会来载她一起去舞会现场，不然她有什么理由拒绝与玛丽·维莱克斯一家同行的邀请呢？她也不会告诉卡明斯自己已经找到了能载她一程的人。卡明斯的女儿计划乘坐弗朗西斯·华纳的车一起去，为什么亨丽埃塔不加入他们一起呢？如果凯斯不是亲耳听到的话，也不会如此笃定地认为亨丽埃塔和吉尔伯特之间有约定。她失踪后，人们在她房间餐台上找到的那封未寄出的信中写道："我正在等待一个阿帕奇男子过来载我到今晚的舞会地点，就在离这里几英里之外的地方。"如果不是她对此确信无疑的话，又怎么会在信中写下这样的表述？

事发前一晚，吉尔伯特离开亨丽埃塔住处之后，大约在晚上 8 点 30 分回到自己家中。他在口供中说到当时他妻子询问他下午去哪了："我说我去了一趟东福克，回来路上到那个白人女孩家里坐了一会儿，明天如果我们还去东福克的话，就要顺道载她一程。我的妻子当时说'可是我们没有可以用的车啊'，我没放在心上，之后就睡了"。随后他就把这件事忘得一干二净了。

亨丽埃塔到底是从什么时候开始意识到吉尔伯特食言并开始求助于其他办法的，这个问题只能留给人们去猜测了。周六早晨 7 点，凯斯经过亨丽埃塔小屋时正好看见她在门廊边上坐着，亨丽埃塔邀请凯斯进屋小坐，但凯斯正要赶着去猎马。当天，凯斯再见到亨丽埃塔时已经是下午 5 点左右，当时她已经穿好从玛丽·维莱克斯那里取回的裙子，正在等待吉尔伯特来接她。

中午时分，当亨丽埃塔满怀期待地来到玛丽家里的时候，玛丽几乎是刚刚完成裙子的最后一处针脚。缝制裙子的材料是亨丽埃塔、玛丽和卡明斯周四才去取回来的，当时亨丽埃塔还叮嘱玛丽时间紧迫，请尽量在舞会之前做好。她将裙子穿上身，连连称赞好看，脱下来后小心翼翼地包装好。玛丽获得了三美元的报酬，之后亨丽埃塔在玛丽家逗留了一个小时，听玛丽讲述她从曾祖母那里听来的故事。

取完裙子回到家中，亨丽埃塔见还有些时间，便坐下来写一些东西，整理之前的访谈资料，还把刚刚从玛丽那里收集到的故事连同前一晚与桑切斯姐妹、杰克和凯斯等人的谈话信息也一起整理了出来。自从上周的入室盗窃风波之后，她更加警觉地看管这些宝贵的田野笔记。之后，她开始给在纽约的朋友安妮塔与弗雷达写信，在信件里，她表达了自己的歉意，因为时间不够，只能将两位朋友作为共同收件人来写一封信——“不这样做的话根本没有时间向你们更新我的近况。”之后，她将信装入信封，将封口处粘贴好，放在餐台上的显眼位置，好提醒自己周一去镇上的时候顺路邮寄出去。峡谷日舞会是一场“通宵盛典”，所以亨丽埃塔并没有在周末安排其他任何活动，她计划一直睡到周日下午。自从上次参加了 7 月 4 日凌晨的舞会，她得到的教训是一定要在参加舞会之前充足休息、养精蓄锐。

大约在下午 4 点左右，卡明斯来到小屋想跟亨丽埃塔打声招呼，又再次劝说她谨慎考虑是否真的要搭乘吉尔伯特的车去舞会现场。卡明斯一直很关照她，上周日晚的入室盗窃事故发生之后，她就是在卡明斯家里暂住了几晚，以防再有危险发生。但周一她就回到小屋里去了，虽然安全问题仍旧让她忧心，但总不能就这样因为恐惧而退却。卡明斯之前就曾警告过她，一定要小心辨别是否有印第安人，尤其是年轻印第安男子将她的友善误会成某种性暗示，顺势占她的便宜，亨丽埃塔表示会牢记提醒，小心行事。经历这些风波之后，她感觉自己好像慢慢失去了刚与阿帕奇人建立联系时的那种自信与无畏，总有一种不祥的预感萦绕心头。话虽如此，她却不想打退堂鼓，尤其是研究好不容易有了一些进展，就更不应该放弃了，在接下来的研究工作中，她必须保持友好和信任的姿态，也只有这样才能换来阿帕奇人同等的回应。

卡明斯临走前亨丽埃塔将几张旅行支票交给他，拜托他帮忙去镇上换现，换的钱用来支付买马的费用，买马的交易日不是周一就是周二。卡明斯表示，兑现后的钱会先放在他家里，亨丽埃塔需要的时候可以随时过来取用。

下午 5 点到 6 点 30 分期间，许多人陆续成群结队地经过亨丽埃塔的小屋。亨丽埃塔在人群中认出了塞缪尔·西摩尔的妻子，当时她正从远处的自家营地走出，同行的是一位年轻女子，亨丽埃塔没有认出随行女子的身份，但她们极有可能是亲戚（后来证实那是 20 岁的伊丽莎白·西摩尔，是塞缪尔·西摩尔的儿媳妇，当时怀孕三周）。他们骑着快马朝峡谷日舞会的方向去，经过亨丽埃塔小屋时她正坐在门廊上，他们没有理睬亨丽埃塔，亨丽埃塔也没有叫住他们。

塞缪尔·西摩尔之后也从亨丽埃塔家门前经过。保留地的白人有时候会戏称塞缪尔·西摩尔为“H-4”，这种称呼的方式恐怕要追溯到美国政府在印第安人聚居区推行“安抚”政策时一个不成文的做法：以编号代替姓名来对印第安人实行管理，一些年纪较大的印第安人的阿帕奇名字实在是太难发音了，使用编号来称呼他们就容易多了。年轻一代的阿帕奇人的名字如今则无一例外地变成了英语姓名。当然，亨丽埃塔对她的邻居塞缪尔·西摩尔是以其名相称的，因为塞缪尔（Samuel）也是她弟弟的名字。但老西摩尔不会说英语，也从来不会与亨丽埃塔主动交谈，每次碰见亨丽埃塔，他总是表情冷峻地继续自顾自地走路，有时候亨丽埃塔会稍微问候一下他，他只是挥一挥手，就继续赶路了。

根据老西摩尔之后的证词，他从亨丽埃塔门前经过大约是下午 5 点 30 分，当时她还穿着自己从纽约带来的衣服，而不是玛丽给她做的那件印第安裙子。

没过多久，29 岁的约翰·多恩从老西摩尔家里走出，当天下午他在里面度过了一段愉悦的时光，经过亨丽埃塔的小屋时看到她正坐在门廊上写东西，约翰停下来问候了一下，亨丽埃塔停笔走上前与他交谈。约翰用英语介绍自己，向亨丽埃塔提起之前凯斯提议的让他担任翻译一事，不知亨丽埃塔是否还有这个需要。

“啊，当然了，我听说过你的名字，凯斯向我推荐过你，他说约翰·多恩是做翻译工作的好人选。”亨丽埃塔回答道，“你周一有时间过来找我吗？我这里确实有一些翻译工作需要完成，我们可能需要一起合作几天。”

多恩答应下来，说会再与她联系碰面，表达谢意之后他便离开了。[①]

更奇异的事情是，有个叫朵拉的印第安女子称约翰·多恩曾对人说，他亲眼见到事发当晚亨丽埃塔一边跑一边高声呼救，说自己见到亨丽埃塔当时在逃离高尔尼·西摩尔（亨丽埃塔失踪后，多恩马上就搬到了亚利桑那州的佛莱斯代尔），朵拉还说，多恩是在喝了酒之后说出这番话的。之后多恩否认自己是案件的目击者，他说他从来没见过任何跟亨丽埃塔遇害相关的事情，斯特里特探员将这个矛盾归结为："（多恩）因为喝多了图拉皮酒，在半醉的状态下说出这些话。"但令人费解的是，自从多恩否认了自己是目击者，他就再也没有被FBI传唤或盘问过了。

之后的一段时间里，有四个人接连经过亨丽埃塔的小屋，亨丽埃塔应该是与其中三位都有过交谈，在她与第三位访客交谈的时候，第四个人在路的另一边等候。

杰克·佩里比凯斯先到亨丽埃塔的小屋，佩里和凯斯是表亲关系，他常常跟着凯斯去猎马，亨丽埃塔之前也见过佩里。当时亨丽埃塔正在门廊边上等待，旁边桌子上放着一个很大的盛水长柄勺，平时亨丽埃塔用它从屋后大约一百米远的小溪里

---

① 这段对话来自约翰·多恩提供给FBI斯特里特探员的口述证词。目前我们对于约翰·多恩这个人的品行与诚信缺乏准确的把握。在所有与案情相关联的人里，他是我们最知之甚少的一位。完全出乎我们意料的是，他曾向盖特伍德承认在亨丽埃塔失踪遇害后几天，他偷走了亨丽埃塔放在小屋中的行李箱，里面是一些文件和"其他东西"（根据报告内容看来，箱子里主要是衣物），那些文件都被多恩丢弃在东福克的某个林中树丛里了。

取水。佩里骑马经过，停下来跟亨丽埃塔打招呼，问她是否能给他一点水喝，亨丽埃塔抓起长柄勺急忙跑到佩里面前说："实在抱歉，我刚刚喝完了最后一口。"她还特地将长柄勺翻转过来给佩里看，里面确实是一滴都不剩。亨丽埃塔心中充满歉意，面对佩里这样一个简单的求助要求她都无能为力。佩里点点头说"好吧"，便骑着马继续赶路了。

佩里离开后没多久，凯斯骑着马经过，亨丽埃塔跟他打招呼："凯斯先生，今天猎马有收货吗？"凯斯点头笑道："当然了！小意思，在七英里峡谷靠近崖边的地方发现了十来匹马！"凯斯对亨丽埃塔从来不以姓名相称，也从来都没有找到合适的称呼方式，许多阿帕奇人根本就不知道亨丽埃塔的名字如何发音。

亨丽埃塔有点焦急地问凯斯："凯斯先生，你今天有见到克劳德·吉尔伯特吗？他跟我约定了来接我一起去峡谷日舞会。"此时太阳已经快要下到怀特山里去了。

凯斯用鼻子"哼"了一声，摇着头说："克劳德·吉尔伯特吗？我敢打赌他老婆绝对不会允许他来接你一起去的，要不他早就出现了，你还一直在这儿傻等着。他可不是什么好人。"

亨丽埃塔开始感到焦虑了。凯斯所说的正是卡明斯几个小时之前提醒过她的事情，但现在一切都为时已晚了。

这时，凯斯说："你要不要问问麦克斯·西摩尔？"他边说边向身后的方向指了指，"我知道他今晚也会去参加舞会。"

亨丽埃塔顺着凯斯所指的方向看过去，不远处两个年轻人正骑马朝这边缓行而来，似乎对她和凯斯的对话饶有兴致。亨丽埃塔见过这两个人，但没有和他们交谈过。有一位看着稍微眼熟一些，他身形高大、体格健壮、皮肤黝黑，亨丽埃塔认出他就是塞缪尔·西摩尔的儿子，而且记得他的名字叫高尔尼。亨丽埃塔对这个名字十分好奇，曾经打算向高尔尼询问一下名字的来由，但当地人都称呼他为麦克斯。虽然阿帕奇人的居住模式复杂多样，但亨丽埃塔默认高尔尼应该是与老西摩尔住在一起。不知道是否因为阿帕奇人对她一直怀有敌意，抑或只是因为羞涩，好几次亨丽埃塔路遇阿帕奇人，他们也只是盯着她，时而僵硬地点点头——她和阿帕奇人之间总是维持着这种疏离的打招呼方式，亨丽埃塔也明白不能过于强求，谨慎一些为好。

当那两人骑马从远处来的时候，亨丽埃塔主动朝他们挥手，身形较小的那一位应该也是西摩尔家族里的人（那就是罗伯特·盖特伍德，塞缪尔·西摩尔的女婿，贝茜的丈夫）。但不知道为什么，盖特伍德突然掉了个头穿过公路，朝着西摩尔营地走去了，只有高尔尼·西摩尔一人继续往亨丽埃塔和凯斯这边走来，停在他们的面前。

“您好，”亨丽埃塔用英语缓慢地对高尔尼说话，因为她不确定高尔尼到底能听懂多少，所以她想尽量吐字清晰一些，“凯斯先生说您正准备去峡谷日舞会的现场，对吗？”通常情况下，与她交谈的阿帕奇人都能听懂一些英语，他们对英语的掌握程度还是远远高于亨丽埃塔对阿帕奇语的理解程度的。

“是的，我正要去。”高尔尼愣了一下，回答道。

“您还有多余的马吗？”为了让高尔尼明白，亨丽埃塔伸出两个手指比画着。

“只有一匹。”高尔尼指了指正骑着的这匹马，不解地看着她。

亨丽埃塔有点搞不清楚高尔尼的意思，他是在提议让亨丽埃塔跟他骑同一匹马吗？她不禁又回想起过去好几周里，很多人都提醒她不要和印第安年轻男子过分亲近的事情。

于是她回复：“谢谢，我还是再等等克劳德·吉尔伯特吧。”

高尔尼耸了耸肩，似笑非笑了一下，调转马头朝西摩尔家族营地的方向去了，盖特伍德在那儿等待他，他们穿过西摩尔营地的大门进去了。

亨丽埃塔与高尔尼交谈的时候，凯斯不知什么时候已经默默离开了，亨丽埃塔有点摸不着头脑，随后回到小屋里。

6点半过后，吉尔伯特还是没有现身，而且她还没有找到任何可以替代的交通方式，但她还是打算穿上玛丽帮她做的那件裙子，想着无论如何也要想个办法去到舞会现场，说不定吉尔伯特晚点还会过来接她，又或者会有其他人出现，总会有办法的。

于是，亨丽埃塔小心地穿好那件流苏边印第安裙子，戴上借来的项链，站在门廊继续观望等待。

***

至此，基于杰克·凯斯、杰克·佩里、切斯特·卡明斯、玛丽·维莱克斯、塞缪尔·西摩尔、约翰·多恩和罗伯特·盖特伍德等七人的陈述，再加上亨丽埃塔那封尚未寄出的写给安妮塔和弗雷达的信，我们再现了上面所写的亨丽埃塔遇害之前当天下午的活动。当然，最终那个广为流传的版本来自高尔尼·西摩尔的供罪词与庭审证言。

1931 年 11 月 1 日，在 FBI 特工 J. A. 斯特里特以及五位来自司法部门和保留地的官员代表的共同见证和监督下，高尔尼·西摩尔在一份写有亨丽埃塔遇害当天下午事发经过的供词上签字确认，这份供词由托马斯·多塞拉翻译成英文，供词中关于这部分内容的摘录如下：

在进入我父亲的营地之前，我跟那个白人女孩说过话，她想向我借一匹马骑去峡谷日舞会现场，我说我只有一匹马，但如果她想的话，可以坐我的马一起去，刚好我也准备去参加舞会。之后，我和罗伯特·盖特伍德一起从我父亲的营地离开，从大门出去后，盖特伍德直接往前走了，我在白人女孩的小屋门口停下来，我们短暂地交谈了一会儿，最后她决定和我同骑一匹马，她坐在前面，我在她身后。

离开她家后我们沿着路骑了没多久，我在路边看见盖特伍德，当时他正在朝自己家的方向去，之后离远了一些就看不见他了。天色渐渐暗下来，路上我们还遇到了西蒙·威克利夫，他从我们身后的方向来，超过我们之后继续往前骑去了，我认出了他，但不确定他有没有认出我。我们之后经过了七英里峡谷，在一条通向老阿帕奇堡公墓南部的小径拐弯，继续向阿帕奇堡南部前进。

通过所有这些错综复杂的陈述，我们可以推测高尔尼和盖特伍德在老西摩尔家里待了超过半小时，他们从家里出来后，高尔尼又在亨丽埃塔小屋门前停留了一小段时间，盖特伍德则直接转身朝自己家的方向走了。在这“一小段时间”里，他们简短地交谈，又或者亨丽埃塔返回屋去拿了包再出来。虽然高尔尼说盖特伍德当时并没有停留，但盖特伍德自己则说当时他并未走远，他的口供对这一部分的叙述更加具体：

（到营地后）高尔尼·西摩尔跳下马，打开营地大门，我继续往西，朝我家营地的方向骑，骑出一小会儿后，我转头看见他正在走进去。再骑出一段距离之后，我再回头，看到高尔尼的马正拴在那个白人女孩房子前的围栏上，高尔尼和她站在门廊边上交谈。我继续往西走，之后向南拐弯，翻过一座小山丘，这时天色开始慢慢昏暗下来。再看到高尔尼的时候，他们俩骑在同一匹马上，白人女孩在前，高尔尼在后，我记得当时那个白人女孩已经穿上了印第安的裙子。

虽然西摩尔之后在法庭作证时讲述的版本与之前签字供罪的版本有关键性的矛盾之处，但陪审团还是采信了供罪时写下的原初版本（这两个版本的关键冲突之处在于，高尔尼称他一开始是拒绝与一个单身女子同骑一匹马的，但亨丽埃塔企图给他酒喝来打消他的顾虑，陪审团没有采信这条证词）。

我们可以想象一下，当时亨丽埃塔穿着印第安人的流苏裙，失望又焦急地等待着，期望真的有一刻克劳德·吉尔伯特会现身。同时她懊恼自己为什么要拒绝之前那些提议要带她一起去舞会现场的邀请，到了现在这个关头，还不知道能否找到其他交通工具。所以，当高尔尼·西摩尔出乎意料地再次出现在亨丽埃塔家门口，并表示可以跟他一起骑马前往的时候，她是多么的兴奋。这让亨丽埃塔犹如看到了救星，但一定也触发了她深藏于内心的警觉：陌生的男女以这样的方式靠在一起，距离这样亲密，让她有种不适感，再加上之前那些善意的警告和反复的提醒告诉她要与印第安男子保持距离，亨丽埃塔非常清楚对此应该保持一种文化的谨慎与戒备心。

但她始终抱持一种强烈的诚挚信念，即她的真诚和善念总会换来阿帕奇人对她也回报同样的友好。等待的焦急情绪难免催生出一种冲动，为了顺利到达峡谷日舞会现场，她情愿、也不得不冒一次险。她或许还曾安慰自己，并不是没有见过阿帕奇男人和女人同骑一匹马，父亲和女儿、丈夫和妻子、男孩和女孩，常常骑同一匹马出行。不论如何，峡谷日舞会才是当下头等重要的事，这么盛大的仪式要是就因为没有交通工具的原因错过了，她将陷入极度遗憾和悔恨的情绪中，所以不论用什么方法，只要能带她到舞会现场，她都愿意冒险赌一把。

亨丽埃塔就此踏上了一条通向死亡的旅程。从跨上高尔尼的马开始，一种不寻常的精神紧绷和高度焦虑笼罩着她，这种感觉比之前一周里萦绕在她周围的那种“说不清的焦虑感”更加剧烈。在她身后与她同骑一匹马的这个男人开始表现得有点粗鲁，还有些饮酒过后微醺的样子，空气里飘散着图拉皮酒的味道。她对这个男人和他的家庭一无所知，尽管她一直非常期望深入了解阿帕奇家庭。她很清楚别人会认为她一定是疯了才会答应和印第安男人同骑一匹马，万一发生了什么不好的事，就会有一群人用轻蔑的口吻对她说："你看，我早就警告过你吧！"但这也很有可能恰恰是她愿意选择冒险一试的原因。太多人对印第安人怀有刻板印象和偏见，总是带着偏见来"指导"她如何与印第安人相处。亨丽埃塔自认在处理与当地人的关系上一直都做得很不错，她坚持自己认为是正确的行事方法，所以她与阿帕奇人相处时总是坦诚相待，毫无保留。当然，她不可能做到无所畏惧，情况正相反，她心中的恐惧在遇害之前的那段时间里不断积蓄、叠加，但她从来都没有让这种恐惧影响自己的田野工作。

当高尔尼·西摩尔示意她上马坐在自己身前时，亨丽埃塔一定有过犹疑："不操控缰绳的人不是应该坐在控绳的人身后吗？"虽然在那一瞬间她犹豫了一下，但还是顺从了高尔尼的意思，抬腿跨上马，把脚挂到马鞍上，高尔尼拉紧缰绳，马向后蹬腿发动，载着亨丽埃塔往峡谷日舞会的方向去了。

## *中间章*　在峡谷日舞会[①]

伊丽莎白·卡明斯是乘坐弗朗西斯·华纳的车到峡谷日舞会现场的。她坐在车后座，一起的还有她的两个哥哥和姐妹以及华纳 11 岁的儿子，开车的是华纳，副驾驶坐着一个“白人老者”。车子刚驶出东福克不久，他们在半路还顺带接上了皮特和弗雷德·巴纳什莱，他俩一人一边，踩在车身两边的踏板上。时间刚过 6 点，天空还有余晖。

马库斯·阿尔塔哈和他的兄弟驾着一辆埃塞克斯汽车从斯普林格维尔过来，途经怀特里弗时接上了艾迪·德克莱。他们到了舞会现场后，艾迪下了车就直接到附近的母亲家里去过夜了。

克劳德·吉尔伯特夫妇和另外两对夫妇带着好几个孩子，他们乘坐的是一辆借来的道奇卡车，等他们抵达时，舞会已经进入高潮阶段了。他们于是坐在车里看了一个小时，中途克劳德下车去取回他借给哈维·詹姆斯的提灯，詹姆斯借来在前往舞会的路上把它当作车前灯照明，之后克劳德在卡车旁边自顾自地跳起舞来。

玛丽·维莱克斯大约在晚上 8 点 30 分到达，同行的还有她的姐姐、姑姑、母亲、四个小孩、两个墨西哥男孩和一位长者。

---

① 本章大部分内容和细节来源于 FBI 雷恩探员 1931 年 8 月 6 日所提交的报告。

玛丽·维莱克斯还想着看看亨丽埃塔穿上她亲手制作的路皮革裙子的样子，所以她下意识地寻找她的身影，却只在现场看到了之前承诺要载亨丽埃塔来参加舞会的吉尔伯特，但她没有开口询问吉尔伯特亨丽埃塔是否与他一起。

伊丽莎白·西摩尔和婆婆一起骑马来到现场，但她的丈夫高尔尼·西摩尔却迟迟没有出现，这让她十分恼火。

在舞会现场的克劳德·吉尔伯特嗅到了商机，他计划着去搞一些西瓜来售卖，于是便怂恿马库斯·阿尔塔哈一起驾车回到阿帕奇堡枢纽，从西森的车库里搬了五个西瓜回到舞会现场，切成片售卖，没过多久就被抢售一空。据玛丽·维莱克斯回忆，当时听人说克劳德·吉尔伯特还同时售卖啤酒，但克劳德在日后提供给 FBI 的证词中没有提到任何跟啤酒有关的事情。做完生意之后他留下来和舞会的歌者们一起高歌几曲，“热闹一下气氛”，又“和一位妇女一起起舞，只跳了一次”。

根据克劳德·吉尔伯特的妻子玛格丽特·吉尔伯特之后的证词，当晚克劳德·吉尔伯特“和守夜人的妻子彻夜跳舞”，等他回到家人身边时已经是日出时分了，已经是该离开回程的时候了。

夜晚 11 点多，高尔尼·西摩尔出现在舞会现场，整个人呈现醉态，明显喝了不少图拉皮酒，他迅速找了个草垛的位置，舒服地把自己蜷缩在里面。

有几个人注意到一直没看到亨丽埃塔，他们开始感到有些不对劲，毕竟亨丽埃塔之前答应了弗朗西斯·华纳要一起跳舞。彼得·凯斯赛从朋友那里听说亨丽埃塔要装扮成印第安女人的形象，他还期待一睹她变装后的样子。卡明斯叮嘱他的女儿伊丽莎白要留心照顾一下亨丽埃塔，但正如吉尔伯特所说的那样，当晚的场面过于混乱，人来人往，川流不息，在这样的情境下，想要时刻关注一个人的踪迹几乎是不可能的事情。

# 5 | 寻找亨丽埃塔

杰克·凯斯是个喜欢时刻关注周围动向的人，他是最早察觉到事情有些不对劲的人。舞会第二天——7 月 19 日的早上，他已经感觉到些许异常。凯斯的住处就在道路另一侧离亨丽埃塔家不远的位置，平日里他每天都会从亨丽埃塔家门口经过三四次。舞会过后的第二天早晨，他已经急不可待地希望知道亨丽埃塔在峡谷日舞会上的经历。

通常情况下，亨丽埃塔要么就坐在自家门廊上独自写作，要么就是和印第安人交谈。她常常守候在门廊那儿，邀请过路的印第安人停下脚步，坐下来聊聊天。对于印第安人所讲述的内容，她有永远都填不满的好奇，当他们叙述时，亨丽埃塔总是如饥似渴地吸取和记录这些信息，也顾不上字迹工整，只有在不得不提出问题时她才会稍加打断。但到了傍晚时分，凯斯发现亨丽埃塔的小屋还是毫无动静，虽说有可能是因为昨晚舞会结束得太晚导致她晚归（峡谷日舞会通常会持续到第二天日出时分），她或许需要补觉，但即便如此，现在也应该起身了才对。凯斯想起上周六晚上她还在为怎么前往舞会现场而发愁，不知道她之后是否找到了解决办法，一想到这里，他的忧虑更重了。

凯斯随后询问了东福克几个参加了峡谷日舞会的人，他们都说没有见过亨丽埃塔。到了周日晚上，她的小屋还是没有亮灯。凯斯敲了正门和后门，呼叫亨丽埃塔的名字，一直无人应答，凯斯在脑海里设想了各种可能的情况，他开始陷入深深的忧虑。

到了周一早晨，亨丽埃塔依然没有现身，凯斯一大早赶忙去往切斯特·卡明斯家，将他的担忧与推测告知卡明斯，卡明斯听后只是微笑着宽慰凯斯："杰克，放心吧，她估计又是在哪个印第安人家里收集材料呢，早晚会出现的。"根据凯斯之后提供给 FBI 的口供，卡明斯当时是这样回复他的。

但就在当天下午，卡明斯前往保留地主管人唐纳那里汇报了亨丽埃塔失联的事情。

自几周前亨丽埃塔只身一人拖着行李箱踏进他办公室的那一刻起，唐纳对她的安全问题的担忧就从来没有中断过。刚开始，亨丽埃塔拒绝了唐纳为她安排住处的提议。这件事让唐纳困扰许久，但由于亨丽埃塔太过于坚持，于是放弃了劝说。

7 月 5 日早晨，唐纳再次见到亨丽埃塔，当时她刚参加完一场秘密进行的印第安舞蹈晚会，彻夜与印第安人待在一起。他义正辞严地提醒亨丽埃塔与阿帕奇男性接触时要多加小心，亨丽埃塔表达谢意之后说她与当地人相处得还不错，交了很多朋友。唐纳总觉得亨丽埃塔把这些忠告当成笑话。之后他说他不得不多次反复向亨丽埃塔强调：与那些爱喝图拉皮酒的年轻男子接触要格外小心，这种酒的劲头难以预估，也要注意尽量避开需要喝酒的活动或社交场合。

"我不怕，在这个地方唯一使我害怕的东西只有响尾蛇。"唐纳说亨丽埃塔当时是这样回应他的劝告的。

亨丽埃塔的失联明显已经引起了唐纳无边际的推测，一种不安感蔓延开来。过去的三年里，光是发生在保留地里的谋杀案就超过八起，报告到他这里的妇女遭受袭击的案件更是不计其数——还不包括那些不愿意上报、选择息事宁人或隐忍的受害者，还有一部分受害者会让家族中的其他成员对加害者寻私仇。唐纳清楚白人在保留地是受到某种特权保护的，但这个来自哥伦比亚大学的白人女孩似乎一直在触碰安全底线，每次他总能听说或撞见她在做一些冒进的事情，使得唐纳对此惴惴不安。

但他也只好先安慰自己："反正今晚我们什么都做不了，只能祈祷她明天能露面了。"

***

与此同时，凯斯对于亨丽埃塔的失踪越来越感到不安。已经是第三天了，亨丽埃塔依旧下落不明，关于她失踪前的活动也错综复杂，其他人对此事要么满不在乎，要么是看热闹心态，剩下则是就保持沉默，当作事不关己。他再次来到卡明斯的住处，刚好弗朗西斯·华纳也在，凯斯极力劝说卡明斯和华纳一起去向赫苏斯·维莱克斯报告亨丽埃塔的失踪。

赫苏斯·维莱克斯是墨西哥人，他是当地一位有影响力的农场主，娶了一位阿帕奇女子为妻，在怀特山保留地定居已经超过了四十年。他是个大人物，精通三种语言，在当地人眼里，他是智慧和睿智的象征，阿帕奇人习惯找他咨询大大小小的事情。当凯斯、卡明斯和华纳三人到达维莱克斯家门口时已经是黄昏时分了，当时他刚从山里辛苦劳作归来，正和儿子乔治、女儿玛丽一起坐在门口休息。

凯斯问维莱克斯是否有关于亨丽埃塔下落的任何线索，维莱克斯关切地摇头，卡明斯和华纳协助再补充了一些细节，希望能拼凑出一些有用的线索。

华纳问维莱克斯的女儿玛丽："玛丽，你是给她做了一条穿去舞会的裙子吗？"

玛丽点头说道："没错，她周六下午来取走了，当时她还在我这里试穿了，还问我借了一些装饰用的珠子。"

"你知道她并没有出现在舞会现场吗？"华纳问道。

"我知道，"玛丽回答，"我还特地留心寻找她。"玛丽告诉他们亨丽埃塔曾经邀请她一起坐吉尔伯特的车，吉尔伯特会带她去到舞会现场。玛丽说自己已经有安排了，亨丽埃塔随即说："那在舞会现场你一定要来找我啊！"玛丽答应说没问题。

但当天晚上，玛丽只看到克劳德·吉尔伯特在售卖西瓜，可能还有啤酒，但一直等不到亨丽埃塔的出现，出于某些身份避忌，她也没有去问吉尔伯特为什么没有跟亨丽埃塔一起来，玛丽只好说服自己：也许是亨丽埃塔临时改变主意不来参加舞会了。

维莱克斯认为应该尽快向唐纳报告此事，但他实在太累了，已经走不动了，他建议凯斯等人立即去找唐纳，但他们三人决定再回到卡明斯家里去商量一下，卡明斯并没有告诉维莱克斯，其实当天下午他已经私下里向唐纳报告过此事。

周二早上，维莱克斯、凯斯和卡明斯一起骑马去找唐纳商议亨丽埃塔失踪一事。维莱克斯之后评价唐纳对此事的反应是"并不特别重视"，唐纳似乎觉得他们的担心都是多余的，亨丽埃塔一定在附近某处，大概在哪位印第安人的家里采访去了。她确实说过有可能到偏远一些的地方去做一些调研，可能会离开住处一两天，但问题是她既没有马，也没有车，不可能计划太偏远的旅程。从唐纳办公室出来之后，他们三人都无法因为唐纳看似自信的保证而打消忧虑。但后来发生的事情证明，虽然唐纳在言语上表现得漠不关心，但当时他的内心必然已经意识到这件事的严重性和紧迫性。

唐纳之后陆续给保留地方圆 160 万英亩范围内他的几位副代理人致电，询问他们是否见过亨丽埃塔在他们的辖区范围内出现，同时还联系了几位与他关系密切的阿帕奇消息提供者，但没有打听到任何关于亨丽埃塔的音信，他们能提供给唐纳的信息都是过去几周内亨丽埃塔去过的地方和做过的事情。有人说在 7 月 4 日怀特里弗镇的舞会上，或者在阿帕奇堡的印第安学校附近见过她，也有的说看见她曾出现在老 W. A. 李的小杂货店……但这些都是 7 月 18 日之前的事情，**现在**她到底在哪儿？

一些当地居民开始自发地在附近展开搜寻。阿帕奇堡加油站的工人丹・库利在周一得知亨丽埃塔失踪的消息后，当即出发去打听和搜寻。他搜寻的第一站是一条小径，从泵站可以眺望到这条小径，那是平日里醉汉和瘾君子们躲避阿帕奇堡警察追捕的必经之路，老军队墓地就在这条路的北边，19 世纪 70 年代的阿帕奇人认为走这里就能躲避哨兵的监视。库利之所以首先想到这里，是因为这条小径是从东福克通往峡谷日舞会的捷径。周一晚上，库利驾车来到附近，沿着这条小径走了一段，并没有发现什么异样；第二天他又开车来到克劳德・吉尔伯特家附近的高崖搜寻了一番，他从凯斯那里听说吉尔伯特承诺过要载亨丽埃塔到舞会现场，所以库利认为应该到吉尔伯特家附近找找，如果是吉尔伯特杀了她，很有可能会将她的尸体扔下悬崖。丹·库利只有部分阿帕奇血统，并且他的妻子是白人，就像保留地里其他拥有相似文化背景的人一样，他倾向于把阿帕奇人往坏处想。库利的这两次搜寻均一无所获，也没有发现任何关于亨丽埃塔的踪迹。

在来到怀特山定居之前，青年时期的赫苏斯·维莱克斯曾经是政府军队的侦察兵，他根据经验判断尝试从亨丽埃塔在东福克的住处出发，沿着几条道路扩展开去搜寻，仍一无所获。

之前，凯斯曾注意到亨丽埃塔的小屋有些异常——靠近门廊工作台的那扇窗有被破坏过的痕迹，门把手扭曲成一个奇怪的角度，像是被人暴力撬动过，但凯斯知道最好不要在这时候去一探究竟，以免被人看见后指控他与亨丽埃塔失踪有关。周二那天，凯斯说服维莱克斯一起去亨丽埃塔的小屋查看。门是紧锁的，维莱克斯不赞成破门而入，认为应该谨慎一些。他们从那扇破窗朝里面仔细观察，炉子后面悬挂着亨丽埃塔的几条裙子，帽子放在一张婴儿床里，还有到处散落的私人物品。维莱克斯快马赶往四分之一英里之外的卡明斯家，却被卡明斯的夫人告知卡明斯已经去找唐纳谈话了，想要进入亨丽埃塔的房子查看估计只能等到周三。

与此同时，卡明斯正火速赶往怀特里弗主街的总部办公室，那是一栋灰泥粉饰的低矮建筑，他冲进总部大门，手上高举着一个信封，猛地推门闯进唐纳的办公室。

“比尔，我必须跟你一起拆开这封信。这封信就放在她平时写作的那张桌子上，我原封不动地拿过来了，里面应该会有一些信息。”

唐纳随即将他的秘书格特鲁德·柯布叫进来作为共同见证人，然后他小心翼翼地撕开信封，里面是三张手写的信纸，收信人是“亲爱的安妮塔和弗雷达”。唐纳先将信默读了一遍，他的嘴唇随着信件内容而张合。

“该死，我们应该早两天到她家里去找线索，”唐纳说，“周六晚上她是和一个印第安人一起去舞会现场的，很可能她已经遭遇什么不测。”亨丽埃塔失联这件事从周一开始就烦扰他的精神，至此，他终于掌握到一项重大进展。今天是周三，这就意味着亨丽埃塔已经失踪超过四天了。

那封信的开头这样写道：“我现在一边写这封信，一边在等一个阿帕奇男人来接我去几英里之外的峡谷日，今晚那里将举行一个盛大的舞会，他答应让我坐他的顺风车一起去。”

那个下午之后的几个小时里，唐纳和办公室的工作人员、高级阿帕奇顾问聚在一起商讨之后展开全面搜寻的事情。唐纳在想是否要将此事发电报向印第安事务专员 C. J. 罗兹报告，因为就目前的情况看来，虽然亨丽埃塔暂时只是处于失踪状态，但极有可能已经遇害。但唐纳能想象到罗兹对此事的第一反应一定是问责：“为什么你拖了这么久才报告此事？刚发现不妥时你做了什么？”一想到这样，唐纳还是决定先自主进行一番搜寻，之后再决定是否上报。

他要求所有参与搜寻工作的人员严格遵从保密原则，只能向与搜寻工作相关的人透露信息，对媒体和其他无关人员一律守口如瓶，不得泄露半点风声，因为亨丽埃塔如果真的遭遇不测，这将是个爆炸性的大新闻。

周四，搜寻队伍集结完毕，由保留地的治安官和印第安事务局的官员领头，再加上几个熟悉环境的阿帕奇人。对于事务局发布的呼吁大家在不同部族周边区域内外寻找亨丽埃塔踪迹的通知，大部分印第安人选择了视而不见。一些志愿者和小团体开始自发搜寻被树林植物覆盖的小径，辗转在一个又一个山丘之间。一时间，关于那个白人女孩失踪的消息瞬间传遍了整个保留地，一种不安笼罩着这片土地上的人们——有大事即将发生。

那封信里所写的"阿帕奇男人"，后来人们都知道指的就是克劳德·吉尔伯特，但有很多人都目击到吉尔伯特出现在舞会现场，整晚都和他的妻子在一起。还有很多人的证言指出，当晚他们还从吉尔伯特那里买了西瓜和啤酒。尽管如此，唐纳还是认为吉尔伯特不能完全摆脱嫌疑，有必要将他找来进行盘查——唐纳太需要在这件事上取得一个进展了，此时若能马上锁定一个嫌疑人那是最好的，所以他以非法售卖啤酒的指控将吉尔伯特请进了警局。

唐纳第一个向外界求助的电话打给了纳瓦霍县执行吏办公室的治安官 L. D. 迪威尔贝斯——唐纳的老朋友，迪威尔贝斯立即派出自己的副手乔治·伍尔福德前来协助唐纳进行调查和搜寻。伍尔福德召集了几位职员，几人很快就动身前往 75 英里之外的怀特里弗，向唐纳报到。

或许正是伍尔福德本人，又或者是他的一个助手将这次搜寻行动透露给一位与治安吏办公室有关联的美联社特约记者，这个事件立即成为新闻出现在周五的《纽约时报》上，消息随着一沓又一沓的报纸传遍了整个国家。新闻的发报日期是 7 月 23 日，发稿地为亚利桑那州的霍尔布鲁克市：

印第安阿帕奇向导们今天在怀特里弗山区搜寻失踪的哥伦比亚大学研究工作者亨丽埃塔·施梅勒。据悉，亨丽埃塔·施梅勒于上周六晚失踪。

名为克劳德·吉尔伯特的 25 岁印第安男子被保留地警方逮捕，调查审问正在进行中。

据施梅勒小姐在怀特里弗的朋友透露，她原本计划是要与阿帕奇堡的吉尔伯特一同前往参加峡谷日舞会，但吉尔伯特坚称自己并没有与施梅勒小姐同行，而且从周六晚上开始就没有再见过她，对她的下落也毫不知情。

施梅勒小姐是受到哥伦比亚大学的指派来到亚利桑那州印第安保留地进行印第安人生活方式的研究生，她的住所位于东福克，距离怀特里弗保留地大约有四英里的路程。

这一则新闻的标题是：“少女在亚利桑那州印第安保留地从事研究期间失踪——阿帕奇发起搜救行动，寻找失踪的哥伦比亚大学研究者。”

有人注意到一个关键问题——从亨丽埃塔失踪到全面搜救行动的启动之间，存在着令人匪夷所思的时间差。亨丽埃塔的尸体被发现之后的第二天，一位知名考古学家的儿子本·韦瑟里尔发表评论说：

原本她约定周一去取之前购买的作为代步工具的马，但她没有如期出现来完成这桩交易，这就足以让人察觉到不对劲了，与她关系亲近的人更应该意识到这一点。周二开始倒是有人进行了小范围的搜寻，周三开始有些官方职员在四处打听亨丽埃塔的下落，但直到周四之前都没有任何有组织、有规模的救援行动，宝贵的时间就这么白白浪费了。直到周五才派了几个人出去，为搜寻队伍做了些准备工作。肖洛市的副治安吏周五上午就因此被责骂了一番。据我所知，给这位副治安吏的消息是第一个传出去的。但显然任何消息都应被封锁。我们在麦克纳里的时候得知自己的消息是第一批被泄露出去的。当我们发出电报去确认消息泄露的情况时，怀特里弗方面的人已经打来电话。

据我们所知，当时没有招募志愿者，悬赏奖励机制也没有被重视……

另外，有说法称她在保留地期间，一直有专人在密切注意她的行踪，但从周日起就完全失去了她的消息，如果这个说法是真的，那我们确实浪费了太多宝贵的救援机会。最让我感到痛心的是，尽管有人意识到了不对劲，他们还是拖延到了几乎可以断定亨丽埃塔遇害的时候才组织搜索行动。[①]

---

① 这份材料夹在我们所拿到的来自哥伦比亚大学的资料中，除此之外，再也没有找到其他可以与之互相佐证的材料了。

怀特山阿帕奇保留地占据了亚利桑那州中东部的一大片的面积，东西横向跨度约 75 英里，南北纵向跨度约 45 英里，总面积超过 160 万英亩。周五上午开始，搜寻队在这片土地上分区搜索这位白人女孩的踪迹。大部分搜寻队员从未见过亨丽埃塔，印第安事务局的职员在保留地挨家挨户敲门，朝屋内大喊询问是否有人见过或接受过一个白人女孩的访问。

阿帕奇堡是亨丽埃塔常常活动的区域，那里的居民更习惯于见到亨丽埃塔在他们周围出现，所以这突如其来的消息和蜂拥而入的搜寻队伍顿时掀起了轩然大波，连日里流传的那些让人不安的传言被证实：那个白人女孩真的失踪了。

纳瓦霍县的副治安吏乔治·伍尔福德带着七位来自霍尔布鲁克的下属，找到几位在阿帕奇堡周边地区的商户和农场主挨个询问；唐纳也带领印第安事务局的职员对当地的几个关键阿帕奇信息提供者进行了详细问询。至于那些自发的个人搜索者和队伍，不论是白人还是印第安人，或骑马或徒步，都把亨丽埃塔木屋周边和保留地办公总部附近的丛林和小径等人迹罕至的地方搜了个遍。还有传言说，谁找到这个白人女孩就能有一笔金钱奖赏，这个消息迅速传开来，加入搜索的人员数量陡然上升。

***

周五早晨，赫苏斯·维莱克斯在日出之前就起身了，他决定今天去那条通往峡谷日舞会的小径沿路搜寻，之前那一晚他一直在亨丽埃塔住处附近寻找，直到太阳落山很久以后才停止。维莱克斯坚信自己的判断：亨丽埃塔是在从家里到峡谷日舞会现场的路上出事的。他的女儿玛丽·维莱克斯的想法与他不谋而合，很早之前，亨丽埃塔就对峡谷日舞会抱着极大的期待和热情，所以她没有理由错过这场盛会，现在只能做最坏的打算——她一定遭受了某种暴力侵害，如今生死未卜。起初，维莱克斯还愿意相信唐纳安慰他的话，他说亨丽埃塔性格倔强而独立，想法难以预料，行事一贯不受约束，所以她一定是一声不吭地去别的地方了，更何况保留地范围本身就很辽阔。但维莱克斯心里清楚今天已是周五，亨丽埃塔必然已经遇害，自己要寻找的不是亨丽埃塔本人，而是她的尸体。

今天他准备搜寻的那条线路沿着河流之后拐弯下了公路，一直通往公墓，几天前丹·库利也在同一条路上寻找过，之后也陆续有一些人从这儿经过，但维莱克斯还是决定再仔细在这附近找一找，或许曾经身为侦察兵的经验和敏感会让他发现那些容易被常人忽略的蛛丝马迹。

他以距离亨丽埃塔的小木屋几百码的地方为起点开始有条不紊地向前推进，在这三个小时里，似是而非的迹象有很多：马奔驰而过的蹄印、泥浆被雨水冲刷的痕迹、看起来很新的车辙印……但并没有什么能让他意外的发现。此时已经是正午时分，他隐约觉察到已经走过了公墓。正当这时，维莱克斯无意中瞥见小径边上的低处有金属的亮光在烈日下闪烁，他快步跑过去，从一棵野樱桃树杂乱的藤蔓中将那块金属捡拾出来。这是一块很大的银质物，上面有一处明显的凹陷，锈迹很新，不像是已经被丢弃在这里很久了。维莱克斯仔细翻看这块金属，连呼吸都变得小心翼翼起来。

他轻轻将金属片放在一边，胡乱将马拴好，开始在周围来回仔细搜寻，集中精神端详每一寸地面。他又在棉白杨树倒挂的树枝后面的土里发现几颗彩色珠子的反光，那是一个珠饰的皮革小包，有一半被掩埋在土里，一半露在外面。维莱克斯拿起包翻看了一会儿，又放回原处，跪在地上观察四周。周围的植物形态有些怪异，树枝歪歪斜斜，树叶散落一地，好像有动物曾经在这里打架似的。维莱克斯预感亨丽埃塔的尸体就在附近，之前据说有人注意到有秃鹫在溪谷底部盘旋，可能在那之前亨丽埃塔的尸体就已经在这附近了。

维拉克斯迅速跨上马离开这里，他决定返回阿帕奇堡去找人手帮忙，因为亨丽埃塔的尸体一定就在那附近，维莱克斯心想，为保险起见，最好是叫来一群人共同寻找弃尸地点更好一些。丹·库利此时应该是在车库，维莱克斯从远处向他喊话，他表示愿意一起去搜寻尸体。

十五分钟后，维莱克斯和库利准备一起前往疑似抛尸处。正当他们准备从阿帕奇堡出发去往七英里峡谷的时候，一辆黑色雪佛兰从远处疾驰而来，他们认出那是唐纳的车，维莱克斯立即招手示意他停车。

“我们好像找到那女孩了，”维莱克斯对唐纳说，“你最好跟我们一起去确认一下。”

唐纳愣住了，好一会儿才回过神来，急忙点头同意。维莱克斯和库利随即调转马头，唐纳放慢车速跟在后面，通过窄道时，骑马能快速通过，唐纳却只能小心缓慢地移动通过，与他们俩保持大约 50 英尺的距离。

三人来到疑似抛尸地点后，维莱克斯下马给唐纳指认情况。最可疑的是那块在烈日下反光的金属片和一半埋在土里的珠饰小包，还有那一直盘旋在低空的秃鹫。唐纳听罢，神色悲伤地摇头叹息，三人一起朝溪谷更深的地方走去。

刚走下山崖没几步路，维莱克斯就发现了谷底有一具尸体，他立即喊叫起来，三人在原地僵直伫立了几秒，他们紧紧抓住身边的树枝，眼睛盯着不远处那令人窒息的场景。第一眼只能看见裸露的腿部，所以他们继续沿着溪谷一侧向下攀爬了几米，来到已经干涸的河床，亨丽埃塔的尸体就在眼前。他们三人沉默地站着，一言不发。

她身上穿着的正是那件流苏边装饰的黄色鹿皮制裙子，裙子已经破碎得不成样子了，她的腰部泥迹斑斑，身体的其他裸露部位也被聚成团的泥土所覆盖，像是连日被雨水浸泡过。维莱克斯一眼就认出了那件衣服正是几周前她女儿玛丽在自己客厅里为亨丽埃塔赶制的那件。她的右手臂僵直地伸到头顶上方，左臂被扭曲成一个怪异的角度，手搭在臀部上，小腿部分被身体压着，大腿前侧有一块大面积的瘀青，内衣也撕破了。

尸体脸部朝上，鼻子残缺了一块，下巴严重变形移位，牙齿不见了好几颗，头发蓬乱，和雨水浸泡的红泥土缠绕在一起。她的颈部右侧有一道很深很长的伤口，从耳朵后面一直延伸到右颈，伤口上残留着早已凝固的血迹。

唐纳试图从她脸部的状态读出她临死前是否经历了痛苦，但他很快意识到，经过连日里雨水冲刷和泥沙侵蚀的作用，不排除还有动物啃食过，她的样貌很可能早已彻底改变了。他们三人都背过身去，不忍直视这惨状。

眼前这一幕使所有人都震惊愕然。这将是一件震动整个保留地的大事，尤其是对唐纳来说，亨丽埃塔已确认遇害，这段时间以来所有的忧虑、紧张、不安都有了确实的结果，这片隔绝的土地长久以来平静的生活将被打破，外界对这起命案的盛怒情绪即将降临，在这里掀起轩然大波。

作为主管人的唐纳马上试图控制事态。他叮嘱维莱克斯和库利留在原地守住尸体，在他返回之前不要触碰任何东西，也不要让任何人和动物靠近，他要去召集法医，同时正式将这件事向上级汇报。时年 66 岁的唐纳顾不上自己的体能状况，急忙从溪谷底部奋力往上爬，驾车赶往阿帕奇堡。

留在现场的维莱克斯和库利一边看守尸体，一边在附近进行简单的勘查。他们两人面对这样的凶案现场也有一些经验了，了解附近的任何现象或物品，对之后的案件侦查过程都至关重要。库利步测从尸体到溪谷的距离是 101 步，很明显，那里是亨丽埃塔被侵害时挣扎和打斗的地方。在小包被发现的不远处，库利发现了一支已经被折断变形的钢笔，根据变形的程度判断，有可能是马蹄踩踏所致，他还仔细比对了河滩上的泥土与亨丽埃塔身上的泥土是否一致。库利判断，在周一那场降雨来临之前，亨丽埃塔的尸体就已经在这里了，而且这里很有可能就是第一案发现场，或许侵害发生在坡顶，她在挣扎逃脱的过程中向下跑，最终在溪谷处被凶手抓住。

***

亨丽埃塔的尸体是在正午时分被发现的。到下午 2 点 15 分，尸体周围已经聚集了十几个人在忙碌，尸体还在原处，基本上维持被发现时的样态。现场有两位医生——来自怀特里弗的约翰·赫普医生和来自西奥多·罗斯福印第安学校的雷·弗格森医生，他们已经完成了基本的尸体检查和现场笔记，正在等待准许离开的指令。纳瓦霍县的副治安吏主要负责现场的调度。卡明斯作为亨丽埃塔的邻居和较为亲近的人，被叫来对尸体的身份进行正式确认。怀特里弗镇的治安吏和死因裁判官威拉德·惠普尔正在监督六位验尸陪审员的工作，他们分别是赫伯特·库珀、厄尔·卡尔、希普利、尤金·曼托、蒙哥马利、怀特。验尸陪审团初步裁定的死因是“一人或多人手持锐器刺向死者头部及身体各处，造成致命伤”。怀特里弗镇的一个商户主负责用他的柯达相机拍摄现场照片，忙碌地不断变换角度和方位，不仅要拍下尸体从各个角度的形态，还要拍下现场所有的环境和细节，包括每一个证物和每一处痕迹，他甚至还偷偷拍摄了所有靠近尸体或聚集在周围的人。

两位医生的尸检鉴定一致认同尸体已经处于腐烂的状态，说明亨丽埃塔的死亡时间已经超过五天，这也证实了之前人们的普遍猜测——她是在峡谷日舞会那天晚上遭遇不测的。医生还对遍及全身的伤口进行检查，包括右眼上方和右臂上的刀伤，最终认定造成亨丽埃塔死亡的致命伤在颈部，那是一条深长的伤口，长度约有 2.5 至 4 英寸，深度为 1.5 至 2 英寸。医生还注意到亨丽埃塔面部的惨状——鼻子残缺、牙齿缺失，毫无疑问是钝器击打所致。赫普医生断言她在遭受致命一刀之后的二十分钟内就死去了，同时，基于陈尸的位置、尸体姿势和衣物的状态来判断，她生前很有可能曾遭受性侵；弗格森医生则认为，单凭尸体的姿势和状态无法充分认定受害人曾遭受性侵，所以他不愿意冒险下此结论。

取证勘察工作进行了一整个下午，之后亨丽埃塔的尸体被用毯子包裹起来，由几个人抬到马背上，她终于离开了这个山谷。

保留地的溪谷，亨丽埃塔的尸体就是在这个溪谷的底部被发现的。

# 6 | 来自各界的反应

那天是一个普通的日子，山姆·施梅勒正闲逛着从宿舍走向餐厅，路上他还在考虑在射击练习之后回到滨水地区的这段空档里，是否有时间处理一些和信件相关的杂事。有一个厨师正从远处迈着兴奋的大步子穿过草坪向他走来，一边挥舞着手中的报纸大喊："山姆，这是你认识的人吗？"厨师拿着的报纸越来越靠近，他终于能清楚地辨认出上面的标题——"女学生于亚利桑那州峡谷被残忍杀害"，一阵猛烈的剧痛突然向他袭来。副标题进一步证实了他的不祥之感："搜救人员已找到哥伦比亚大学失踪女学生的尸体，生前曾遭受暴力对待。"

***

当山姆得知这个令他震痛的消息时，他正身在阿迪朗达克山脉的特里普湖参加绿色庄园夏令营。此时此刻，亨丽埃塔的尸体正在怀特山阿帕奇保留地北部的温斯洛太平间里沉睡着，相关部门正在为了将她运送回纽约而作最后阶段的准备。殡仪馆的工作人员德拉姆的化妆技艺精湛，用一双巧手将亨丽埃塔的鼻子尽量按压回原位，但由于偏移得实在太过于严重，即使是调整之后看起来还是有些扁平，且略向右侧脸颊偏移。她的嘴唇被闭合了起来，好让她的遗容看起来平静一些，但因为下颌缺失了几颗牙齿，所以她的整体面容看起来还是有些怪异。除了脖颈那道致命伤，她身上大部分的擦伤都通过化妆技术被遮盖了，有一位验尸官找来一条高领裙，为她替换掉死前身上穿的那件鹿皮革的裙子，刚好可以为她遮挡脖颈的伤口。

***

从维莱克斯发现亨丽埃塔尸体的那一刻起，消息很快就在这片 3300 平方英里的保留地里传开了，之前人们能够设想的最坏情况已然成为现实：在印第安人的土地上，有一个白人女孩被残忍杀害了，而且凶手很有可能就是阿帕奇人。虽然从 19 世纪 70 年代到 80 年代的印第安战争期间，当时的阿帕奇首领杰罗尼莫曾率领一群亡命之徒去突袭白人士兵和殖民者，但从那以后，印第安人与白人之间只发生过一些细小的对抗和冲突，偶尔搅动一下原本宁静的秩序，除此之外，印第安人与白人之间基本上保持着默契的和平关系。而今，随着这个白人女孩死讯最终确定，保留地将迎来前所未有的动荡不安。那些参与搜索的阿帕奇人纷纷结束了任务回到自己家中，等待着未知的风波袭来。

***

坐落于麦克纳里的电报办公室一直以来都是一个死气沉沉、无事可做的哨站，但随着亨丽埃塔失踪的消息传出，这里一夜之间变成一片紧张混乱的局面。尸体被发现后，混乱再次升级，这个小小的办公室简直成了精神病院一般的地方。电报在纽约、新墨西哥州、凤凰城、华盛顿甚至欧洲几个地方之间来来回回发送，向这些地方与案件相关的亲属、官员和人类学家们传达相关的消息。媒体立马就把案件的细节具体化了，关于亨丽埃塔的死亡事件消息立即就经过纽约各大报纸媒体散播出去，也很快覆盖了除了纽约之外任何一座规模足以拥有日报的大都市。美联社在传播报道此事上尤其不遗余力。

***

当亨丽埃塔在纽约的大学同学弗雷达收到一封来自亚利桑那州的电报，询问她如何处理亨丽埃塔的尸体时，她震惊得说不出话来。弗雷达就是 7 月 18 日那天亨丽埃塔遇害前所写的最后一封信的收件人之一，那封信被留在厨房餐桌上还来不及寄出，后来成为当局开始搜救工作的最初线索。现在亨丽埃塔既然已经确认死亡，那弗雷达和安妮塔自然成为被咨询如何处理亨丽埃塔遗物的人。处于震惊和慌乱中的弗雷达拨通了施梅勒住宅的电话，才得知施梅勒家人也收到了同样的关于处理遗物的问询。

事发后，保留地的两位执法人员赶到亨丽埃塔的小木屋，给每个房间都贴了封条，标记好每一样物品的位置，包括书籍、衣服和其他财物，还记录了床上寝具的种类和状态。他们小心翼翼地拾起地上和床底下沾有污渍的毛巾和纸巾，将它们都装进一个贴有“样本”字样标签的纸箱中（几周后在芝加哥的化验室里，经过几轮令人疑惑的“化验”之后，结果显示在毛巾上检测到一些“精子头部”的留存）。

关于谋杀动机的推测一时间成为热议的话题。最初有些新闻小报以“女人的嫉妒”为标题，鼓吹是亨丽埃塔的到来吸引了保留地那些已婚男人的注意力，保留地的妇女们对此怀恨在心，最终萌生杀害她的念头；还有的说是因为她误闯入某些印第安人的神秘仪式，太多言论纷纷走向无端的猜疑。有一些声音说阿帕奇人确实对这位白人女性的突然闯入有些不适应，但也仅此而已。亨丽埃塔的尸体被发现时的状态和身上衣服的破损程度毫无意外地将公众猜测的舆论引向“激情杀人”。

***

迪克西·米勒是在乔治亚州里奥当地的报纸上看到亨丽埃塔死亡事件的，她猜想哥伦比亚大学应该会重新招收一位学生来填补亨丽埃塔的研究生名额，于是她很快去信哥伦比亚大学校长，希望能够“提交相关的申请”。其他人的反应就没有这么平和了，内布拉斯加州基督教妇女禁酒联盟机构负责社会道德的米妮·格里姆斯特德·希姆斯女士在写给哥伦比亚大学的信中，以愤怒的语气写道：“她的死不仅仅是因为阿帕奇人杀害了她，也是因为你们让她独自一人到那个地方去，你们也要为她的死而承担责任。那个地方那么多心怀不轨的男人，尤其是那里也才刚刚从野蛮状态中开化没有多久，她被置身于如此危险的环境中，怎么能不预想到这最坏的结局？”一封从俄克拉何马州塔尔萨市寄出的信中直接使用了“令人作呕”一词，并在开头写道：“在所有的蠢货中，哥伦比亚大学的这帮人必然是最愚蠢的。”另一位化名为“异见者”的公众给哥伦比亚大学寄去一张明信片，上面直截了当地写道：“你们应该清楚，在亚利桑那州做所谓的‘研究工作’，并不意味着你能打别人丈夫的主意，不要把那一套用在这里。”

***

亨丽埃塔的死讯给父亲伊利亚斯带来沉重的打击，他陷入了持续的悲痛，甚至无法正常与前来安慰和帮助的亲戚朋友们说话交流。他还未完全从妻子伯莎病逝的痛苦中走出，又经历了商业上的失败，从曾经的富有变成拮据，这一切显然让他更无法接受自己的女儿被残忍虐杀的事实。他曾对身边的人说，自己感觉生活不值得一过了。在写给他另一个女儿露丝的信中，他说道：“命运给我的打击是残酷的，它完全毁掉了我的生活，从此了无希望。”他还说要以“疏忽失职”为理由起诉哥伦比亚大学及其相关人员，控诉他们在指导亨丽埃塔学业的过程中，将她置于危险境地的疏忽行为。

***

媒体记者们从电报打印机那里接收到的任何消息，都以最快的速度被编辑成不同版本的故事发布出来，他们甚至没有时间关心那些信息的真实程度。亨丽埃塔本来是十月份年满 23 岁，结果在各类报章消息中，说她 21 岁、22 岁、23 岁、25 岁甚至 30 岁的都有，光是从美联社和美国合众国际新闻社两家媒体对亨丽埃塔的年龄的叙述中就涵盖了全部这些。至于她为什么去到印第安保留地，有些媒体说她拿着来自哥伦比亚大学的资助，前往怀特里弗镇从事暑期硕士学位的研究；又有说法称她是自费前往亚利桑那州，打算用一整年时间为获取博士学位做准备。有些报章称，亨丽埃塔的尸体被找到后，警方紧接着就逮捕了 52 个印第安人，还有的说逮捕人数只有 7 人。

***

每一位参与了这件案子的官员都很快意识到事件中潜藏着的严重程度，所以各级办事人员都非常谨慎，实时与直属上级汇报进展。亨丽埃塔的尸体被发现后，保留地的主管人唐纳立即拨通了亚利桑那州的联邦检察官约翰·冈格尔的电话，请求他提供帮助。冈格尔又给侦查局埃尔帕索市分局特别行动署署长科尔文发去电报，稍后便亲自动身前往保留地进行侦查。科尔文清楚在这件事中他的职责，但也还是第一时间给调查局的总管——年轻有为的约翰·埃德加·胡佛发电报详述此事："我将把雷恩·雷诺的案子搁置几天，现在要开始介入一起发生在阿帕奇军事保留地的谋杀案，此案十分紧急。"胡佛非常清楚这桩白人女性被残忍杀害的事件已经成为了连日里的爆炸新闻，所以他异常重视地给科尔文回电报批示，指导调查程序，提醒科尔文必须及时向他本人直接汇报所有调查进展，同时将此事汇报给自己的上级查尔斯·柯蒂斯。

唐纳和他的直属上司——印第安事务局专员罗兹的联络早在亨丽埃塔尸体尚未发现之前就开始了，当时亚利桑那州的州长乔治·亨特收到来自哥伦比亚大学的紧急请求，要求动员人力搜寻失踪的亨丽埃塔，亨特将搜寻指令下达给罗兹，罗兹和唐纳就此事开始了频密的联系。罗兹在发给唐纳的电报中说道："要确保印第安一方在施梅勒一案中得到公平对待。"期望印第安事务局尽量将公众的反应引导到反对将印第安人定义为"野蛮人"的尝试上。大量的各级政府机构代表人员几乎是一夜之间涌入保留地，让唐纳不知所措。他拒绝了罗兹关于派遣（前）美国印第安事务谈判特别专员海格曼前往保留地的安排（海格曼之后还是去了），唐纳认为，"保留地的印第安人和白人之间未出现任何仇恨芥蒂"。

调查初期被认为是嫌疑人的克劳德·吉尔伯特被捕入狱后，全力辩称自己周六一整天都没有见过亨丽埃塔，唐纳于是让保留地官员威廉·莫平（人称"图拉皮比尔"）将彼得·凯斯赛和弗朗西斯·华纳找来问话。美联社发布的一篇广为流传的报道里提到，有一个印第安聋哑人说 7 月 18 日晚上，他曾看到华纳将一个一动不动的年轻女子扶进自己的车里，但这个说法很快就因为缺乏证据证实而被否定了。华纳辩称在亨丽埃塔被谋杀之前的一周，他都未曾与她见过面。除了凯斯赛和华纳之外，陆续还有五名阿帕奇男子因为不同的控罪被捕或被拘留，有 25 到 30 人被带去问话，治安吏那狭小的办公室和厨房后面的小型监狱很快就人满为患了。

# 7 | 人类学家们的反应

哥伦比亚大学是人类学领域的老牌院校，与其他几个历史悠久的院系比起来，人类学系不论是在社会影响还是学界名声和研究成果等方面的评价指标都与这些院系势均力敌。这里被认为是美国人类学的发源地，而且那些哥伦比亚大学早期的人类学先驱教授学者们实际上至今仍很大程度上定义着人类学研究的传统与趋向。弗朗兹·博厄斯在1899年来到哥伦比亚大学任教后不久，就召集当时已经颇有成就的玛格丽特·米德、露丝·本尼迪克特、阿尔弗雷德·克虏伯和格拉迪斯·雷夏德一起组建了人类学系，他们都有自己的研究领域，也各自著有名气响亮的先驱性著作——博厄斯的《种族、语言与文化》(*Race, Language and Culture*)、米德所著的《萨摩亚人的成年》(*Coming of Age in Samoa*)，以及本尼迪克特的《文化模式》(*Patterns of Culture*)，这些人类学作品至今还是人类学导读课程中的必读书目，他们在20世纪二三十年代实践和总结出来的研究方法至今仍然在以不同形式和程度被实践着。

人类学的独特魅力在于它能在不同程度上给人以丰富的启迪，而不仅仅是向人们介绍所谓的“异文化”而已，人类学的深意在于理解和体会人之为人的本质。在作为一门学科的人类学的起步初期，哥伦比亚大学这些早期先驱学者们的探索代表了消除种族隔离、实现人之基本平等、以事实取代迷信等公共理念和人类理想。他们的研究与投入为社会科学研究“去种族隔离化”的转向奠定了基础，他们的成果至少引领了学界几十年的关注重点，这些智识成果和基本精神成了驳斥纳粹主义理论最有力的武器。这些先驱学者发起范围广阔、影响深远的田野调查，指引我们认识那些美洲土地上的原住民，揭露我们曾经对他们犯下的深重罪行。

在美国社会科学界，博厄斯、米德和本尼迪克特是处在神坛上的人物，他们的地位不仅仅是卓越的智识和显赫名声的体现，还象征着他们长期致力于发掘文化事实上的投入，以及对人之境况极高的关怀度和敏锐性。

但亨丽埃塔的悲剧发生后，从现存资料看来这三位教授在公众视野之外的反应和行为似乎展示出与他们的名声、地位和人类学精神大相径庭的另一面。

施梅勒一家与这几位人类学家的联系始于他们寄来的吊唁信，就在亨丽埃塔被确证死于谋杀之后不久。这些信件的语气礼貌而冷静，表达了一种十分得体的同情。本尼迪克特给施梅勒一家写吊唁信时，她本人正在新墨西哥州梅斯卡勒罗阿帕奇保留地，带领六人的研究小组从事田野工作，他们的田野地点就在亨丽埃塔所在地区的西北方向。

博厄斯则是抱病在欧洲疗养。三人之中，米德的慰问信最晚发出，信是写给亨丽埃塔的姐姐贝莱的：

请允许我向发生在您一家身上的悲剧表示最沉痛的哀悼，您妹妹是如此富有热情与宏愿，并且将这些能量全都投入到人类学的探索中去，取得了显著的成果……对于悲剧的发生，我们都感到非常震惊，也十分痛心。

但事实是，在这封流于形式的吊唁信发出之前，米德已经对亨丽埃塔的死亡做过回应了。作为炙手可热的国际学术明星和两本极具影响力的著作的作者，当时媒体记者第一时间联系了她在美国自然历史博物馆的办公室，询问她对亨丽埃塔遇害一事的回应。7月28日，她给《纽约世界报》发去回应电报，其中写道：

发生在施梅勒小姐身上的谋杀是残忍至极的暴行。但即使是在文明社会的社区里，在没有陪同的情况下单独行动也是有可能招致伤害的。施梅勒小姐应该是没有注意要与保留地的阿帕奇女性们建立充分信任，也不相信她们实际上能为她提供基本的陪同与保护——某种程度上这样的友谊对安全来说是必不可少的。

《纽约世界报》随后发表的报道标题就写成了“玛格丽特·米德：关于施梅勒小姐死亡事件之省思（追问）”。

在非公开的场合里，这几位人类学家也各有表述。米德在8月14日写给博厄斯的汇报信件中说：“当初本尼迪克特和我花了数小时为施梅勒小姐提供意见，解答疑惑，但她完全漠视了我们所强调的规定。”哥伦比亚大学另一位人类学家露丝·安德希尔在亚利桑那州赛尔斯的田野点给本尼迪克特写的信中说道：“从保留地当地白人的陈述中，他们非常一致地认为亨丽埃塔行为举止表现得十分轻率，她总是拒绝所有人的善意和建议，最后不出所料地得罪了所有人，包括印第安人和当地白人。”

对亨丽埃塔在从事田野研究期间被残忍谋杀一事，这几位人类学家表现得如此紧张和小心翼翼并不奇怪。这场悲剧显示了书本上的教育工作在安全性方面的疏漏，一直以来人类学自认为拥有研究异文化的“特权”，但亨丽埃塔的死亡证明了这种“特权”是多么的脆弱和不堪一击。对于那些致力于研究美洲印第安人的学者来说，事件带来的影响是复杂的，尤其是对哥伦比亚大学的研究者们来说，他们的研究计划和精神状态必定受到难以估量的影响。

还有人分析了这场悲剧发生的根源，并为此气恼万分：“这位年轻的小姐，本应该对自身的资质和潜能有足够的认知，很显然她表现出一副过分独立的样子，但其实那完全就是顽固任性，甚至可以说是粗心漠然。”

公众舆论的评价更不堪入耳。国内的新闻媒体还沉浸在“野人”和“蒙昧蛮民”的话语中无法自拔，舆论具有连带效应，各大媒体争相去强化这样的陈词滥调。对于一个冒着巨大风险、独自前往男性权利的领地进行研究的女性的悲剧和遭遇——尤其她是一个来自纽约、受教育程度很高的犹太女性，这些媒体最不可能做的事情便是表示应有的同情与惋惜。有些报章还采用了亨丽埃塔的一张疑似被人为修饰过的肖像照来制造某种轰动的新闻效应——在照片中她的鼻子变短了，嘴角被拉得狭长，看起来更有智性美。

亨丽埃塔的死亡无疑会影响到哥伦比亚大学乃至整个美国社会科学界与印第安人社区建立起来的合作关系，事件的发生触动了双方的敏感神经，那些好不容易建立起的与阿帕奇印第安社区的关系，如今却处于岌岌可危的境地。那些官僚主义者和印第安移民事务局里的印第安官员本来就对陆续蜂拥而至的人类学家们多有顾忌，这件事过后，恐怕他们就有充分的理由从此将这些人类学家拒之门外了。

在哥伦比亚大学这几位教授的推动下，人类学这门起源于欧洲的“新兴”学科表现出最广泛和深刻的包容性和理解力，但这些辛苦营造出来的根基和成果将很快遭受大规模的、来自公众和学界的质疑和拷问。

所以也难怪这些当事人将责任转移到亨丽埃塔身上。

亨丽埃塔遇害时，弗朗兹·博厄斯正抱病在欧洲休养，所以他对于大洋另一边正在上演的论战并不知晓，但他很显然对自己的这位学生十分熟悉和偏爱。亨丽埃塔修读了博厄斯的好几门课程，还在他的手下工作过。事发后博厄斯对亨丽埃塔遇害也表达了诚挚的悲痛与敬重，他给唐纳去信说亨丽埃塔“是一个忠实可信的学生，在许多方面都体现出优越的能力，我本人对她的人格品行表示最大程度的敬意”。但之后便是他对亨丽埃塔行为的批评言辞：

遗憾的是，施梅勒小姐完全没有按照师长所交代的程序去行事。我们希望的是，即使难以找到一个成年印第安女性全程陪伴她进行调查，她至少应该住在一个印第安家庭中。我相信自己对她的品行的判断，所以我宁愿相信她最终没有遵照指示行事的原因是她急不可待地希望投入到研究中去，希望能获取让人满意的研究成果…但施梅勒小姐的行为确实在某种程度上是悲剧发生的原因之一。即使如此，我们还是希望给予她应有的尊重，不应以任何形式使她蒙羞。

本尼迪克特还向博厄斯重提了她之前给予亨丽埃塔的指示：

我多次提醒过施梅勒小姐一些关于到达怀特里弗镇之后她应该做的事情。我与她梳理了两种可能性：她可以选择一个她信任的、友好的阿帕奇人家庭，和他们住在一起。最好家庭中要有一个中年女性，她同时是个母亲，这样就有能力为她提供一些必要的帮助，保证她的安全；她也可以选择独自居住，但一定要有一位当地女性作为助手或陪同。

但本尼迪克特所设想的情况难免过于理想化，亨丽埃塔怎么能做到在刚抵达保留地的时候就能迅速找到一个符合所有要求的家庭？对此本尼迪克特是这样解释的：

我认为施梅勒小姐一定是枉顾了这些安全指示，决定按照自己的计划来行事，这场悲剧的发生确实有部分原因应该被归结于她所做的一些错误选择。但我在其他地方从来没有重申过我曾给她交代过这些指示的事实，因为事已至此，施梅勒小姐已逝，对她的家人和朋友重申这些难免会雪上加霜。

亨丽埃塔遇害后，印第安事务局当即向哥伦比亚大学索要关于田野工作者进行研究的相关章程或手册，以便确认亨丽埃塔在出发之前到底有没有接受明确的安全指导。哥伦比亚大学秘书处的弗兰克·法兰肯塔尔向博厄斯和本尼迪克特提出了提交相关指导章程的要求，但过了很长一段时间都未见他们对此事做出任何回应。

根据当时哥伦比亚大学的在读学生的回忆，当时的田野调查工作者们在方式方法上总是被给予很大的自行决定权，并不存在什么明确规约。

在出发前往保留地的那年年初，亨丽埃塔曾与西南部的几位人类学家频繁通信，还与众多亲友交谈过她的计划，但直到6月23日，亨丽埃塔抵达怀特里弗镇的当天，关于住宿、交通和陪同的问题都完全没有任何事先的联络或安排。有的只是来自不同人和不同立场的非正式口头建议，这些建议并没有太多实质性帮助，相互之间还有很多矛盾的部分。保留地的主管人唐纳对她的到来更是毫不知情，还抱怨她没有带来任何代表她身份与说明前来事由的“介绍信”，对于从事田野研究工作的人员来说，这实在是一种极为反常的情况，不过这也反映了一种风气：学校和机构从不轻易放过任何开展研究的机会，他们乐此不疲地开拓新研究地点，创造各种各样的研究契机。

对于本尼迪克特、安德希尔和雷夏德这几位案发当时正在其他田野点进行调查的人类学家来说，他们最在意的**莫过于**亨丽埃塔被害一事的连带影响，以及紧随其后的大搜捕和注定漫长的审讯期，这一切程序都将对每一个人正在进行的研究工作带来不同程度的影响。对于那些日常与印第安人接触、在保留地工作的人们来说，除了对暴行的恐惧与对生命逝去的悲痛之外，他们的首要考虑是自己将会在什么程度上卷入这起白人女性被残忍杀害的事件，包括直接或间接的、当下的和连带的影响会是什么。各类新闻标题传播了各种未经证实的猜测："哥伦比亚大学女学生被害一案，凶器被指认为刀具"，"已抓获五名犯罪嫌疑人"，"哥伦比亚大学女学生横尸阿帕奇山野"，"研究印第安文化的女孩在亚利桑那州离奇消失"，"阿帕奇人否认与哥伦比亚大学女学生遇害一事有关"……所有的这些标题传达的暗示信息，都在触动和挑拨人类学者与印第安研究对象之间曾经和谐融洽的关系。

那些正在从事夏季田野工作的人类学家们，最关心的事莫过于不让亨丽埃塔的悲剧影响任何正在进行中的研究工作。本尼迪克特在 7 月 28 日的信件中写道："我尽量避免与怀特里弗镇正在进行的一切调查产生联系，因为我要保证我所领导的团队和研究工作顺利进行。" 7 月 29 日，她又写道："幸好我们的梅斯卡勒罗研究小组的工作基本上没有受到这场悲剧及其后续调查进程的影响，一切都在井然有序地推进。" 她还总结道："这个事件并没有太多打乱我和团队的计划与进程，至少程度比我想象中的要轻很多。除非凶手真的是印第安人，且被逮捕和定罪了，否则团队成员在情绪上应该不会因为这件事受到过多的困扰。大部分人对发生了什么也没有深入的了解。" 露丝 · 安德希尔当时在离赛尔斯不远的帕帕戈人（Papago）印第安社区调查研究，她写道："这边的白人对我们一直都非常友好，对我们的到来和打扰没有表现过不满和敌意。有一个盛气凌人的官员认为人类学家是'无用的'一群人，虽说如此，他还是会表现出尊重和友善。总之，我这边的一切都非常顺利。"

可以看出，那年夏天分别在赛尔斯、加纳多和梅斯卡勒罗进行暑期田野工作的人类学家们的工作纷纷进展顺利，亨丽埃塔遇害一事似乎没有给他们的工作带来什么显著影响。本尼迪克特之后承认，她研究团队中的成员并没有像她原先计划的那样单独到当地人家庭中去居住。在 8 月 24 日写给博厄斯的信件中，她说："亨丽埃塔的惨剧给我敲响了警钟，对安全问题我应该更慎重小心，必须要避免成员以任何形式进行单独行动，也不能让他们一个人处于印第安社区这个环境中。"为此她不得不拒绝一位研究成员的外出请求，那位研究者计划去怀特里弗镇拜访塞拉斯·约翰，一位臭名昭著的阿帕奇宗教组织首领。

这几位人类学家在 1931 年夏季的田野大冒险最终以一种走钢丝式的谨慎作风收官了，但他们开始对亨丽埃塔遇害事件的影响感到深深的忧虑，尤其是还能否继续开拓印第安地区广大的研究空间的问题。博厄斯在 9 月 8 日回复本尼迪克特的信中写道："亨丽埃塔一事是个可怕的噩梦，我十分惧怕这件事在各个方面可能带来的后果。"

事实上早在 7 月 31 日，保留地的唐纳就已经给哥伦比亚大学秘书处去函表示："从此以后，我将不会再允许像施梅勒小姐这样的年轻女性以从事民族志田野调查工作为由在此地开展工作。”同时，印第安事务局也向哥伦比亚大学施压，要求哥伦比亚大学对田野工作者制定具体明晰的工作指引与行为限制相关的条例，尽快编纂出相关条文。

第二部分

# 追捕凶手

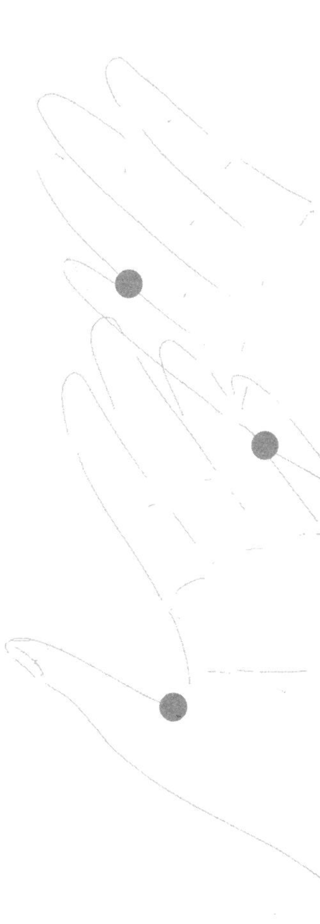

# 8 | 追捕行动开始

美联社 7 月 27 日发自亚利桑那州怀特里弗镇阿帕奇印第安保留地。

阿帕奇——一个静谧的、与世隔绝的印第安人保留地。亨丽埃塔被发现横尸于该地区怀特山的某个角落。到底是谁、又是什么动机，使得凶手残忍谋害一个年仅 22 岁的哥伦比亚大学人类学学生？这一切都给案件的侦查留下谜团。

直到 7 月 27 日（星期一），亨丽埃塔尸体被找到的第三天，司法部门人员才抵达保留地正式开始调查取证工作——下一个重大事项就是要尽快将凶手缉拿归案，因为每一个人都心知肚明，杀害亨丽埃塔的凶手正逍遥法外，而且很有可能就潜伏在这个社区中。纳瓦霍人在夏季时节会在保留地边界不断迁徙，放牧牛群，除了他们以外，这片区域几乎再无其他的流动人群了。也未曾听说亨丽埃塔与任何人存在不愉快的经历或过节，更谈不上有杀害她的动机了。亨丽埃塔在保留地确实遭到一些印第安女性的怨怼，大概是因为她自从到达以来就一直是保留地男性注意力的焦点，而且亨丽埃塔总是在保留地内自由行动，言谈举止中充满了来自大都市名校研究生的自信气质。但亨丽埃塔一直努力保持友善，希望能尽快融入印第安群体之中，短短几周，她已经与几位年轻的印第安女孩成为很好的朋友，比如玛丽·维莱克斯、伊迪斯和贝茜·桑切斯姐妹，她们都曾给亨丽埃塔提供过不少帮助。还有一些当地的白人朋友也是如此，虽然他们之中有些人对亨丽埃塔的工作方式颇有微辞，因为亨丽埃塔一直不满白人对阿帕奇人持歧视的态度，但是这些都不足以成为谋害她的动机。

亨丽埃塔死前很有可能遭受性侵的消息很快就传得人尽皆知，保留地的人对此非常震惊。以前这里也曾发生过白人女性被袭击的事件，就算是本地的阿帕奇女子也偶尔会受到男性的骚扰甚至伤害。FBI 探员斯特里特加入此案的侦查时，赫苏斯·维莱克斯曾对他说，不论是印第安女孩还是白人女孩，在阿帕奇印第安保留地独居都是非常危险的做法，因为在过去几年间，这一带曾发生过几起袭击或伤害白人女性的事件。维莱克斯还说，这些年轻印第安男子也在持续骚扰这一区的印第安女孩，大多数女孩因为害怕，从来没有对家人朋友提起过。或许对她们来说，这已经成为一种常态了。

在投入全部人力物力开展调查和抓捕之前，有一些前序工作需要完成。亨丽埃塔的尸体需要被送去进行遗体整理，在运送回家之前尽量让她的遗容恢复平静安详。她的所有遗物都需要被整理分类，有一些物品将作为追查凶手的证据被暂扣下来，一部分会作为日后庭审的证物，剩下的就要交还给亨丽埃塔的家人来处理。每一件物品都会被记录在案。保留地每天都会寄出不计其数的信件、发出大量电报，全是为了向各方汇报此事的进展——哥伦比亚大学、施梅勒一家、印第安事务局、各级司法部门、国会、美国副总统……当然还有各家新闻媒体，他们都在关注案件的进展。当时，光是由保留地主管唐纳口述、秘书格特鲁德·柯布誊写的信件就有好几十封。

唐纳工作的重中之重是维护保留地的宁静与平和，尽量不要被搅乱秩序，除此之外还要让新闻媒体知道不论是侦查工作还是保留地秩序，一切尽在他的掌控之中。唐纳给他的直属上司印第安事务局的行政专员罗兹发电报说：“所有关于印第安人与白人之间不合的消息都不属实，怀特里弗镇一如往常平静而有序，媒体故意夸大案件影响的做法太令人无奈了。”虽然唐纳表面如此，但他还是私下给保留地的主管圣卡洛斯写信，这位主管曾经处理过一些种族冲突事件，唐纳请他立即到怀特里弗镇来帮忙整顿一些印第安人之间的麻烦事。他也希望能够拘留一些嫌疑人，好对各界的关注有回应，但又不得不等待联邦调查员到来，在此之前，他也无法获取更多案件信息，更不能计划什么行动。

周末期间发生了两件看似偶然的事情，却在很大程度上改变了后来事情的走向。

亨丽埃塔尸体被发现后，赫苏斯·维莱克斯、切斯特·卡明斯、丹·库利、威廉·墨菲特和另外两个人一起组建了一个临时调查小组。周日，他们聚集在东福克商议事情，他们碰面的地点就在离亨丽埃塔小屋不远的那条小径的起点处，那天晚上亨丽埃塔应该就是在经过这条小径的途中遇害的。调查小组围坐在一起分析亨丽埃塔在前往舞会的途中可能遇到的人，如果这条路径确实是亨丽埃塔当晚经过的路，那到底途中发生了什么事情，导致她最后的结局是在这偏僻寂静的山谷中死去？

杰克·凯斯也骑着马过来了，他很少会错过聚在一起商讨的机会，但亨丽埃塔尸体被发现的前两天却很少见到他的踪影。几人互相寒暄一番之后，卡明斯对凯斯说："杰克，发生在这白人女孩身上的是暴虐犯罪行为，印第安人和白人应该要联合起来一起把杀害这女孩的人绳之以法。"库利感觉凯斯听完这话后显得有些紧张。在片刻的犹豫之后，凯斯指着临时调查组里的两个白人卡明斯和墨菲特说："你们俩明天早上就在这里等我，我有一些关键线索可能会对破案有很大帮助。"在之后给斯特里特探员的口供中，库利和维莱克斯都认为卡明斯和墨菲特第二天按照约定来到原地等候，但是凯斯并没有出现。但在 FBI 的口供记录中，并没有卡明斯、墨菲特和凯斯三人之后曾就此事受到问询的记录。

就在差不多同一时间，雷·弗格森医生受一位年轻的印第安男子之托来到阿帕奇堡，这个年轻的阿帕奇男子就是高尔尼·西摩尔。正当弗格森医生处理高尔尼·西摩尔手臂上的伤口时，高尔尼问："杀害那个女孩的凶手找到了吗？"当得知凶手还未落网时，他说："很有可能是纳瓦霍人干的，也说不定是个黑人，白人也有可能。"[①]

周一那天，联邦检察官冈格尔和调查局的特别探员约翰·雷恩在亚利桑那州的霍尔布鲁克碰头，一起前往南部九十

---

① 事实上，高尔尼·西摩尔不是唯一一个曾说出这样引导性判断的人。亨丽埃塔的尸体被发现后，圣达菲印第安学校主管法利赛很快给罗兹寄去了吊唁信，罗兹在回复中说："感谢来信。但我不认为印第安人会是凶手，我认为有凶手很有可能是白人、墨西哥人或者黑人。"

多英里之外的阿帕奇保留地。

上周五，亨丽埃塔尸体被发现后，冈格尔就一直与保留地保持密切联系，当时他正在图森市的总部，他要求负责此事的特别行动署署长科尔文选派他最有能力的下属去跟进此案，科尔文当即决定派雷恩前往——一位资历深厚的治安官，他曾跟进过许多重大的印第安部落相关案件，也曾在俄克拉何马州和墨西哥居住过。冈格尔知道当时雷恩还在跟进一桩其他案件，但还是要求他“几天后回到总部报道”，以便开始投入到亨丽埃塔一案的调查中。（雷恩曾经在1925年欧塞奇印第安谋杀案的破案过程中表现突出；他作为得克萨斯州突击队员被卷入到1918年至1919年墨西哥解放运动期间的冲突和混乱中，并在那期间树立了不俗的功绩。）

冈格尔和雷恩探员于周一中午抵达怀特里弗，与唐纳详细交流了案情，之后前往案发现场进行勘查，还在怀特里弗镇办公处设立了“调查庭”。头几天，每天都有被传唤来问话的人在调查庭外排起长队，一个接一个地进屋接受问询和记录口供，镇上的人好奇地在边上围观。凯斯和塞缪尔·西摩尔最关心调查的进展，在FBI的报告里，塞缪尔·西摩尔的代号被记录为“印第安H. Fore”（又名“H-4”）。维莱克斯排队等候接受问询时曾看到凯斯和西摩尔时不时小声耳语，他不免起了疑心，走近他们试着偷听谈话的内容。维莱克斯曾向接管此案的斯特里特探员报告说，他听到西摩尔对凯斯说：“什么都不要说，就让这些人像无头苍蝇一样。”但维莱克斯是否在当天将这个消息汇报了给当时负责查案的雷恩探员就不得而知了，维莱克斯一直是个德高望重的人，同时也是唐纳的密友，他是不可能将这样的疑虑隐藏太久的。

雷恩探员首先从唐纳和卡明斯那里了解了亨丽埃塔在保留地期间的情况，听取了两位法医关于尸体状况的报告之后，他马上把采录口供的重点放在峡谷日舞会当天的活动上。他想知道亨丽埃塔在舞会之前和当晚所有的行踪、任何跟她接触和联系过的人和事情细节。所有的资料都是为了尽可能真实地再现舞会当晚的场景，从当天来来往往的人群、载歌载舞和饮酒作乐的混乱场景中，将所有与亨丽埃塔有关的事情抽丝剥茧般地梳理出来。任何信息对于重组案发之前场景都将是十分重要的，任何细微的行踪信息都是非常关键的线索。但即便是玛丽·维莱克斯在接受雷恩问询时也没有提及当晚她注意到亨丽埃塔并没有出现在舞会现场、自己还特意寻找了她这件事。（五十年后，当我们来到阿帕奇保留地见到年老的玛丽·维莱克斯时，她告诉我们她当时找遍了整个舞会现场，搜寻亨丽埃塔的身影。）

## 进一步盘问

在众多口供中，唯一被逐字逐句地转录下来，并且要求在众人见证下对口供真实性起誓的只有一人——那就是克劳德·吉尔伯特。吉尔伯特在 8 月 1 日时就以“头号嫌疑犯”的身份被拘留了。他被事无巨细地盘问所有他与亨丽埃塔接触和联系的细枝末节，尤其是周五和周六舞会当晚发生的事情。舞会前一天，也就是周五当天，在亨丽埃塔小屋的门廊上，吉尔伯特、凯斯分别都和亨丽埃塔交谈过，吉尔伯特说凯斯当时手捧着亨丽埃塔先前给他的姜饼来到门前，待了五分钟就离开了。吉尔伯特主动说他告诉亨丽埃塔舞会当天他可能会开车经过她家门前，但亨丽埃塔说，“你来之前我应该已经搭上了另一个人的便车”。“我所知道的就是这么多了。”吉尔伯特如是说。[①]

---

① 从这一部分的盘问内容里，我们可以了解到的更多是亨丽埃塔在做调查时候的访谈技巧，而非 FBI 的访谈技巧或者亨丽埃塔的不幸命运。吉尔伯特被逮捕时，雷恩在他的裤子口袋中发现了一张纸，纸上的内容吸引了他的注意（译者注：以下是雷恩对吉尔伯特的盘问）：

“你从哪儿得到的这张纸？”

“那个白人女孩想了解一些事情。”

“什么时候？”

“周五晚上。”

“那你是把这张纸放在裤袋里带去舞会现场了吗？是什么时候放进裤袋里的？”

“周六晚上我换衣服准备去参加舞会的时候放进去的。”

“这是你的笔迹吗？”

“是的。”

“你在哪里写的？”

“在那个女孩的房子的门廊上。”

“你什么时候写的？”

“周五。”

“用什么笔写的？”

“钢笔。”

“你从哪里得到的那支笔？”

“那个白人女孩的。”

“这纸上的所有字都是你写的？”

“不是的。”

“哪些是你写的？”

（转下页）

那一晚，吉尔伯特和他的妻子是搭朋友的车去参加舞会的，吉尔伯特之前帮忙修理过那辆车。他说他们一家人直到日出时分才返回家中，一整晚他都没有见过亨丽埃塔，也没有意识到亨丽埃塔是否出现。

“你在舞会现场的时候没有留意或寻找一下她吗？”雷恩问吉尔伯特。

---

（接上页）

“这个。”（指向“anthropolar”一词）

“你说纸上的字不是你的笔迹。现在我要求你在一张纸上手写这个词，你看一下你刚刚写下的这个词，对比这张纸上的‘anthropolar’，两个词是不是完全一样？”

“不是完全一样。”

“事实上，这两张纸上的这个词语都是你自己手写的。”

“不是的。”

“这很明显就是同一个人写的，一样的倾斜度，一样的曲线弧度，字母‘R’和字母‘H’都是一模一样的。”

“不，‘P’和‘R’都很不一样。”

“所以你是说纸上的字不是你写的？”

“不是。”

“那是谁写的？”

“我不知道。”

“是那个白人女孩写的吗？”

“我不确定。”

“你离开她家的时候字就已经写在纸上了吗？”

“我当时没注意看，我也是刚刚才知道这张纸上的内容。”

“她为什么要把这张纸给你？”

“她想了解一些印第安词语不同的意思。”

“但是你当时就已经告诉她这些词的意思了，为什么不把这张纸留给她？”

“因为我已经解释过这些词的意思了。”

“但这张纸是给她的，她不是应该留着吗？”

“她不想要，她觉得只要了解到这些词的意思就好了。”

“没有，我没有留意到有谁不在。”吉尔伯特回答。

“为什么你没有意识到她不在？你是知道她计划要来的对吧？你就没有留意一下她出现了没有？”

“人太多了，根本就看不清楚，到处都是拥挤的人潮。”

雷恩随后将问话的重点转向质询为什么吉尔伯特在清楚自己的车已经借出去给奥古斯汀神父的情况下（且承诺至少借十天），还会让亨丽埃塔误会他会开车来接自己去舞会现场。

“我说的是**如果**我提前拿回借出去的车，我就会开自己的车去舞会现场，这样我就可以顺路接她一起去。”雷恩对这个问题进行了反复的盘问，但吉尔伯特始终坚持先前的回答，前提是自己的车能在舞会日之前归还回来，他没有对亨丽埃塔承诺保证可以接她一起前往舞会现场。几轮盘问过后，雷恩放弃了继续追问这个问题。看来吉尔伯特没有在这件事上说谎。

在所有人中，凯斯是最积极的也是最关键的信息提供者。亨丽埃塔失踪前，凯斯和亨丽埃塔有过几次非常关键的对话，分别是在周五晚上和周六的早晨，还有一次是在周六傍晚时分，就在亨丽埃塔为参加峡谷日舞会做准备之前。凯斯特地指出周五晚上他与亨丽埃塔道别之后，当时吉尔伯特还没有离开，他们还在门廊前待着。周六早晨凯斯去“猎马”中途路上又经过亨丽埃塔的门前，两人简短地交谈了一会儿。下午凯斯返程时又与亨丽埃塔见了面，这次的聊天比早晨启程路上的时间要长一些。凯斯一开始说返程时见到亨丽埃塔大约是下午 5 点，后来在口供中又将时间修正为下午 6 点 30 分，他根据当时太阳光的形态来判断时间。在傍晚的那次交谈里，亨丽埃塔提到她准备穿玛丽·维莱克斯手工制作的印第安裙子去参加舞会，吉尔伯特到时候会来接她一起去舞会现场。

凯斯的供词和线索是在7月27日接受雷恩的问询时提供的，其中有些说辞不免显得有些“事后诸葛亮”，有的部分非常详细明确，但在涉及另外一些问题的时候，他的陈述又明显地表述不清，言辞闪烁。根据他的口供，周六傍晚他是和杰克·佩里在一起，“还有另一个人跟随在我们之后，”凯斯说，当他在亨丽埃塔小屋门口停下的时候，“佩里和另一个人径直往前走了，我们没有一起停留。”凯斯对雷恩探员说他大约是在下午5点左右离开亨丽埃塔的小屋，朝自己家的方向去，当天之后就再也没有见过她，也没有见到有汽车驶向亨丽埃塔小屋的方向，也不见有任何白人或印第安人骑着马去小屋。**但他当时确实见到远方有两个年轻男子骑着马沿路而来**。

从这些盘问记录里，我们很难看出雷恩探员是否追问过凯斯口供里“另一个人”或“两个年轻男子”的事情，或是对凯斯的这部分的口供提出一些质询。后续发生的事情——包括嫌疑人的谋杀供罪，以及凯斯进一步的证词，都让一切渐渐走向明了，那“另一个人”就是高尔尼·西摩尔，“两个年轻男子”其中一个是高尔尼，另一个是他妻子的弟弟，他的妹夫罗伯特·盖特伍德。①

① 在雷恩当时进行的盘问报告原件的页面边缘空白处，就在凯斯口供中提到的“另一个人”一词的旁边，我们写下了“高尔尼！（09年8月）”的字样，我们也是在拿到这份材料并且阅读过它的整整两年之后，才意识到原来“另一个人”指的就是高尔尼·西摩尔。我们的疏忽也许正是映照了雷恩当时在侦查案件过程中没有意识到证词里隐藏的关键信息的疏漏。

就在凯斯接受雷恩问询不久之后，塞缪尔·西摩尔（档案中的代号“H-4”）在现场翻译的帮助下接受问话。塞缪尔·西摩尔和妻子的住所就离亨丽埃塔的小屋不到 300 米。凯斯说周六晚上曾看见塞缪尔·西摩尔往阿帕奇堡的方向过去。根据老西摩尔提供给雷恩的供词，周五和周六两天他在亨丽埃塔小屋对面的花园耕作的时候，时不时会看到亨丽埃塔出现在门廊，但他没有说除了凯斯之外，是否还见过其他人出现在附近，凯斯说自己也只是路过而已。他也没有看见克劳德·吉尔伯特在亨丽埃塔家附近，但第二天的周日清早，塞缪尔·西蒙尔在舞会现场看到了吉尔伯特。

不知怎么地，雷恩探员“从调查与审讯中得知”——“施梅勒小姐被杀害后，她的房子有很明显的被非法闯入的痕迹，一个很大的黑色行李箱不见了，里面是一些衣物、一个价值 300 美金的钻戒、她在田野调查期间的笔记、一本 ABA 银行的支票本。”但这宗入室盗窃案其实就是 7 月 12 日亨丽埃塔上报的那一宗，至于在她遇害后，有没有人再闯入她的屋子就不得而知了。她所写的大量田野笔记后来一直被司法部门留存作为庭审的证据材料，旅行支票过后都兑现了，至于传说中那个“价值 300 美金的钻戒”，亨丽埃塔的家人和朋友都否认记得她曾有过此物，也从没听她提起。

## 在保留地之外寻找线索

调查期间，冈格尔计划找到一位名为伯莎，姓氏首字母为

‘C’的哥伦比亚大学人类学系学生，“我们想知道在施梅勒小姐与伯莎的通信中，是否有提到过任何印第安人的姓名，是否有人对她的人身安全造成威胁，是否有人让她感到恐惧”。冈格尔于是给埃尔帕索市的办公室发去电报询问他们是否已经就此事与纽约方面的机构接洽。伯莎·科恩是亨丽埃塔的朋友，受雇于哥伦比亚大学人类学系，她回复说在亨丽埃塔刚抵达怀特里弗镇不久之后的来信中，提到对当地陌生的一切感到有些手足无措，但没有提及过有特定的人或事让她有恐惧感，也未曾在信里提及特定的人名。

五十五年后，当我们找到伯莎·科恩进行采访时，她已经很难回忆起当年关于这件事的细节，当年她也花费了很大力气才能从这起悲剧事件中平复。当她听到我们说当年亨丽埃塔死前还遭受到性侵时，她非常震惊。她说：“我还以为那只是一桩单纯的谋杀案。”她也并不记得当年对本尼迪克特、米德等人监护学生不当的指责性舆论。她回忆亨丽埃塔是一位“非常勤奋的学生……”。

不久之后，雷恩撰写了一份冗长的报告，报告梳理了他进入保留地开展调查这六天内的情况，还将峡谷日舞会的节日庆典和仪式程序和细节事无巨细地描绘了一番，包括搜寻亨丽埃塔的过程，如何发现尸体、死亡状态和现场环境，等等。这份报告概要式地勾勒了亨丽埃塔在保留地大约三周半的生活，雷恩还特别提到了保留地里那些接待过她的人所给的建议，包括应该如何选择住宿，如何与阿帕奇人打交道等问题，但并没有详述怎样追溯保留地可疑人员的形迹，也没有调查舞会当晚经过或在亨丽埃塔小屋前停留的人，更没有提出疑点和帮助破案的蛛丝马迹。吉尔伯特被释放之后，就没有再找到新的嫌疑人了。

8 月 2 日，雷恩为了重新接续之前搁置的“雷诺兹案”，离开了怀特山阿帕奇保留地。他的离开虽然是计划之内的行程，但对于保留地里人心惶惶的氛围来说这显然不是一个好消息，很可能意味着侦查和追凶的工作就要中断了。

雷恩离开三周之后，斯特里特探员才抵达保留地开始接手侦查工作，这中间的空档为何会长达三周？这实在让人匪夷所思。在回溯过程中，有些事实渐渐明晰起来，其实在雷恩抵达保留地的那天，他距离获取凶手的真实身份就只有一步之遥了，至少他当时曾与一位凶手的熟人进行过对话。8 月 22 日，在斯特里特探员来到保留地后，唐纳给他的上司写信解释为什么会出现三周的调查空窗期时，他很明显将事情美化了一番：“迄今为止，我们还没有寻找到确定无疑的线索指向任何个人或群体涉嫌犯下了这起谋杀行为。我们的本意是让这件事先平息几天，看看当地的印第安人会不会抑制不住去议论此事，我们便可以从中获取一些有用的线索。但没想到事与愿违，要么是印第安人的嘴巴太严实了，对此事闭口不谈，要么就是他们也处于完全不知情的状态之中。”他又补充：“斯特里特探员已经抵达保留地与加入我们的侦查工作，我们一定会不遗余力搜寻线索。”

如果说唐纳最初真的希望把这个案件晾几天以观察印第安人的反应，希望能从民间议论中得到什么线索的话，那这项努力很明显是失败的。印第安人对此事的关注程度显然很冷淡，只有相关的司法人员继续依从职责，辛勤地投入侦查工作。亨丽埃塔有一部分的旅行支票遗失了，FBI 与银行之间关于此事有过数量庞大的长篇对话记录，但从这部分记录中也没有找到任何突破性的线索。（后来才查明，纽约玉米银行一共给亨丽埃塔签发了总值三百美金的支票，有十三张十美金的支票是亨丽埃塔自己兑现的，还有一张单独的一百美金支票是亨丽埃塔的父亲伊利亚斯用于支付百老汇大道牛顿旅馆房间的租金的，剩下的七张支票则一直下落不明。玉米银行的一位主管人员曾对 FBI 的行为表示十分困惑不解，因为 FBI 的经验之谈是如果这些支票真的被人盗窃了，几乎不会有人傻到拿着支票到银行来兑现的，所以他们很快就放弃了对遗失支票的调查。）

FBI 一直想从亨丽埃塔在纽约的亲朋好友一侧入手，调查的范围甚至拓展到了辛辛那提的朋友那里，他们尝试在所有的通信中找关于凶手的蛛丝马迹。弗雷达·法恩和安妮塔·贝尔是亨丽埃塔生前所写的最后一封信的收信人，这封信没有被寄出，而是留在亨丽埃塔小屋的书桌上。弗雷达和安妮塔得知有这样一封信以后非常困惑，因为在唐纳电报她们询问应该怎样跟进运送尸体后续的时候，她们才第一次知道亨丽埃塔的暑期印第安田野调查之行。FBI 纽约办公室的康奈利探员找到伯莎·科恩，对她进行了极其详尽的询问，但伯莎·科恩坦言除了偶尔能看到亨丽埃塔在通信中表达对田野调查一些普遍情境和问题的担忧之外，再没有其他了。她表达了自己对亨丽埃塔品行的认可：“她非常勤勉用功，行为举止都可以被视为榜样，她从不喝酒，也绝对不是那种可以在派对上狂欢疯玩的女孩。”至于亨丽埃塔那位在辛辛那提的朋友，则对此事一无所知。[①]

施梅勒一家对FBI探员表现出的消极办案的态度非常不满，他们不解为何FBI花费这么长的时间仍然不能将真凶缉拿归案。亨丽埃塔的姐夫欧文·梅勒是一位律师，他不间断地给保留地印第安事务局和哥伦比亚大学去函表达不满，表达亨丽埃塔一家亟待真凶落网的心情，最后不得不直接给FBI去函，告诉他们因为案情长时间毫无进展，亨丽埃塔的父亲伊利亚斯日日处在悲痛、焦虑与不安中，施梅勒所有的家庭成员也是如此。哥伦比亚大学的一位事务秘书曾写道：“可以想象施梅勒小姐的家人正在经历的变故与不安，他们正在向我们施压，希望推动展开详尽的调查。”

## 关于亨丽埃塔个人品行的问询

当亨丽埃塔的父亲伊利亚斯读到唐纳7月27日写给行政长官那篇冗长的报告，唐纳在里面总结道，“亨丽埃塔极度漠视自身行为可能造成的后果”，伊利亚斯勃然大怒。他给印第安事务局助理专员诺里斯·米林顿去信说：“只要是有一定教养和共情能力的人都非常关注这件事的进展，但是唐纳先生似乎不是这

---

① 关于亨丽埃塔在辛辛那提的那位朋友的名字在FBI的档案中被删除了，在后来通过信息自由法诉讼拿回来的材料中也未找到这位朋友的具体姓名。

样，对此我只能表示遗憾万分。我可以在这份报告中找出多处例证，证明唐纳先生企图搪塞事实真相，报告通篇都是闪烁其词的言语。……他在报告中有多处不实的陈述，一直在试图指责亨丽埃塔的行为举止存在问题。”八月份，米林顿到访纽约之后纂写的报告中提到：“施梅勒先生非常坚决地相信，当地的印第安事务局在她女儿的人身安全保护方面存在渎职行为，包括之后由我方主导的调查也存在拖延的情况。施梅勒先生认为我们在大费周章保护印第安人，但却疏于调查和将凶手绳之以法，为施梅勒小姐伸张正义。”米林顿还说，伊利亚斯坚信印第安人与亨丽埃塔的死有关，这是个“种族问题”，这与唐纳一直以来的论调完全不同，唐纳一直避免过多地将印第安人牵涉进去，因为这将对他的行政地位造成威胁。

或许当时的施梅勒一家还不知道，关于亨丽埃塔在保留地“行为鲁莽、举止轻率”的指责与污名已经被广泛传播开了，这就是为什么关于亨丽埃塔在保留地期间的性活动与性关系的调查，居然会比正式的案件调查和追凶行动还要早。

**六十年后，我们在重启调查期间拜访了当年亨丽埃塔的手足和朋友，他们对当年亨丽埃塔所遭受的污名和猜测都表示震惊和愤怒。**

亨丽埃塔遇害的 1931 年，是约翰·埃德加·胡佛在调查局（1932 年更名为美国调查局，并最终在 1935 年正式更名为美国联邦调查局）任局长的第八年。尸体被发现的第二天他就接到了相关电报通知，并且在之后的几年里一直持续关注案情的后续发展。7 月 28 日，当调查局的探员抵达保留地开展调查的第二天，他就表示要密切关注此案的侦查过程，他向保留地负责人发去电报：“每晚简要汇报进度，探员雷恩，印第安案件调查的安排，频繁提交报告，印第安人事务局。”

# 9 | 局外人们和那些流言蜚语

亨丽埃塔死亡的消息被证实后，印第安人事务局的专员罗兹致唐纳的第一封电报就已经强调了立场:“确保印第安人一方在施梅勒案子中得到公正对待。请海格曼和法瑞丝协助你。你是否需要律师或顾问前往。回信告知。”

对于罗兹电报中的第二项建议，唐纳很快就回电报反馈了:“不必让海格曼和法瑞丝前来协助。”

唐纳当然有理由这样回复。海格曼可不是一个人见人爱的角色，在他漫长的从政生涯中争议不断。他是新墨西哥州的前任州长，被印第安事务局指派为正式“印第安利益代表”，目前他的头衔是“印第安事务谈判特别专员”，在西南部几个印第安人保留地之间来回扮演“麻烦终结者”的角色，各个保留地的主管人将他视为爱插足的人，唐纳当然不愿意把这样的人引入阿帕奇保留地。

1906 年，时任美国总统罗斯福委任海格曼为新墨西哥州的“改制州长”，17 个月后他又被罗斯福解雇。1931 年，当亨丽埃塔谋杀案还处于追凶阶段的时候，海格曼负责处理一起针对科罗拉多州尤特印第安保留地主管性行为不端的指控，他在处理此案上那草率敷衍的调查方式早就让他臭名远扬了。

然而，海格曼早就计划在施梅勒案中插一脚了。7 月 26 日罗兹给海格曼发去电报，就像他对唐纳的建议那样，请海格曼介入施梅勒一案，“保证那些在施梅勒事件中受牵连的印第安人受到公正对待”。海格曼之后表示可以立即前往阿帕奇保留地帮助解决问题，唐纳当然回绝了这个提议，但这并没能成功阻止他在 8 月 9 日抵达怀特里弗镇，随同一起的还有议员卡尔·海顿（当时海顿正开始他第一个传奇的六年任期），海格曼在保留地待了两天，召集了唐纳和另一个常驻保留地的白人进行详谈。当时唐纳正因为雷恩的离开而焦头烂额，毕竟调查工作刚开始有点起色，短时间内也很难找到接任者，所以在这种情况下，唐纳还是很开心能有一个人来疏解一下自己日渐增长的挫败感，尤其需要找人去宣泄他对亨丽埃塔“行为轻率随意”的积怨，这已经成为唐纳坚信不疑的说辞了。

印第安事务局和政府官员们坚信印第安人一定不是凶手的执念，现在看起来已经越来越站不住脚了。虽然雷恩离开保留地之前也没有找出明确的嫌疑犯，但保留地内流传着一种说法：大部分的印第安人都对凶手是谁心知肚明，但都十分默契地对当局绝口不提。海格曼在 8 月 13 日提交的报告中也提到了这一点。他依照程序对保留地几位白人的行为提出一些怀疑点，然后他总结道：“这看上去就是一场印第安人的预谋犯罪。”这一说法之后为他招致了接连的责难。海格曼还对亨丽埃塔作出猜想：“我认为她一定是曾经有意或无意地做了什么挑衅印第安人的事情，不然不会激发凶手做出这样恶极的行为。”

在一波又一波的问询之后，案件的侦查还是毫无进展。雷恩离开后，保留地内就没有联邦探员跟进此案了。但从海格曼写给印第安事务局专员罗兹的这份报告的内容看来，他在了解亨丽埃塔品行这方面投入的精力显然比他自己所预想的还要少。在谈及追查凶手的时候，海格曼也只是寥寥几笔带过：“联邦检察官已经接手此案，但唐纳没有放弃开展工作，他仍每日在寻找线索、盘问各类可能的嫌疑人，所以我坚信真相总会水落石出。”

但关于亨丽埃塔道德品性的部分，海格曼却有很多话要说。

“这位女子……确实是‘行为鲁莽轻率’，但毫无疑问，事情远不止这么简单。”他在 8 月 13 日提交给罗兹的报告中的语气显得怒不可遏：

她的行为举止极其轻浮，直白一点说，在印第安人眼里，她就是一个挑逗者的形象。可以看看在遇害之前那些发生在她住处里里外外的事情，那绝对不是凭空猜测——毫不忌讳地与印第安人彻夜舞蹈狂欢，和他们紧挨着同骑在一匹马上……这还只是发生在大家眼皮底下的事情，至于在她住的那个小木屋里，关起门来曾发生过什么就可想而知了……从保留地监理人唐纳的调查反馈记录看来，他对此也是认同的。

这些可怕而肮脏的印第安人啊！（**这句话从一位当时头衔为“印第安事务谈判特别专员”的人嘴里说出，显得尤其讽刺**。）当人们进入她的住处调查取证的时候，发现那里就是一个肮脏污秽的地方。她毫无预兆地闯入这片土地的时候，唐纳就直截了当地警示过她千万不要与印第安人太过亲近。之后她给她在纽约的女性朋友们写信说有人警告她在这里要保持低调，不然有可能会被强奸。后来有人找到一封来自其中某位朋友的回信，那位朋友在信中打趣调侃这里（指阿帕奇保留地）有 1400 多个老处女和少女们正等待着被强奸。她还告诉唐纳她的到来是为了研究印第安人的“性生活”。

“你能想象这种披着科学和人类学外衣的堕落腐败之事，居然是由一个知名大学来支持的吗？”海格曼这样总结道。

不仅仅是海格曼一个人有这样的愤怒观点，唐纳也是如此。之前唐纳的态度还算得上客气，还曾经评价亨丽埃塔“似乎与阿帕奇人相处得还不错”。但后来在潮水般涌来的谴责的包围下，唐纳的态度来了个一百八十度大转弯，他的报告里关于亨丽埃塔行为的部分——从她如何漠视来自唐纳和他人给的关于如何与阿帕奇人相处的忠告，到后来开始有一些关于性行为方面的推测——在接下来的几周里更变本加厉了。

在弃尸现场侦查时，赫普医生用棉花签提取了亨丽埃塔的阴道物质用于查验里面是否有精液，这是凶杀案中确认受害者是否遭到性侵的取证流程。第二天，执法人员在唐纳的陪同下进入亨丽埃塔居住的小木屋搜证，拿走了散落在床底下的几张用过的纸巾。据唐纳的说法，他当时完全不知晓执法人员收集这些纸巾的意图，他们完全没有提起这些证物要被送去实验室进行化验——“当时我并没有怀疑这女孩有什么道德品行方面的不端行为。”

位于芝加哥的麦考密克传染病研究所的实验室是此次负责化验亨丽埃塔案件证物的实验室，路德维希·赫克通是其中的工作人员，他解释了为什么收集纸巾作为证物是必要的：“从被害人阴道中提取物质化验是为了看是否能检测到精液，从而可以证明施梅勒小姐是否遭受过性侵，而房间里的纸巾上的信息或许可以告诉我们有哪些人曾经出现在她家中，或许还可以还原被害人的活动，从而得知可能的犯罪动机。”（在我们回溯证物化验部分的过程中，当年的法医通过化验精子细胞的方式来帮助确定强奸犯，并提出一些似有似无的假定，有些假定实在令人感到震惊。）

就像所有人所预期的那样，实验室在阴道粘液的棉签上检测出精子细胞，但关于纸巾的检验结果就没有那么令人信服了：“在纸巾上没有检测出完整的精子细胞，我认为很有可能是因为纸巾的质地过于柔软，但是我们检测到精子头部的存在。”

联邦检察官冈格尔是最初下命令提取阴道粘液作为证据的人，对他来说，一旦检验出精液留存，对锁定凶手来说极为重要，首先就能排除印第安女子作案的嫌疑，之前的舆论都认为是某个醋意大发的印第安女人杀了亨丽埃塔。当冈格尔听闻鉴证组从床底下那些纸巾上检测出精子头部的时候，他又像坐过山车似地断言：“这女孩一定和某些阿帕奇男人有不正当关系，纸巾就是确凿的证据。”

## 格拉迪斯·雷夏德前往提供帮助

格拉迪斯·雷夏德是巴纳德学院的一位人类学助理教授，她在亨丽埃塔刚入学的那个秋季学期担任过她的授课教师，讲授“人类学的研究工作”课程。亨丽埃塔在保留地期间，她刚好和纳瓦霍印第安保留地的哈贝尔一家在一起，位于亚利桑那州阿帕奇县的加纳多镇[①]。格拉迪斯花费了漫长的时间在这里做调查研究。1928 年，她出版了著作《纳瓦霍印第安人的社会生活》(*Social Life of the Navajo Indians*)，这本书为她在学术界带来了一些名气。1934 年，她又出版了一部代表作《纳瓦霍的宗教》(*Navaho Religion*)[②]。

亨丽埃塔遇害的消息一传出，格拉迪斯意识到自己是离事发地距离最近的人类学家，7 月 26 日，她立即给唐纳发去电报："我是亨丽埃塔·施梅勒在加纳多市上学时的授课老师，请问是否有需要我帮忙的地方？如果有，我将尽全力提供帮助。"

唐纳非常果断地回复："目前阶段无需您的帮助。"但紧接着他又说："如果您方便的话，也欢迎您亲自来到这里了解案件详情。"

大约一周过后，格拉迪斯自费来到阿帕奇保留地，陪同一起的还有年轻的桃乐丝·哈贝尔太太。格拉迪斯一抵达就迫不及待地向唐纳展现她与亨丽埃塔完全不同的形象——她更成熟可靠，遇事更有经验（当时格拉迪斯刚好满 38 岁）。显然她成功传达了这个讯息，从海格曼的报告中我们找到如下论述："看

---

① 编者注：此处根据作者在网站 henriettaschmerler.com 发表的勘误说明进行了修正，作者指出，原文中认为雷夏德在加纳多镇住的地方就是"后来闻名的国家历史遗迹、纳瓦霍印第安文化和人种学研究的中心——哈贝尔贸易站（Hubbell Trading Post）的所在地"，属于事实性错误，故此处将其删去。

② 编者注：此处根据作者在网站 henriettaschmerler.com 发表的勘误说明进行了修正，原文中将雷夏德的代表作错写为《蜘蛛女人：纳瓦霍的织工与吟唱者》(*Spider Woman: A Story of Navajo Weavers and Chanters*)。

起来唐纳对她（格拉迪斯）的印象相当不错，她看起来就跟那个被杀的女孩很不同，更成熟稳重、深谙世事。”

在保留地期间，格拉迪斯关于关于亨丽埃塔被污名化的品行所做的一些描述似乎并没有为她带来什么好处。这些描述被记录在海格曼的报告中：“她（格拉迪斯）告诉唐纳，那个施梅勒家的女孩在纽约时从未曾得到任何男性的关注——她是个疯子，举止轻浮，等等，诸如此类的描述——她在纽约的朋友对此也都心知肚明，因此毫无疑问，这份尤其带有性别视角的研究工作不适合她，应该让那些更了解这方面的女性（比如她自己）去从事这类工作。难以想象！我已经无法用言语概括这其中的混乱了！

唐纳则从格拉迪斯的立场中捕获对自己有益的内容：“她没有过多地谴责保留地的行政管理层，而更多地认为学校的行政和负责人应该为她的死亡负主要责任，他们可以如此轻易地允许一个年轻的、不谙世事的女孩独自来到陌生的阿帕奇保留地，而且更无法原谅的是，学校的这些责任人既然对这女孩的情况已经有一定了解，还能允许这样的情况发生。”

## 人类学田野调查工作受到冲击

格拉迪斯的敏锐使她从一开始就察觉到，她需要展现出自己与亨丽埃塔是不同类型的人类学家，以便能在保留地获得尊重，但当时的她还没有意识到印第安事务局等几个政府部门一直以来的忧虑——关于西南部种族和部落矛盾的讨论正在持续升温，许多田野工作者因此被迫从田野中撤出。格拉迪斯本人在纳瓦霍保留地的去留问题稍后也被提上讨论日程。哥伦比亚大学秘书处的法兰肯塔尔当时还试图安抚印第安事务局的助理专员米林顿："校方认为（格拉迪斯）在田野研究方面经验丰富，各项工作表现都令人满意。"

米林顿在之后补充："既然目前所有的反馈和报告都显示这位女士似乎能力优异，在事情的处理上游刃有余，所以我不建议在此时强制要求她撤出保留地。"他继续说："一旦博厄斯教授从欧洲回到美国，我希望您方务必要立即与他联络，商讨关于未来指派这样年轻而毫无经验的年轻女子进入保留地从事研究工作的可能性。同时，罗兹先生建议之后再有类似的单身女子独自来到印第安保留地进行调查的，我们要一律回绝她们介绍信，申请都不予通过。"

海格曼当然不听这一套。虽然他并没有见过格拉迪斯本人，但他认为格拉迪斯不能继续留在保留地进行研究："我不怀疑她比那个被谋杀的可怜女孩更见多识广，也更富有经验，来自三方面的意见试图向我担保这些，我相信她一定是个聪明伶俐的人类学家，但这不代表她继续留在保留地是绝对安全的，发生在那女孩身上的惨剧也可能会发生在她的身上。阿帕奇一案带来的恐慌还在传播，所以立即让她撤出纳瓦霍保留地才是最好的选择。"

海格曼希望推动田野工作者立即撤出保留地。他给罗兹写信说道："我个人认为，如果您或威尔伯有办法私下联系到尼古拉斯·莫里·巴特勒或任何哥伦比亚大学高层的话，请他们指示格拉迪斯·雷夏德撤出纳瓦霍保留地，无需声张，这是目前最好的做法，您觉得呢？另外，如果这段时间内还有类似这样的年轻女子是以从事科学研究的名目，在任何印第安保留地逗留的，我们也应该将她们撤出并且今后杜绝接收这类研究申请。”

海格曼对研究人员撤离的执着和激烈的言辞谴责没有被当局采纳，但关于将来在保留地从事田野调查工作设置严格限制的做法很快就被响应了。次年，在印第安事务局的施压下，本尼迪克特起草了一系列严格的田野工作指导守则，并提交由博厄斯签名通过。

## 斯特里特探员接班进入保留地缉查

第二位 FBI 探员斯特里特终于在 8 月 21 日抵达阿帕奇保留地，接手亨丽埃塔一案的调查工作。这提醒人们凶手仍然逍遥法外。斯特里特抵达后与主管人唐纳的情况通报会面证实了在雷恩探员离开保留地后的十九天里，案情几乎毫无进展。保留地里的一些人仍然坚信凶手一定不是阿帕奇人。事实上，在斯特里特抵达后不久，唐纳就在一次会面中向他透露：“他相信阿帕奇堡内的白人应该与这起谋杀案脱不了干系。”然而，在汇报两位最具嫌疑的白人之一的行踪之后，这种执念很快就被削弱了。弗朗西斯·华纳在谋杀案发当晚的不在场证明已经被证实，而另一位白人嫌疑者（只知道他的名字叫布鲁斯）几乎就不认识亨丽埃塔，也不曾与她有过什么接触。在斯特里特探员的施压之下，唐纳才承认“白人与印第安人之间的对立也有可能导致一些年轻的印第安人对那位白人女孩犯下罪行”。

随着观察和取证渐渐深入，有些事情已经慢慢浮出水面。斯特里特探员刚抵达保留地没多久就立即意识到，杰克·凯斯是侦破此案的关键信息人物。不论是官方调查人员还是当地人组成的业余调查小组的成员，都认为凯斯一定隐瞒了一些关键信息。镇上杂货店的老板 W. A. 李在第一次接受斯特里特探员的问询时，非常直率地表达了对凯斯的看法：“如果杰克·凯斯知道是谁杀了那白人女孩的话，通常他会做些什么揪出那个人的，但是我赌他不敢这样做，因为他害怕，一直以来他都想当阿帕奇部落的首领，指控凶手这事很可能会得罪这里的人，引火上身。”当凯斯还是个学生的时候，李曾担任凯斯就读学校的校长。有一次，他偶然撞见凯斯对一群印第安少年说自己是一个巫医，能成就奇异之事，诱骗这群印第安少年相信他有超自然力量。李发现之后严厉惩罚了凯斯，终结了他的巫医“事业”。凯斯不是天主教徒，却是某个宗教组织的首领。虽然他在偿还债务方面信誉还算可以，但他是个**奸诈的煽动者**（着重号是 FBI 报告中有的），所以很有可能犯下或隐瞒此种罪行，也可能会为了利益去选择该说什么和不该说什么。

在 FBI 的报告里，丹·库利被定义为“混血阿帕奇印第安人”[①]，他是阿帕奇堡泵站的操作工。他告诉斯特里特探员，在

① 译者注：原文为“half-breed”，尤指美洲印第安人与白人的混血儿。

找到亨丽埃塔尸体两天后的一次四人集会上，凯斯兴冲冲地叫卡明斯和墨菲特第二天在原地碰头，他说自己有关于这场谋杀案的关键性信息，但第二天他并没有出现。FBI 的报告中写道："库利先生坚信凯斯和**代号为 H–4 的印第安人**知晓一些关键性信息，他们一定知道是谁杀害了这个女孩。" ①

赫苏斯·维莱克斯提供给斯特里特探员的口供也证实了那天四人调查小组集会上凯斯称自己知道关键线索，并邀请调查小组里两个白人（卡明斯和墨菲特）第二天再碰头详述的事情。维克莱斯还提醒斯特里特探员，这件事之后的第二天，他偶然经过的时候见到凯斯和 H-4 在窃窃私语，他特意走近听他们在说什么，他听到 H-4 用阿帕奇语对凯斯说："什么都不要说，就让这些人像无头苍蝇一样。"

当斯特里特探员终于把凯斯叫来进行问询时，他已经对凯斯充满怀疑。这场问询的时间超过了两个小时。斯特里特的报告中这样评价这次问询："他（凯斯）能讲基本清晰的英语，对于我们所讲的，他理解的也比他所承认听懂的要多，在遇到他不想回答的问题时他就会装作听不懂。我们对他的态度还算克制和礼貌。"

---

① FBI 的报告中关于这部分的内容实际是这样的："……从他的简述看来，杰克·凯斯，一个代号为 H-4 的印第安人知道某些信息……"（这里存在一处拼写错误，原本的"与"［and］被打成了"一个"［an］），这有可能是斯特里特探员的手写笔迹不够明确，导致转录的人误认为"H-4"就是凯斯的另一个代号，但实际上 H-4 指的是另一个人——塞缪尔·西摩尔。这一处误读是否给之后的调查过程造成阻滞，就不得而知了。

斯特里特探员逐条梳理了所有亨丽埃塔在保留地这几周里和凯斯的互动，把焦点放在她失踪前两天所发生的事情上，包括凯斯是如何意识到亨丽埃塔的失踪，之后又是如何加入搜寻中的。凯斯告知斯特里特探员，7 月 18 日的那个下午，除了杰克·佩里之外，他不曾看到其他人出现在亨丽埃塔小屋附近。（但凯斯在几周之前接受雷恩探员的问询时的说法是，“佩里之后还跟着一个男子”，当佩里走进亨丽埃塔小屋前院的时候，这个男子径直往前走去了；还看到“路上还有两个男孩，当他准备从亨丽埃塔那里离开时，还看到 H-4 去往阿帕奇堡的方向”。）这是凯斯证供中一个非常关键性的矛盾，但这一点在斯特里特探员的报告中并未指出。斯特里特探员既没有问询为何凯斯会对卡明斯和墨菲特说他知道关键信息，也没有问关于他与 H-4 之间的“窃窃私语”，实际上，斯特里特也没有追查凯斯与 H-4 之间的**任何**联系。

斯特里斯探员对凯斯使用“克制与礼貌”的盘问法，大概是为了确保凯斯不受到惊吓。他心中认定，如果能与凯斯建立友好关系，很有可能凯斯会成为他破案的好帮手，所以就更没有必要在盘问的时候就引起凯斯的抗拒。反而他被凯斯表现出来的对部落的忠诚感、作为部族头领的荣耀感和个人魅力所吸引，他在报告里写道：

凯斯先生作为该地印第安人的首领，他声称，如果凶手一直逍遥法外、没有受到法律制裁，对阿帕奇部落就会带来很大的负面影响。后来，他开始变得坐立不安，还说他认为他之后有可能收集到一些信息，帮助我们确认到底是哪些人应该对这场谋杀负责。他说会与当局密切合作，不会瞒报这样的信息。之后我们的探员问他是否需要一点资金帮助他搜证，凯斯先生说需要，如果能给他几块钱美金，他就能保证为我们搜集到一些有用的信息。

鉴于当时正处于美国经济大萧条时期，所以想要让司法部门慷慨解囊，提供凯斯所说的用于打探消息的“一点点资金”，可不像从前那般容易了。斯特里特探员吩咐科尔文给FBI高层胡佛局长发电报，申请“一笔合理的经费用于调查，大概是50至70美金”，保留地的主管唐纳还会从当地机构的经费中再拿出一点填补进来。斯特里特探员写道：“我确信凯斯在某种程度上知道哪些人应该对此案负责，至少能通过他打探到关键的线索，除了他是阿帕奇人这一点可能会让他不愿意出卖他的部落成员之外，他也是一个贪得无厌之人。”胡佛最终批准了经费请求，但追加批复了“不超过50美元的合理金额”。

这算得上是调查期间的一桩趣闻了。斯特里特探员第一次在阿帕奇保留地只待了七天就暂时离开了，这七天的调查仍旧没有在关键线索上取得任何的突破。他与凯斯之间似乎有一个共识：一定还有一些暗地里不为人知的秘密等待被发掘。在斯特里特探员接管此案之后才终于盘问了关键人物凯斯，但对凯斯的问询也只进行了一次，斯特里特完全没有传唤H-4（塞缪尔·西摩尔）。他的报告中有一小节内容的题目为“待追查的线索”，在这部分中，他写道：

等时机合适的时候，我会再度叫杰克·凯斯来接受问询，还有H-4，我相信他们俩都知道一些关键信息，如果他们在我们的引导之下能与我们合作，一定可以帮助推进侦查。

## 调查再次中断

8月29日，在进入保留地仅七天之后，斯特里特探员就离开保留地，前往圣达菲为一个案子担任证人。斯特里特离开之后，追凶工作又陷入停顿，这让印第安事务局上上下下为之抓狂。唐纳和罗兹一遍又一遍地给科尔文发去电报，要求斯特里特探员尽快回归侦查工作，但海登议员、首席检察官助理纽金特·多兹，甚至连局长胡佛本人都在刻意拖延斯特里特重返阿帕奇保留地的时间。科尔文在9月17日给唐纳的回复中说："今早我接到一个从华盛顿打来的电话，电话大意是您方对于我们将探员斯特里特召回一事多有不满。"

科尔文解释道，斯特里特是因为出庭担任证人而被强制召回，这件案子直到9月3日才结案，之后斯特里特需要前往新罗斯威尔和卡尔斯巴德处理一些"紧急事情"，之后再回到得克萨斯州。9月5日，斯特里特抵达得克萨斯州的埃尔帕索（此地是斯特里特的家乡，也是FBI地区总部所在地，科尔文供职于此）。科尔文说斯特里特探员在途中生病了，"甚至在请了一周的病假之后"——

情况仍然非常糟糕。今天收到他的消息，他告知我医生说再过几天他就可以回归工作了，但我认为他高估了自己的身体状况，所以我觉得至少他还需要再等一个星期至十天才能回到怀特里弗镇继续进行调查。请相信我与你们站在同一战线，我也坚信斯特里特探员是调查这起案件的好手，所以不可能在这个时候让毫无经验的人替换他。我向您保证，只要条件允许，斯特里特探员一定会以最快的速度回到保留地重启调查，而且在调查未获取明确进展和可行的方案之前，斯特里特探员将不会被召回（紧急情况除外）。

想让斯特里特探员尽快回到保留地不仅仅是科尔文一人的愿望。自从亨丽埃塔遇害一事引起巨大轰动之后，身在华盛顿的胡佛局长就一直在持续关注案件的进程，他阅读了所有来自司法部的报告，也与他指派到当地开展工作的下属保持密切联系。科尔文非常清楚缉查杀害亨丽埃塔的凶手一事目前已经成为调查局工作的重中之重，而斯特里特是公认的一把手。斯特里特中断调查离开保留地的那段时间里，胡佛曾向印第安事务局保证："科尔文探员会合理安排好关于此案的一切事宜。"

与上次雷恩探员离开的情形相似，保留地内再也没有一位FBI的探员继续跟进此案，当时侦查的重心转向了亨丽埃塔在纽约的几位朋友身上。调查人员试图深挖亨丽埃塔与朋友们的通信，希望从信中发现关键的人名或信息，但所有的信件中都没有显示她在保留地安全受到威胁的迹象，FBI却一直揪住这条线索不放，这次也不例外。哥伦比亚大学的伯莎·科恩与弗兰克·法兰肯塔尔都被问询过不止一次，这次找到他们的是卡佛探员。

卡佛探员还询问了一位哥伦比亚大学的内部人员，她告诉卡佛，“他们曾给过亨丽埃塔关于穿着禁忌的指导，牢记不可以穿灯笼裤和绑腿，这种穿着是对印第安女人的一种冒犯，但从后来传到他们手上的情况来看，亨丽埃塔明显没有遵从他们的建议，而是自作主张地行动”。这位信息提供者还说，“从这一点上来说，不应该将亨丽埃塔遇害的所有责任都归到哥伦比亚大学一方，毕竟在过去的几年里，该校曾有 91 位年轻女性前往印第安保留地从事田野调查工作，这已经成为常态了，但从来没有这样的不幸发生”。

在我们提交“《信息自由法》诉讼”的两年内，关于这位信息提供者的真实姓名是三处争议的其中之一，在我们拿到的 FBI 档案里，她的名字是被黑墨涂抹掉的。尽管在 1988 年，地方法院法官格哈德·格赛尔判决我们有权利获取卷宗中所有的姓名，但也于事无补。①

那些由哥伦比亚大学人类学家反复提出的论调已经产生了

① 1990 年，施梅勒诉 FBI 一案中，哥伦比亚特区巡回法院（编者注：此处根据作者在网站 henriettaschmerler.com 发表的勘误说明进行了修正，原文中作者将法庭名字错写成“美国联邦第二巡回上诉法庭”）判决将之前格哈德·格赛尔法官的此项判决撤销了。1993 年在最高院审理的兰达诺诉联邦一案的判决再次推翻了 1990 年的判决，这项判决事实上造成一些卷宗的信息的公开与否一直处于争议状态。政府机构非常清楚这是一项法律义务，但官僚政治的阻碍显然胜于他们对不履行义务所付出代价的预期（我们已经拿到了所需要的信息）。之后我们撤销了起诉。令我们感到讽刺又悲哀的是，在上诉法庭判决到最高法院判决的这三年间，施梅勒诉 FBI 一案还被反对《信息自由法案》的人当成先例使用。

一种持续性的影响，之后被告方甚至还将这种说法搬到了庭审过程中。这位“信息提供者”的说法使得“综合所有情况看来，受害人放弃了听从她的师长所提出的指导性意见，校方也警告过她独自居住的危险性，还劝说她最好是住在一个印第安人家庭里，如果住家中有与她同龄的印第安女孩，就可以请这位印第安女孩在她做研究期间全程陪伴。另外，她被指派的研究对象是印第安儿童，所以在她的研究主题下，其实是没必要去与保留地的成年男性建立什么关系的”。需要注意的是，关于亨丽埃塔在印第安保留地的研究主题究竟是什么，之前便多有传言，有说是“印第安家庭”、“印第安社会风俗”或“印第安女性的社会角色”，但从来没有听过是关于“印第安儿童”的。

斯特里特探员离开后，本地的印第安人事务局和司法部门都不愿挑大梁去推进调查，跟踪重要线索的积极性也不高。除了永无止境的拖延，还有执着且毫无必要地一直盯着一些无用的线索，再加上斯特里特离开之前的论断，让一切显得更加扑朔迷离。斯特里特在离开保留地之前写的报告中提到:“就目前调查的情况来看，一些阿帕奇首领应该知道是哪个团体犯下了这样的罪行。”斯特里特在报告中还试图还原这起谋杀发生时的情境:“受害人是被诱骗到这个荒无人迹的地方的，有可能还是骑着马被带到案发现场附近的，犯罪者的借口可能是骗她，说这条路是从她居住的小屋到舞会现场的捷径。她本来就计划要去参加 7 月 18 日晚上的印第安人舞会，惨剧就这样发生了。”斯特里特的推测后来被证实与真实犯案过程几乎完全相同。

# 10 | FBI 开始高度重视

10 月 3 日，在离开五个星期之后，斯特里特终于再次回到保留地，但他本人对这次回归并不感到兴奋，9 月份里导致他身体状况出现问题的症结还没有完全痊愈。他被告知，这次需要一直留在保留地直到案子破解之后才能离开。科尔文在 10 月 17 日与他的通信中写道：

我知悉了你之前提出的不想再继续留在保留地调查此案的想法，我也明白这样繁琐而细致的搜查过程不是什么令人享受的事情。但那个地方偏远，出入一次花费的成本实在太大，所以我还是希望你能坚持留在那里，坚持到案情取得突破。局里目前非常重视这个案子，正在催促早日破案，所以我们将不遗余力侦破此案。所以我不认为你这时候撤出保留地之后又要大费周章再进入是个明智的做法，只要还有一个细小的线索是还没被深入排查过的，就请你坚持留下来继续此项工作。

正是在这封 10 月 17 日的信件中，提到了之前曾出现过的关于高尔尼·西摩尔的名字，科尔文针对的是斯特里特笔记中所写的“第 15 点”：“我认为可以从高尔尼·西摩尔与罗伯特·盖特伍德两人身上找线索，我希望你深入调查这两个人，努力取得一些突破。”我们无从得知斯特里特是从什么时候开始注意到高尔尼·西摩尔和盖特伍德的，但斯特里特在8月31日的报告里曾提到："我确信一些阿帕奇部落首领知道谁应该为谋杀负责。"这句话暗指凯斯和H-4持有某些关键信息，从那之后，H-4的儿子高尔尼·西摩尔和女婿盖特伍德就成了斯特里特怀疑的头号嫌疑人。

FBI 探员 J. A. 斯特里特

但是斯特里特第一次正式找来高尔尼和盖特伍德问询，却是在两周之后（又浪费了两周的时间）。

斯特里特重回保留地之后的前几周里究竟做了些什么还是一个谜团。他的调查行动安排之所以如此隐蔽，是因为联邦调查局选择性地隐瞒了这部分资料，即使在嫌疑人被逮捕的几周后，FBI还在对媒体和公众隐瞒部分信息，并要求斯特里特不能向媒体透露任何信息。斯特里特在一份报告中试图向胡佛等高层保证，除了高尔尼·西摩尔被拘留的消息之外，他不曾对公众和媒体释放过其他的信息。全国上下的媒体记者们都如饥似渴地想要从他这里打探些什么，这让他感到很"烦扰"。

在大多数故事的描述中，斯特里特在保留地的调查是隐瞒身份，暗中进行的。在追踪报道亨丽埃塔遇害一案上，各家报章媒体的新闻大战早已进入白热化阶段。一贯奉行客观、准确和冷静的新闻观的美联社在谈及此事时，也说斯特里特探员

“把自己伪装成阿帕奇‘印第安武士’”。在众多的侦探类或男性杂志中，有文章说“与斯特里特探员调查活动相关的部分都从机密报告中被剔除了”，在这份报告里，斯特里特探员“负责侦查此案总共六个月，期间与印第安人同吃同住同睡，一起打猎，所有人都不知道我的身份”[①]。孟菲斯市的一家报刊的文章还称斯特里特“隐匿在阿帕奇广阔的乡野中，和阿帕奇当地人一样生活、吃住，说当地人的语言……最后带着确凿的证据和嫌疑人的供罪返回了FBI总部”。

事实上，那段时间里斯特里特与外界的联系确实有所减少。他“已经消失了好几周，一直无法收到他的消息，正当FBI当局开始感到事态严重时，他带着证据和供罪出现了”（引自美联社报道）。这是报纸媒体有意夸大其词的做法，但斯特里特与FBI本部和保留地主管唐纳的联系确实没有之前那样频繁了。

斯特里特离开保留地前最后的侦查方向是寄希望于杰克·凯斯与塞缪尔·西摩尔可以帮助他搜寻信息、指认凶手。但斯特里特最信任的两个线人其实是赫苏斯·维莱克斯与丹·库利。在他返回保留地的当天，维莱克斯和库利就都分别私下向他透露，“一定是凯斯或西摩尔的亲戚朋友谋杀了那女孩”。库利则多次私下向斯特里特提及，他“确信高尔尼·西摩尔与罗伯特·盖特伍德与这场谋杀脱不了干系，即使他无法拿出明确的证据来”。

---

① 在所有材料中我们从未见过这份报告，所以我们有理由相信是《侦探画报志》（*Illustrated Detective Magazine*）杂志捏造了这段引语。

在那一个月里，斯特里特把维莱克斯和库利当成最得力的助手和可靠的信息源，用斯特里特的话说，他们就是“秘密线人”。他把库利称作是“混血阿帕奇人”，评价他是一位“有良好声望的人”，因为他娶了一位白人妻子。维莱克斯在斯特里特的描述中是“出生于美国的墨西哥人”，与印第安女子成婚，担任过政府侦查员，在当年逮捕印第安阿帕奇首领杰罗尼莫的行动中提供过重要帮助。（最后的这处说法似乎不太可能成立，因为杰罗尼莫投降的年份是1886年，距离当时也已经时隔四十五年之久，杰罗尼莫活跃时期的维莱克斯最多也就是个小少年。）令人存疑的是，当时维莱克斯在阿帕奇部族的族人当中十分受敬重，但斯特里特的报告里却附带着这么一句：“维莱克斯先生把阿帕奇印第安人称作‘野蛮人’。”

最让斯特里特无法释怀的还是杰克·凯斯。之前，他信誓旦旦地保证会为斯特里特搜寻凶手的信息，但斯特里特在这段时间内“多次、持续地以各种方式传唤凯斯进行问询”，却“必须要提前与他预约，才能请他到探员办公室聊上好几个小时，有时候他还会带上部族首领，像是准备要抖出什么劲爆消息，而且总是一口咬定凶手要么是白人弗朗西斯·华纳，要么就是圣卡洛斯的阿帕奇印第安人克劳德·吉尔伯特”。

之后，斯特里特开始跟踪凯斯。维莱克斯曾提醒过斯特里特，自从亨丽埃塔谋杀案后，凯斯与塞缪尔·西摩尔开始变得形影不离，这在之前是绝对没有的情况。有好几次，斯特里特看见凯斯在回营地的路上与西摩尔碰头，有几次是在镇子外看见他们在一起。塞缪尔·西摩尔则极少在FBI探员办公室附近出现。

10 月 10 日的那次问询极为关键。一位名为塞拉斯·凯拉斯的印第安传译员说，舞会当天太阳快落山时，他和保罗·约翰逊正在一条路上“修理一辆老式的福特汽车”，这条路连接了亨丽埃塔的小屋和舞会地点。他先看到塞缪尔·西摩尔的妻子和女儿骑着马经过，朝舞会地点的方向去，没过一会儿，高尔尼·西摩尔和罗伯特·盖特伍德从反方向过来，停下攀谈了两句，之后朝着西摩尔家营地“和那个白人女孩住所”的方向离开了。赫苏斯·维莱克斯向斯特里特报告，说他打听到高尔尼·西摩尔对外宣称自己当天是陪同他母亲和妹妹一起前往舞会现场的，现在看来，他很明显是在撒谎。

与此同时，斯特里特从另一处消息来源那里听说了一些关于高尔尼·西摩尔和罗伯特·盖特伍德的事情。“我们基本上摸清楚了印第安人的行事风格，那就是——在从事犯罪行为之后，他们通常会逃离几天，避避风头之后会再回来。”斯特里特筛出一个“五至六人的名单”，这些人都曾经在 7 月 18 日至 24 日期间离开保留地，那段时间正好是人们意识到亨丽埃塔失踪并开始搜寻的时间。在这份名单中，高尔尼·西摩尔、罗伯特·盖特伍德、杰克·佩里和阿莫斯·马赛是重点排查对象，因为他们平日里都不经常进行牲畜放牧，但都声称那段时间他们外出到牲畜营地去工作了。

斯特里特意识到阿帕奇人的居住活动通常是散居的状态，时不时需要进出镇子，他们大部分时间都待在山里。唐纳不久前还和加利福尼亚州的一些农场主商议了一个重要的放牧协定，协议规定代放牧的牲畜要在 10 月 20 日左右移交给农场主。这是个炙手可热的工作机会，大部分男性都会加入聚拢牲畜，所以那段时间前后，不论是怀特里弗镇还是阿帕奇堡都空寂无人。

斯特里特还亲自前往镇外的几处牲畜围捕营地去寻找线索。他“开始拜访几处围捕的营地，转移的过程中常常需要改换交通工具，道路条件还不错的时候可以乘汽车，大部分情况下只能骑马”。他“询问了几个围捕营地的人，通常是营地的管事者，白人居多，雇用的都是印第安牛仔”。斯特里特尾随路遇的几个印第安人，“得到了一些线索”，但之后这些线索大多被证明与案情无关。

斯特里特开始越来越在意塞缪尔 · 西摩尔、高尔尼 · 西摩尔与罗伯特 · 盖特伍德一家人的信息。他注意到当他每一次试图接触一群印第安人时，这一家子的小团体通常会“偷偷溜走，非常小心翼翼，好像不想被探员注意到他们的存在”。这种情况多次发生在牲畜围捕的时候，也发生在从麦克纳里输送牲畜的途中和前往怀特里弗镇印第安市集的路上。

10 月 24 日周日，发起正式逮捕行动的五天前，斯特里特突然造访凯斯家中，理由是“这一两天一直无法联系上凯斯”，刚好被他撞上凯斯与塞缪尔父子、罗伯特 · 盖特伍德与爱德华 · 詹宁斯正聚在一起，顿时所有人都神色慌张。为了保护凯斯所谓的“秘密线人”身份，斯特里特胡乱编造了一个理由，说唐纳请他前来传达周二的牲畜称重相关事宜，就这样蒙混过去了。

斯特里特离开前将凯斯单独叫到一边，约他第二天单独谈话。第二天上午，凯斯如约来到斯特里特的办公室，面对斯特里特越发尖锐的盘问，凯斯还是死守，称自己再没有更多关于凶手的信息了。斯特里特一口咬定他在撒谎，开始强势向凯斯施压，希望逼迫他说出真相。根据斯特里特的记录，“这位首领开始哭泣”，他发誓如果斯特里特这次放过他，他保证在去麦克纳里牲畜围捕的路上带回一些有用的线索。斯特里特答应了，随即保持一段距离跟踪在他后面，在距离麦克纳里还有一英里半里程的时候，斯特里特看到西摩尔父子和盖特伍德赶来与凯斯汇合。

周二，在麦克纳里的称重仪式上，当斯特里特试图接近西摩尔父子和盖特伍德的时候，他们又迅速从人群中消失了。在这之后不久，斯特里特偶遇维莱克斯，维莱克斯从一位印第安女子（代号为“B-6”）那里听到一个令人震惊的消息，高尔尼·西摩尔的母亲说她看见自己的儿子高尔尼、盖特伍德和杰克·佩里三人曾骑着马在亨丽埃塔家门口攀谈，当时亨丽埃塔还给他们舀水喝。（斯特里特之后曾问询过 B-6，B-6 并不承认自己曾说过这些话，但斯特里特说 B-6“是因为害怕所以不愿意承认”。）维莱克斯断言，所有的证据都指向高尔尼·西摩尔和盖特伍德，一定是他们俩谋杀了亨丽埃塔。

斯特里特其实从来都没有像媒体臆想的那样伪装成一个印第安人进行调查。在凶手落网一周之后，一家媒体在报道中说斯特里特“在听到坊间传闻自己乔装成印第安人时忍不住开怀大笑”。事实上，他开展调查初期曾经以牲畜买主的身份向当地人套话，但不久之后他就公开以探员的身份开展调查活动了。

## 追凶迫近

证据越发明显地指向真凶，斯特里特终于要进行抓捕行动了。10 月 29 日，斯特里特要求唐纳将高尔尼 · 西摩尔、罗伯特 · 盖特伍德与杰克 · 佩里传来问话（7 月 18 日那天，杰克 · 佩里被看到与西摩尔和盖特伍德一起在亨丽埃塔家前院逗留）。一位绰号为“图拉皮比尔”，名为莫平的印第安事务局警务部的警官第二天就将西摩尔与盖特伍德带回并且根据斯特里特的指示将他们“分别关押”。（当时，杰克 · 佩里在离保留地很远的猎场打猎，所以最初没有将他带回。）

New York World-Tel legra

The White La dy

J-39, with a Few Drops of "Water," Tra ps Apach

A Bit of Psychology and a Bit of Chemistry Break Traditional Indian Silence

从高尔尼 · 西摩尔和罗伯特 · 盖特伍德两人被带来问话到凶手最终供罪，这过程中发生的事情仍然是含糊不清的，因为最初我们的所有的资料来源除了 FBI 的案件卷宗之外，就是各种戏剧化的侦探类、冒险类杂志故事以及各色小报的报道。有些报章杂志的叙述很明显背后是由 FBI 公关机器在支持的。我们常读到一些与 FBI 卷宗里对应的内容存在冲突的细节，除了有一些被证实具有真实性的内容之外，其他的则是明目张胆地被夸张化和小说化了。(例如，1933 年 1 月 31 日的《纽约世界电讯报》这样写道："J-39，用几滴'神水'就轻易捕获了凶手。")

在印第安事务局还未将三位嫌疑人带来问话之前，斯特里特就给圣卡洛斯阿帕奇保留地警局的朋友泰德·希普利致电，希望希普利派翻译人员汤姆·多塞拉前来怀特里弗镇协助三位嫌疑人的审问过程："汤姆·多塞拉是亚利桑那州格罗布市专业的阿帕奇法庭译员，曾在圣卡洛斯阿帕奇保留地的几起谋杀案中负责所有的翻译工作，据当地探员们说，他是个诚信可靠的印第安人。"之所以提出这样的要求，是因为斯特里特执意认为怀特里弗镇当地的印第安译员"在西摩尔和盖特伍德的审讯过程中一定会偏袒印第安一方，不会忠实翻译。不排除这是部分探员不必要的忧虑造成的误解，但我们认为还是不要出任何差错为好"。汤姆·多塞拉抵达保留地之后，斯特里特注意到怀特里弗镇当地的两位印第安人译员脸上露出厌弃的表情。实际上，直到两位嫌疑人被带来并正式接受盘问之前，斯特里特并没有对外宣称多塞拉译员的真实身份。

高尔尼·西摩尔第一个接受盘问。他强烈否认自己与这场谋杀案有关。他说自己从来就不认识亨丽埃塔，只是好几次在不同的场合见过她，高尔尼通过译员多塞拉一遍又一遍地为自己辩解，说他从未与亨丽埃塔有过任何的交谈，7 月 18 日晚上他是与自己的母亲和妹妹一同来到舞会现场的。

在第一次盘问中，斯特里特没有当场揭穿高尔尼的假证供，而是利用一些盘问技巧，反复提出一些关键性问题，但无论斯特里特如何引导，高尔尼始终坚持如一，斯特里特此时已经在直觉上确认“他的表现已经出卖了他”。尤其是当时斯特里特已经从多个信息提供者处得知高尔尼的母亲与妹妹——阿尔瓦·西摩尔和贝茜·盖特伍德当天并没有与高尔尼一同前往舞会现场。

斯特里特审问高尔尼的这段审讯被记录在两份报告中，关于审讯的时间长度却有所出入，11 月 4 日的案情报告中说是“超过两个小时”，在 11 月 9 日写给约翰·埃德加·胡佛局长的汇报中又说是“大约五个小时”。据我们所知，FBI 给我们提供的关于高尔尼第一次审讯的记录只有这两份。这两份材料中除了审讯进行的时间存在矛盾之外，第一次审讯进行的星期与日期，以及嫌疑人被带来接受审讯所花的时间等等细节也是相互冲突的，我们只能选择相信关于这次审讯的一般论述。总的来说，斯特里特并没有从高尔尼口中得到关于这场谋杀案的新信息，但也算是有一个进展，即高尔尼谎称 7 月 18 日当晚自己是与母亲和妹妹一道前往舞会现场的。当时他一定是低估了接下来的无穷尽的审讯以及审讯过程中的压力，至少我们知道了在他第一次接受审讯时完全否定了自己的犯罪事实，辩称自己绝对是清白的。

在盖特伍德将要被带进审讯室接受审讯之前（审讯室实际上就是主接待区之外的一间小的接待室），斯特里特还煞费苦心地前去确认高尔尼是否还好好地被关押在后面的小牢房中，在审讯盖特伍德之前，斯特里特不希望他们二人之间有任何形式的接触，哪怕是眼神接触也不行。

盖特伍德一开始也称自己对凶手是谁一无所知，他坚称自己与亨丽埃塔并不相识，更别说曾有过交谈了。他说自己没有到场参加那天的峡谷日舞会，而是待在自己家的营地里，早早就上床休息了。但是他的陈述给斯特里特提供了一个关键信息——即舞会那日下午他与高尔尼的行踪。

盖特伍德告诉斯特里特，那天下午，他与高尔尼·西摩尔骑着马，大约在下午 5 点过后经过亨丽埃塔的小屋门前，看见亨丽埃塔正在给同样骑在马上的杰克·佩里舀水喝，他继续前往道路对面，打开塞缪尔·西摩尔营地的大门，回过头来等待。高尔尼则上前加入杰克·佩里和亨丽埃塔的谈话，他并不知道他们都说了什么，事后也没有询问。几分钟后，高尔尼过来与他汇合，一起回到营地中。营地里空无一人，想必是当时塞缪尔·西摩尔和他的妻子女儿都已经在去往舞会现场的路上了。盖特伍德说自己稍后便单独离开西摩尔营地回到自己家中，高尔尼·西摩尔之后的所有活动他都一无所知了。

随着审讯持续进行（斯特里特在报告中称“审讯进行到天黑时分”），盖特伍德变得越来越寡言少语，对于斯特里特提出的诸多问题，他都以沉默来拒绝回答，逐渐表现出明显的紧张。斯特里特“从他的表现中看出他在撒谎，刻意隐瞒了一些事情，有可能是因为害怕，也可能另有原因”。他注意到，审讯过程中盖特伍德的眼光不时瞥向在场的译员多塞拉。

这时，斯特里特计划将高尔尼·西摩尔从怀特里弗镇总部转移到22英里之外的麦克纳里的监狱关押，这样便能保证他与盖特伍德单独分开关押，避免接触，这项提议得到了唐纳的首肯，莫平随即带走了高尔尼。

之后，斯特里特让译员多塞拉先行离开，并安排维莱克斯将盖特伍德带到怀特里弗镇监狱，嘱咐维莱克斯不能让任何印第安人接近盖特伍德。他还特别要求维莱克斯“用西班牙语交流，因为在场的人中没有听得懂西班牙语的”，以及在押送途中用阿帕奇语向盖特伍德套话，问出盖特伍德如此紧张不愿配合审讯的原因。斯特里特会在总部附近的小咖啡店等他，他们之后也是在那里用了晚餐。

维莱克斯并没有在约定好的半小时内回来与斯特里特碰头，斯特里特遂散步到监狱附近，远远看到维莱克斯与盖特伍德正在监狱门口激烈地讨论着什么，斯特里特见状，转身快步走进了办公室。

没过多久，维莱克斯就与斯特里特碰头了，维莱克斯说盖特伍德“决定将实情和盘托出”，但关键问题在于译员多塞拉的印第安人身份，盖特伍德“不希望有印第安译员在场，因为译员会向其他印第安人泄露他招供的事情，为他招来杀身之祸”。维莱克斯说盖特伍德同意说出事实真相，前提是只有维莱克斯、斯特里特和唐纳三人在场，且他必须得到秘密保护。斯特里特询问维莱克斯是否愿意在怀特里弗镇留一晚上，维莱克斯表示同意（他的农场就在五英里开外）。

10月31日（周六）是保留地万圣节舞会之夜。很显然，这个舞会最初是为白人而设立的节日，大部分的白人都会参加，但只有一小部分的印第安人会出席。当天，斯特里特为了确保万无一失，还是等到午夜，除了一小部分不知疲倦的人还在舞蹈歌唱，大部分人都熟睡了以后，才吩咐维莱克斯将盖特伍德悄悄带进斯特里特的办公室。

## 盖特伍德的陈述

由盖特伍德亲笔签名的陈述将在下文全文呈现。斯特里特在 11 月 4 日的报告里写道，他负责将盖特伍德的口述书写为文本，口述完成后，由斯特里特和维莱克斯分别用英语和阿帕奇语读给盖特伍德听。保留地主管人唐纳被特地从睡梦中叫醒，来见证此项程序。在盖特伍德正式在陈述状上签名之前，“唐纳和维莱克斯告知盖特伍德，政府方要求他保证所说的一切都是事实，且他所说的一切都不能告知印第安人，将来有可能需要他在印第安事务局与 FBI 的保护下上庭作证，政府方也会依程序给予他相应的保护”。

盖特伍德对他们说，自己“其实一直有意要找一个白人说出事实真相”，当斯特里特第一次盘问他时，他之所以有所隐瞒，是因为在场的多塞拉译员是印第安人，他害怕多塞拉会把他所说的话泄露给其他印第安人，塞缪尔·西摩尔和他的妻子会因为他说出了事实而找机会杀了他。塞缪尔·西摩尔的妻子是保留地里最刻薄恶毒的女人，“关键时候她可是最能铤而走险的”。第二天，这份手写的陈述就由唐纳的秘书格特鲁德·柯布打印出来，再次通过英语和阿帕奇语两种语言念给盖特伍德听，不同的是，这次有更多的人在场见证——除了斯特里特、维莱克斯和唐纳之外，还有来自圣卡洛斯保留地的希普利，速记员格特鲁德·科布，来自亚利桑那州秀洛镇的治安官乔治·伍尔福德，以及办公室官员威廉·莫平。

关于盖特伍德在接受审讯期间的记录全部缺失了，这就让我们更加好奇，到底是什么推力让盖特伍德愿意将决定性的事实说出？难道只是良知的召唤？抑或是理智的驱使？还是遭受了某些身体上的折磨？我们大概永远无从得知实际原因了。

以下是盖特伍德陈述的原文，转录的文本中标注的日期是10月31日，但报告实际完成的日期是11月1日（周日）的早晨：

1931年，亚利桑那州，怀特里弗镇

关于发生在1931年7月18日亚利桑那州阿帕奇印第安人保留地内（临近阿帕奇堡）的亨丽埃塔·施梅勒被谋杀一案。

我，罗伯特·盖特伍德，已经被告知我所拥有的宪法权利，知晓我所说的关于这起谋杀案件的证供可能或将要被用于起诉我自身的行为，在我已经被清楚告知相关的权利义务之后，我自愿说出我所知道的关于这起案件的真相。

我的名字是罗伯特·盖特伍德，今年22岁，我是阿帕奇印第安人，家住在亚利桑那州阿帕奇保留地（临近阿帕奇堡）的东福克，塞缪尔·西摩尔（H-4）是我的岳父，高尔尼·西摩尔是塞缪尔·西摩尔的儿子，同时也是我妻子的哥哥，他们一家住在东福克路德教会附近的地方。

1931年7月18日，星期六，这一天是峡谷日舞会举行的日子。当天晚上，高尔尼·西摩尔来到我家营地，我家的营地在西摩尔家营地的西南方向，距离大约有半英里，西摩尔家营地与亨丽埃塔·施梅勒居住的房子也很近。当时大约是下午5点，他叫我帮他理发，为了当晚去参加峡谷日舞会，我说我的剃刀又湿又锈，已经不能使用，所以没有合适的工具来给他理发。我找出用纸包住的剃刀打开给他看。当时天色越来越晚了，之后高尔尼·西摩尔和我骑马离开了营地，我骑的是无马鞍的马，他的马配备了马鞍。我们骑着马一起去往H-4（塞缪尔·西摩尔）家族营地。快到H-4的营地大门时，我们先经过亨丽埃塔·施梅勒居住的小屋，她的小屋其实就在H-4营地大门的对面，隔着一条路的两边。我们到那儿的时候看见杰克·佩里骑着马在亨丽埃塔·施梅勒小屋门外边，亨丽埃塔·施梅勒正在与他交谈，手里拿着一瓢水正要递给他喝，我骑着马过去，帮高尔尼·西摩尔打开门，此时杰克·佩里离开，向东朝着我们所说的“东福克”方向离开了。高尔尼·西摩尔进去与白人女孩简短地交谈了一会儿之后离开，我和他一起回到了H-4营地。

H-4营地里空无一人，但我看到我妻子和一个小男孩在远处田野里，没过一会儿，他们朝我家的营地走去。我和高尔尼·西摩尔在H-4营地里待了大约有半个小时，大部分时间在看报纸。之后，我们出门骑上了马，从H-4营地大门口可以看到北面就是那白人女孩的房子，我们又来到她家门前，高尔尼·西摩尔下马打开她小屋院子的门。我没有停留，继续向西朝我家的营地骑去。骑出一小段路后，我回头看见高尔尼还在门外拴马，我再次回头时看见高尔尼的马被拴在那白人女孩小屋门外的栅栏上，他和白人女孩站在门廊外交谈。我继续向西边骑马走了，之后拐弯朝南翻越一座小山坡，那时天色开始越来越暗，差不多就在那时，我看见高尔尼·西摩尔和那白人女孩骑同骑在一匹马上，她坐在前面踩着马鞍，高尔尼在背后环抱着她，我看到她身上穿的是印第安人的裙子，黄色里面带点白，裙摆拖得很长，差不多把马肩都盖住了。当时他们正朝着西南方向去，那正是在东福克举行的峡谷日舞会的方向。之后我回到了我家的营地，我妻子和孩子没过一会儿也回到了家中。

那天晚上，我大部分时间都在床上睡觉休息，直到听见有人一直喊我，我不记得当时确切的时间，我起床穿上衣服，走到门外，发现是高尔尼·西摩尔。我们在门外待了很久。他告诉我，在东福克某个峡谷里，他杀了那个白人女孩。当时他对我说的原话是:“我知道你看见我和她一起骑马，我来就是为了警告你如果你敢告诉任何人，我就杀了你”，“我买了一把枪，藏在山里某处，如果你敢举报我，你和你老婆都别想活命”。我注意到他衬衫盖住的双臂上都有血迹，右臂上的血迹更大块一些。他还告诉我，当他带着那白人女孩骑到某个山谷时（他并没有说是哪一处山谷），他想与那女孩发生性关系，但她拒绝了。他们先是冲突最后两人开始争执打斗，那个白人女孩从包里掏出一把小刀要刺向高尔尼，高尔尼很快就夺下了她手中的刀，还划伤了她的手。高尔尼强行使她就范，强奸了她，他没有告诉我强奸的过程。之后，高尔尼用刀划刺那白人女孩的头部周围和颈部多处…高尔尼离开现场时，她已经没有了呼吸。

警告过我之后，高尔尼·西摩尔进到我家里，用水洗去他衣袖和手臂上的血迹，这时我妻子也在一旁，他再次警告我们不要张扬，否则就杀了我们夫妻。洗净血迹后，他跳上马离开了，说他要去参加峡谷日舞会。

当高尔尼在我家门口时，我看不见他裤子上是否有血迹，当时的环境太黑了，就算他裤子上同样沾了血迹我也没办法看出来。第二天，周日早晨，也是峡谷日舞会的第二天，我来到H-4的营地，看到高尔尼·西摩尔正躺着，前一晚身上那件染血的衬衫已经换掉。当我经过他身边时，他躺着对我说："如果你敢告诉任何人是我杀了那白人女孩，你也别想活命。"

从那天以后，我和我的妻子就再也没有对高尔尼·西摩尔提起此事，因为我们害怕他并且故意躲避他。我认为我妻子一定不会泄露这件事，因为高尔尼·西摩尔是她的亲哥哥，她也是H-4（塞缪尔·西摩尔）和阿尔瓦·西摩尔的女儿，我的岳母阿尔瓦·西摩尔是阿帕奇印第安保留地里最彪悍和刻薄的女人，所以即使我的妻子想向任何人透露此事，都会因为忌惮她的父母而最终守口如瓶的。

我还要追加陈述：回到我之前说的那里，即当我与高尔尼·西摩尔在回H-4营地中途见到杰克·佩里在与那白人女孩交谈，以及之后回到H-4营地的时候，H-4夫妻二人应该是已经离开家前往峡谷日舞会现场了，所以基本上可以断定没有人看到高尔尼·西摩尔是如何说服那白人女孩坐上他的马的。

还有，高尔尼·西摩尔杀了那女孩后来到我家叫醒我，从他说的那番话中他的意思是，他对那白人女孩实施强奸和杀害时，旁边没有任何人目击到他正在做的事情，只是有个印第安人经过时看到他们俩骑在同一匹马上，高尔尼说是一个叫西蒙·威克利夫的印第安人，但他认为西蒙·威克利夫并不认识他们。

其实我一直有说出事实真相的意图。我曾想如果有政府或者调查局的人来问我，我就会说，但是第一次接受审问时有一个印第安人翻译在场，我还是选择了隐瞒，因为我不希望其他印第安人知道我向你们泄露的事情，我认为那位译员一定会向其他印第安人通风报信。

至于高尔尼·西摩尔手部的伤势，周六下午他来找我让我帮他理发的时候，我还没有看见他手上有任何的伤口或捆绑的痕迹，但是峡谷日舞会之后的那个周一或周二，我看见他的手上有被勒过的瘀伤。

上面的这些陈述内容我已反复核实过，赫苏斯·维莱克斯用阿帕奇语读了一遍给我听，联邦调查局的特别探员斯特里特用英语给我朗读。这个过程由怀特里弗镇阿帕奇堡印第安事务机构的主管人唐纳在场见证。

（签名处）罗伯特·盖特伍德

见证人：

赫苏斯·维莱克斯，阿帕奇堡，亚利桑那州

J. A. 斯特里特，联邦调查局特别探员

得克萨斯州埃尔帕索司法部门

威廉·唐纳，怀特里弗镇，亚利桑那州

格特鲁德·柯布，速记员，怀特里弗镇，亚利桑那州
乔治·伍尔福德，秀洛镇，亚利桑那州
威廉·莫平，怀特里弗镇，亚利桑那州

周日早晨，被关押在麦克纳里监狱的高尔尼·西摩尔被带回到怀特里弗镇再次接受审讯。就在他被带进那间用于审讯的临时房间之前，高尔尼向译员多塞拉询问盖特伍德的下落，被告知盖特伍德还在关押中。高尔尼又问在他被带到麦克纳里监狱的这段时间里，盖特伍德是不是又接受了问询，多塞拉回复说没有，事实上多塞拉“说的是实情，因为盖特伍德第二次接受审讯时多塞拉并不在场”——斯特里特在报告中也提及这一点。多塞拉说盖特伍德因为“不愿配合”，所以还未被释放，多塞拉这样说很明显就是要暗示高尔尼，如果他不配合调查，下场与盖特伍德就是一样的。

之后发生的事情被 FBI 当成之后几十年间推行严厉、狡猾办事风格的一个最佳例证，他们不停地宣传和夸大这样的工作方式所缔造的神话，并把这个案子当成头号宣传材料来为自己背书，通过这种方式，FBI 开创了自吹自擂的公关传统，并将这种方式运用得炉火纯青。

除了 20 世纪 60 年代出版的那些侦探类、冒险类杂志里风格各异的创意写作文章对这件事添油加醋的叙述之外，关于这次审讯高尔尼的记录中唯一可信的材料只能从斯特里特的两份报告中寻得。第一份是 11 月 4 日的案情报告，这份报告中关于高尔尼·西摩尔的供罪过程只用只言片语带过，在报告中只占

了一小段：

1931年10月31日（作者更正：实际审讯日期是11月1日），嫌疑人从22英里之外的麦克纳里被带回怀特里弗镇，接受探员的审问。一开始，探员用盖特伍德供词中的几处关键信息点来盘问他，但并没有告知他这些信息的提供者是谁。嫌疑人说他自愿说出实情，于是探员记录下高尔尼·西摩尔的供罪，由速记员格特鲁德·科布用打字机同步打出。高尔尼·西摩尔承认他袭击并谋杀了亨丽埃塔·施梅勒。

这份报告中的“探员……并没有告知嫌疑人这些信息的提供者是谁”一句引起了FBI高层胡佛局长和副局长哈罗德·内森的高度关注，后者于11月9日致电斯特里特，要求提供关于这场审讯的详细过程记录，斯特里特立即编写了一份更为详细的报告，直接呈交给胡佛局长本人。

五十八年后，我们依据《信息自由法案》对FBI提起诉讼，这场诉讼给予我们权限获取关于这场案件几乎所有的档案。讽刺的是，在我们最初拿到的报告中，这个关键句中的前半句——“但没有告知嫌疑人”是被抹除了的。我们猜想，可能是1989年的联邦调查局不想让公众知道1931年他们在侦破这样难度的“大案”时所用的办案手法。我们靠法庭强制命令拿到了包含完整句子的第二份报告，这两份内容不一致的报告其实很好地凸显了FBI用于掩盖事实的所谓的“隐私”和“机密”原则是如何运作的。

斯特里特11月9日呈交给胡佛局长的报告中解释道："这个案子的报告里之所以略去一些细枝末节，是因为我们认为这些细枝末节对于我们向嫌疑人提起控罪是（没有）[①]什么实质性帮助的。所以我们就没有将那些不必要的细节加入到原本就冗长的报告中。"

报告中关于斯特里特审问高尔尼·西摩尔犯罪事实内容的后面加了一个句子，用醒目的括弧括起来，括弧中写着："这是有失偏颇的。"

这句话到底有何深意？它暗指对高尔尼·西摩尔哪一阶段的审讯？又是谁写下了这个标注？这些我们都无从得知。但确信无疑的是，FBI从一开始就清楚，他们的探员为了取得这份供罪而使用了一些非常规的手段。

以下是斯特里特在报告中的进一步解释：

（这是有失偏颇的。）审讯开始后，探员就对高尔尼·西摩尔说："昨晚我与那白人女孩交谈过了，你知道我怎么做到的吗？——你听说过'灵媒'吗？"高尔尼·西摩尔说没有听过，探员说："接下来我会把她告诉我的情况说给你听，由你来回应她说的是不是事实。"高尔尼和译员都笑了，他们感到不可思议。探员告诉高尔尼·西摩尔那个白人女孩所说的："周六晚上你与罗伯特·盖特伍德经过她家，她问你们有没有多余的马可以借

① 译者注：作者认为此处报告中"…would be of any assistance"漏打了"not"，应该为"…would not be of any assistance"。

给她，你说你只有一匹马，但她可以跟你同骑一匹马去舞会现场，她同意了。”听完这段既灵异又如此接近真相的对话后，嫌疑人开始变得紧张，瞳孔放大，一旁的译员也是如此。探员接着又说了一些“通灵”对话中他从白人女孩那问到的事情，嫌疑人更加坐立不安，突然他用阿帕奇与对译员说：“那女孩什么都说了，看来我也瞒不住了。”译员对他说：“确实如此，你恐怕是要招供了，他们什么都知道。”之后高尔尼·西摩尔用阿帕奇语供认了所有犯罪事实，由他本人签署过的书面陈述被收录在这位探员的案情报告中。

11 月 10 日，掌管特工行动的探员 L. C. 泰勒在向胡佛高层提交报告时还费心劝说：“我认为在现阶段，出于当局的利益考量，不宜向任何媒体或团体透露斯特里特先生让嫌犯承认供罪的过程和手段，尤其是——把自己假扮一个灵媒这件事。”11 月 19 日胡佛回函，他对此似乎有不同看法：“我认为必须要确保负责此案下一步提起诉讼的联邦检察院完全知晓所有的案件情况和细节，以便当来到庭审程序时，审理过程不会因为任何突发的事件或隐瞒的材料被暴露出来而乱了阵脚。因此，审理手段存在偏差与否，就让司法裁决来进行仲裁。”

在之后的庭审过程以及被移送到司法机构之后所做的多次陈述中，高尔尼·西摩尔从来没有提起关于审讯过程和手段的事情。我们从高尔尼·西摩尔在狱中所写的一沓厚厚的书信中也没有寻获到关于这段历史的只言片语，所以关于那个清晨的审讯室里到底发生了什么，留存下来的只有斯特里特的独家版本，它成为官方的、最终的叙述，成为这起案件中一个隐晦而朦胧的章节。

11 月 1 日清晨，高尔尼 · 西摩尔正式签署了自己的犯罪供词，对于自己出于“性冲动”与亨丽埃塔陷入争执打斗、最终将她杀害的事实供认不讳。这份犯罪供词从高尔尼 · 西摩尔与亨丽埃塔 · 施梅勒同驾一匹马前往舞会之前的事情开始，接着是在案发现场的那场“打斗”过程的详细描述，之后与盖特伍德的碰面的部分只有简略的叙述。供词最初由秘书柯布手写，之后译员多塞拉将手写供词重读给高尔尼 · 西摩尔听，他表示无异议，在六位见证人的见证下签署了自己的姓名。日后的庭审环节里，这份犯罪供词之后曾引发重大争议，在双方经历过一场旷日持久的法律博弈战之后，这份供词才最终被准许作为证据使用。

# 第三部分 庭审前奏

# 11 | 全民狂欢式的故事诠释

早在高尔尼·西摩尔签署供罪词前的那几个小时，关于注定到来的那场庭审中备受瞩目的问题已经被悄然抛出了——

**凶手应该被判处死刑吗？**（FBI、检察官和数量可观的媒体们恐怕会坚定不移地给出肯定回答，印第安事务局官方与哥伦比亚大学的人类学家们则站在反对的立场。）

当时就连一贯以抢速度炒新闻著称的美联社和合众国际社都还按捺着自己，尚未丢出之后的那些哗众取宠的新闻标题——“流言蜚语造就印第安杀人者”，或“印第安人持刀杀害哥伦比亚大学女学生”，但有一些舆论风向已经在多方臆测中形成了——

**之前疯传的那些关于亨丽埃塔·施梅勒品行的传言——说她幼稚无知、行事鲁莽，还有的说她乱交——这些污名指控会被搬上法庭吗？**

**高尔尼·西摩尔的认罪事实在法庭上能站得住脚吗？**

人们也在关心程序性问题：庭审会在哪里进行？什么时候进行？谁会被传唤为证人？在不影响法庭审理公正性的前提下，有多少信息可以透露给媒体和公众？又是谁来决定公众与媒体应该知道什么，不该知道什么呢？

就在凶手供罪后不久，负责此案的部门立即分成联邦与地方两派，印第安事务局与司法部门之间的嫌隙很快就暴露出来了。在案件的调查阶段，唐纳与斯特里特还保持通力合作的友好关系，这种表面的和谐随着高尔尼·西摩尔落网、后续工作陆续开展而破灭——原来之前的一切都是建立在怀疑、猜忌和权力博弈之上的。

高尔尼·西摩尔签署供罪之后两天，唐纳向自己的上司抱怨："这些公务人员为了抓捕一个小男孩，搞得鸡飞狗跳，简直小题大做。如果这样程度的拘留和抓捕可以成为某种丰功伟绩的话，那下次他们就可以把抓获一只温驯的猫咪这样的事也宣扬一番了。"

另一边，FBI 的科尔文写信呈交给胡佛局长："怀特里弗镇阿帕奇印第安保留地的主管威廉·唐纳的态度恶劣，让人难以忍受，这已经对我们的工作带来一些阻滞，所以我认为应当将威廉·唐纳从印第安人事务管理系统中解除职务……"

科尔文还郑重其事地提醒胡佛："基于我的所见所闻，我认为威廉·唐纳偏袒嫌疑人高尔尼·西摩尔的行为很可能会严重威胁此案的司法审理和裁决过程，所以应该立即采取一些手段停止他干涉此案的后续工作。"

分歧的源头或许要追溯到调查前期，唐纳拒绝承认凶手极有可能是保留地内的阿帕奇人，他始终坚持自己的判断，甚至在第二位探员抵达保留地之后，唐纳极力推动将白人列为嫌疑人。虽然唐纳没有公然地反抗斯特里特，但斯特里特已经隐约察觉到，唐纳在帮助追查阿帕奇人作为嫌疑人的线索的时候，一直采取消极的合作态度。

如今，高尔尼·西摩尔已锒铛入狱，司法部门已经确认了他所犯残忍罪行，唐纳要做的就是尽全力避免高尔尼·西摩尔被判处死刑。

唐纳并不指望能争取到彻底的宽恕。11月3日，他致信印第安事务局的专员罗兹，在信中他提议能否采取一种“中庸”的判处方式：

是否应该为那犯下罪行的男孩争取从轻判刑，本身就是一件复杂的事情，如果真的这样做了，就会为保留地内的印第安人带来十分恶劣的影响。据统计，目前保留地内有四至五名阿帕奇人曾经对自己的族人犯下故意杀害罪行，有的被无罪释放，其他的也都只是在监狱中待了一小段时间就被释放了。所以，如果亨丽埃塔·施梅勒一案的凶手高尔尼·西摩尔也是如此，那就会给印第安人一种错觉，使他们误认为即使犯下是滔天的罪行好像也不是什么严重的大事，那些在这儿工作和生活的人的生命安全就会受到无形的威胁。要知道，尤其是在东福克区域内，印第安人大多都是不安分的好斗分子和叛变者。正因为如此，很早之前，只要有人犯下谋杀罪行，不管被害人是否属于他们的族人，犯罪者都必须接受严厉的刑法，这种处理方式作为道德教育的手段一直延续至今。

但就高尔尼·西摩尔一案，我反对使用最高刑罚——也就是绞刑。在此，殷切期盼您就此案应如何判决提出一些建议。与此同时，请不要轻信众多报章杂志所编纂的故事或那些语不惊人死不休的评论。我认为，我们国家的司法部门与其在这个案子的起诉上如此费心，还不如省下一些精力去对付那些像艾尔·卡彭[①]一样级别的罪犯。

博厄斯等一众哥伦比亚大学的人类学家此时也掺和进来了。意料之中的是他们都反对将高尔尼处以死刑，他们从政治的、哲学的、精英主义的角度表达了同情—— 说高尔尼是一个长期生活在受压制环境下的年轻人，又是初犯。这几位人类学家一边发出看似人道主义关怀的呼吁，同时还不忘将矛头对准亨丽埃塔。

比如博厄斯写给唐纳的这封信：

我实在抑制不住去想是什么样的情况驱使一个有家室、有大好前途的印第安年轻人犯下这样恶劣的谋杀罪行？我诚心期望并祈祷他能得到司法上的宽恕处理，我认为这样是非常必要的，因为我们要看到他身处的既普遍又特别的境况，也要考虑印第安文化处于被美国文化包围裹挟的弱势境地，二者之间毕竟不相同，这些因素也应当酌情考虑。

第二年的一月，FBI 一位名为希弗斯的探员在纽约接受采

---

① 译者注：艾尔·卡彭（Al Capone, 1899—1947），美国黑帮成员，于 1925 至 1931 年掌权芝加哥黑手党。

访时曾谈及博厄斯所写的这段苦口婆心的劝言：

他（博厄斯）认为在这起案件中对凶手使用死刑是过重了的，他还说不应该用基于“我们的”文化之中的标准去给印第安人下判决，也要考虑施梅勒小姐的行为举止是否给印第安人传递了错误的信息，引发凶手无法克制的“激情犯罪”？也就是说，他认为谋杀行为不是预先谋划的。如果博厄斯被传唤作为此案的证人之一的话，他一定会主张凶手犯下罪行是情有可原的，并主张从轻量刑。

本尼迪克特更加坚决地与博厄斯站在同一战线，反对在此案中应用死刑。她曾对探员希弗斯说：

不应该以美国通行的法律标准和道德标准来评判这样的犯罪行为，**她主张印第安年轻人普遍在心智上仍处于儿童的水平**，因此，无论如何，对他处以最高刑罚都是说不过去的。另外，她还提醒我们考虑施梅勒小姐在接触印第安人的过程中那些无意识的行为，这些行为很可能引发误会，所以她认为应该将这种情况纳入审判过程，帮助减轻西摩尔·高尔尼的控罪。

哥伦比亚大学的人类学家们纷纷呼吁这位年轻阿帕奇罪犯某种程度上是“无辜”的，这也是他们一直反对判处死刑的论据。这种做法并不出奇，但亨丽埃塔的父亲伊利亚斯在这件事上的反应却出乎众人意料。伊利亚斯是个固执认真的人，遇事总是追究到底，亨丽埃塔遇害前几年，伊利亚斯先是经历了丧妻之痛，后来又是破产风波，双重的打击让他日益孤僻消沉，时常表现出愤懑与不满的情绪。当时亨丽埃塔一案还在调查阶段的时候，FBI 就曾收到来自伊利亚斯的施压，他不满案件调查进程被拖延长达数月。FBI 对施梅勒一家的脾性也已经有所了解，这一家人都在急切盼望着凶手能接受法律制裁。所以，当伊利亚斯读到唐纳在报告中暗示，是亨丽埃塔在保留地的行为给自己引来了杀身之祸的言论后，他写了一封言辞激烈的信来驳斥这样的说法：

我与我所有的家人们，包括我的朋友们都十分确信此事与印第安部族脱不了干系，但唐纳先生一直以来都企图将所有人误导到另一个方向上，那就是刻意包庇印第安人，这样会造成越来越多优秀的、勤恳的田野工作者最后都落得与亨丽埃塔一样的下场。

因此，司法部门的官员认为，让伊利亚斯全程出席西摩尔·高尔尼的审讯有助于推动定罪的进程。特别行动署署长科尔文给纽约地区的负责人写信说道：

出于道德效应考虑，美国检察院坚定地认为死者的父亲伊利亚斯·施梅勒（住址应该是纽约第五大街 250 号）应当出席庭审。

科尔文表示政府无法支付施梅勒先生来亚利桑那州参加庭审的一切开支，但他认为“施梅勒先生一定会自费到场，给予公诉方道义上的支持。毕竟我听说施梅勒先生是一位财力雄厚的人”。

当 FBI 派人来到伊利亚斯在曼哈顿河畔大道（并非第五大街）的家中时，伊利亚斯不在家中，他的女婿欧文·梅勒告诉 FBI 伊利亚斯不可能负担得起前往亚利桑那参加庭审的费用，因为“他基本上处于破产状态了”，所以除非是法庭发来传票传唤证人（这种情况下费用就能由政府负责），否则施梅勒先生一己之力是无法负担这样巨大的成本的。

更重要的是，伊利亚斯本人早就表明过不愿出庭的立场：

他说他那聪慧懂事的女儿已逝，所以不论是一个印第安人为此抵命，还是五十个印第安人为此抵命，都不能让他的女儿起死回生。这种“以命抵命”的做法，比起野蛮人也好不到哪去。施梅勒先生不认为自己出现在庭审现场对案件的判决是不可或缺的因素，或者自己的在场能推动任意一方的妥协。

七十年后，当伊利亚斯的儿子，也是亨丽埃塔的弟弟——年近 90 岁的山姆·施梅勒读到这份报告的时候，他变得异乎寻常地激动。他的妻子（亦是我的继母）后来告诉我，当年 19 岁的山姆曾给自己的父亲写了一封信，请求父亲以慈爱之心给予罪人一些宽恕，但当时尚处于怒气中的伊利亚斯撕碎了那封信，他们还因为此事争执了一段时间。所以，七十年后，当山姆发现当年父亲其实是有改变主意并流露出宽恕的意向时，他难掩激动的泪水。

## 司法部门的庭审前期准备：预测辩护理由

检控方预测被告一定会全面攻击亨丽埃塔在印第安社区中的研究，死死咬住她的生活方式和性格品行不放，所以在高尔尼·西摩尔落网，斯特里特还未完全结束工作离开保留地的时候，科尔文与检察院负责此案起诉的检察官冈格尔就已经开始寻找证人来驳斥这样的指控了。

12月初的一份文件中，科尔文提到了关键性的“骑马问题”：

> 冈格尔先生被告知，被告方极有可能提出一个基于阿帕奇传统的辩护理由，即一个女子若与印第安年轻男子同骑在一匹马上，就等于是给予这个男子一种“默许”，意味着他可以对她做任何事情。冈格尔先生希望我们能找到一些印第安长者作为人证，准备好驳斥这类型的断言。

为了找到一些证人来辩驳这传说中的印第安“骑马禁忌”，斯特里特再次被派遣回到保留地采访和取证，一位部落首领巴哈说：“一个女子与印第安男子同骑一匹马可不是什么正常的事情，除非他们是夫妻关系或父女关系。寡妇也好，单身女子也好，是不能单独与男子外出的，如果被看见了，就会被视为不道德、不检点，会引起众人的指摘。”斯特里特另外采访的五位阿帕奇人和两位白人的回答也出奇地一致，只是各自有不同的理解版本，东福克路德教会的负责人埃德加断言：“一个单身女性与印第安男子同骑一匹马完全是一种**道德败坏**的行为。”

斯特里特收集到的所有证词似乎都在指向亨丽埃塔毫无顾忌地向印第安人的行为准则发起了挑战，但事实上，在亨丽埃塔在保留地居住的三周半里，从没有人向她提到要警惕相关的行为禁忌。唐纳却只想着如何将责任推到亨丽埃塔身上，他在报告中说：“她向来与印第安男子打得火热，对于和他们单独骑一匹马这种事情，她应该是毫不犹豫的，如果她按照指引来行事的话，与清醒的印第安男子待在一起是绝对安全的，但若是和那些整天醉醺醺的家伙混在一起，那就另当别论了。”

20 世纪 80 年代末，我们访问了一位名为尼尔森·卢佩的长者，1931 年的夏天，他作为部落首领曾经在印第安保留地待过一段时间，那时候的他还是个年轻人。他说，20 世纪 80 年代末，一个女孩被一个男孩环抱着同骑一匹马的场景是很具有亲密意味的。当我们追问这样做是否触犯了什么明确的禁忌时，他又说：“没有。”（虽说如此，但他还是表示这样做是极其不明智的行为。）我们还咨询了一位研究阿帕奇文化的历史学家，他也说没有相关的部落禁忌是明确禁止这样的行为，最坏的情况也只是会招来一些好事者的攻击或诘难罢了。

在司法部门看来，有两件事情至关重要。一是确保有一定数量的证人可以证明高尔尼·西摩尔在舞会当天的下午确实在亨丽埃塔家附近出现并停留（第一次接受盘问时他并没有承认这一点），二是确保罗伯特·盖特伍德可以作为最直接的证人，指证高尔尼·西摩尔最终是与亨丽埃塔一起前往舞会的事实，从而驳斥高尔尼企图否认此事的意图。对于即将来临的密集庭审和繁复的证据呈现过程，这两项事前工作极其重要，这关系到高尔尼·西摩尔的供罪是否会被轻易质疑或推翻——之后果不其然发生了转折，高尔尼·西摩尔戏剧性地修改了自己的证供。

司法部门不希望看到任何“意外惊喜”。科尔文还特地叮嘱冈格尔准备尸体被发现过程的相关证供、证人和报告：“虽然尸体被发现的时候一团糟，也已经开始腐烂了，但是我预感狡猾的被告方律师一定会在发现和指认尸体这件事上做文章，所以我们必须提前做好准备。”

亨丽埃塔的人格问题成了检方最头疼的问题。说她天真无知和缺乏准备还是小事，更让人忧虑的是那些说她善于玩弄关系、利用他人、傲慢自大又固执己见的指控，然而这些说法在“性不端”和“道德机会主义”这样的指控面前，又像是小巫见大巫——这一系列的品行指控早已被有意无意地广泛传开了。FBI 特别探员泰勒虽然并没有与此案有直接联系，但还是给胡佛写信指明 FBI 需要尽快将这些指控纳入案情的考量：

受害者抵达怀特里弗镇之后不久就迅速与当地印第安人热络亲密起来，还公然忽视当地的白人，疏离他们的社群，这是早就人尽皆知的了。她这种刻意接近和远离的做法很快就招来了流言蜚语，说她和印第安人之间的关系是败坏道德，有的甚至还说她在卖淫换取金钱。虽然目前确实没有明显的证据显示受害人有亲密的暗示或举动，但斯特里特先生坚信被告方将的辩驳会说受害人作为一位受过高等教育的学生，独自一人来到保留地，不仅在当地人的面前卖弄自己的优越，还与当地的阿帕奇印第安男子越来越亲密，不排除她的行为举止挑起了男子们关于性的原始冲动，最终为她招来杀身之祸。

科尔文建议可以传唤几位哥伦比亚大学的人类学家来担任亨丽埃塔的人格证人，过后又意识到这样的做法有失偏颇——司法部门负责此案的团队发现，关于亨丽埃塔品行的这一系列指控和污名早就在人类学系流传开了，大部分人类学家对此深信不疑。尽管博厄斯在描述亨丽埃塔在哥伦比亚大学两年的学习生涯时早就说过："她是个忠诚于学业的学生，在各方面都有很强的感受力，我对她的人格品行报以最大的敬意。"本尼迪克特也曾对FBI探员希弗斯说，"她在道德品行上是个模范生，她优异且勤奋，对学业相当投入。"

斯特里特曾前往保留地调查亨丽埃塔的品行和采集证供，在之后形成的相关报告中，大量证供都指向与男性同骑一匹马的单身女性会被看成是"妓女"，但还是出现了一些不同的声音：

在当被问询到关于亨丽埃塔的人格品行问题时，一些上层阶级的印第安人和长居保留地内的白人都不约而同地表示她是一位淑女，之所以她在印第安人群体中表现出的不慎重与轻率，是因为她被那些介绍印第安文化的书籍读物给误导了。在她随身携带的那一堆内页赫然印着“哥伦比亚大学资产”字样的印第安风俗文化故事书把印第安人描绘成高尚的人，他们本性善良真诚，却饱受白人的剥削与压迫。所以当保留地里的白人提醒她千万不要独自一人居住或单独与印第安人一道外出时，她不以为然，她认为她比这些白人们更了解印第安人的本质，白人们只采信官方对印第安人的那一套说辞。这一切都加深了她的认识，即认为印第安人长期遭受白人的不公正待遇，所以她有必要以个人行动去纠正这种做法，对印第安人报以友善。

斯特里特在写于 2 月 2 日的报告中总结道：

所以她应该是被各种书籍或信息给误导了。众所周知，印第安人普遍说谎成性，与其他种族和部落的民风一样奸诈危险，甚至有过之而无不及。

关于亨丽埃塔品行的谣言还在持续传播和发酵。按照这样的态势发展下去，越来越多的质疑和责任将被推向受害人一方，暗示亨丽埃塔本人要为这场悲剧的发生有负主要责任，这样不利于检察官对高尔尼·西摩尔提出强有力的控罪。检控方致力于把刑罚推进到“法律的最大量刑”（亚利桑那州通行的最高量刑是绞刑），但基于这样的现实，他们也只能降低目标，寄希望于终身监禁了。

检察官们需要担心的还有高尔尼·西摩尔的供罪问题——

他会不会突然跳出来说自己是被胁迫或逼供而承认控罪的。高尔尼·西摩尔认罪的那天，除了斯特里特探员和阿帕奇译员之外，还有其他五人在场见证，译员多塞拉分别用阿帕奇语和英语向高尔尼·西摩尔宣读了他的口供，尽管这五位见证者反复重申高尔尼·西摩尔是完全自愿地签下供罪状，但庭审时关于审讯手段和供罪陈述是否真实的问题还是被提出了。

鉴于案发时并没有目击证人，因此所有对案发过程和作案手段的描述，都只能采信高尔尼·西摩尔的一面之词，除此之外，也只有罗伯特·盖特伍德的证词能给出一些佐证，因为证供显示高尔尼将亨丽埃塔杀害之后曾来到盖特伍德家，威胁他不要外传。庭审的日期越来越迫近了，若是证供在这个节骨眼上出现了问题，将对检察部门的起诉工作带来无尽的潜在风险。

## 被告方的新计划

高尔尼·西摩尔被捕之后不久，西摩尔家族就从格罗布市聘请了一位名叫约翰·多尔蒂的律师，据说这位律师从来没有代理过凶杀案件，根据唐纳的说法，多尔蒂“清楚知道自己代理这个案子并不会收到任何报酬”，“虽然庭审初期法院将会为高尔尼·西摩尔指派一位律师，但考虑到在正式庭审程序之前还有大量的调查取证程序，还要与多位关系证人进行取证工作，还有成堆的庭审前期工作需要完成，所以还是事先请一位律师更为实际一些”。

法庭裁决之后，唐纳立即费心向印第安事务局高层提出要给多尔蒂申请一笔报酬，理由是基于他在这起案子中提供了“有力的辩护”，尤其是在“检察官极力推动对被告实施绞刑”的不利情形下仍然力挽狂澜。印第安事务局专员罗兹拒绝了这个请求，并以愧疚的口吻给多尔蒂写了一封信：“我想在此向您表达我的感谢，感谢您在即使没有收取费用或补助的情况下，仍然认真尽责地致力于此案的辩护工作，这是无比慷慨的举动，您展示了人性之良善。”

盖特伍德一直被视为核心证人。高尔尼 · 西摩尔从接受审讯到最终供罪的过程中，盖特伍德扮演了关键角色。盖特伍德先前提供的证供为高尔尼的审讯提供了基础信息，他也是唯一目击高尔尼与亨丽埃塔同骑一匹马前往舞会现场的证人。亨丽埃塔遇害当天，盖特伍德是与高尔尼待在一起时间最长的人。在高尔尼的供罪中提到还有另一个人或许也看见了他与亨丽埃塔骑在一匹马上，那人的名字是西蒙 · 威克利夫，但他尚未被叫去接受问询。

盖特伍德向 FBI 告发了自己妻子的哥哥一事传扬出去之后，他在保留地的名声算是正式葬送了，他已无法继续在那片土地上正常生活。唐纳代表印第安事务局控诉 FBI 和斯特里特，称他们泄露了机密证人的身份信息。作为关键证人，盖特伍德对案件侦破起到关键性作用，FBI 当局曾承诺将对他指正高尔尼一事严格保密，尤其是对媒体保密，但显然事情并不像当初设想的那样，唐纳对此勃然大怒。

之前，FBI 与印第安事务局之间还能维持表面而虚假友好关系，但随着案件进入庭审阶段，这种友好假象很快就破裂了。冈格尔曾要求唐纳放弃扣押盖特伍德，以便将他带到图森市，唐纳对此的回复是：

出于安全保护方面的考量，我不认为现阶段应该将罗伯特·盖特伍德带到图森或其他地方，**除非您放打算背弃保护证人的诺言**。罗伯特·盖特伍德是在得知你们会保护他的安全的情况下说出实情的，这样一来，这里的印第安人才不会因高尔尼被捕而报复盖特伍德。然而，关于案情的报告早已流传出去，广播也通报了罗伯特·盖特伍德将作为此案的证人，很明显是当时在场的人泄露出去的，我认为基于上述情况，在现在这个非常时期，罗伯特·盖特伍德不适合被卷入到案情中，斯特里特先生应该与我持同样的意见。

唐纳继续辩称罗伯特·盖特伍德有权自己决定是否在怀特山阿帕奇保留地继续生活下去，虽然高尔尼被定罪、盖特伍德作为人证的消息已经传出，但目前没有听闻他的生命受到威胁的可能性，但“盖特伍德认为只要他在东福克，他的安全就会受到威胁，只要斯特里特先生认可这个方案和手段，我非常愿意将他送到远离保留地的地方避避风头”。

冈格尔最终妥协了，只能暂时同意唐纳的提议，但附带提出了许多强制性的限制：

今天早上我与盖特伍德见了一面。这个案子进入庭审阶段之后，盖特伍德是最能提供实质性证据的重要证人，所以我不赞成将他遣送回保留地。因为一旦他回去，他的当地朋友们极有可能找到办法接近他，说服他不要出庭作证。既然你提到，你已经与斯特里特探员达成共识并向盖特伍德承诺不会将他带离保留地，那我可以允许他回到那里，但是你必须将他妥善安置，由你直接掌控和负责他的行动。若没有经过我的书面允许，在任何情况下都不允许任何人接近盖特伍德，包括新闻记者。我建议盖特伍德回到保留地之后，每天晚上要限制他的行动，并派专人看守，防止任何人意图与他交谈，或将什么东西从窗户丢进去给他。

在盖特伍德的拘留问题上，双方的矛盾最终还是被激化了。几周后，科尔文愤懑不已地向 FBI 局长胡佛抱怨此事，在信中，他义正辞严地请胡佛发动关系革除唐纳的职务：

检察官告知我，唐纳先生极力将关键证人罗伯特·盖特伍德控制在自己的管辖领地内，主张将他从关押的监狱中释放出来，让他回到保留地，这样做一定会导致盖特伍德被印第安人恐吓或受到不良影响，他便不敢在庭审时给出真实可信的证词。

此事最后的走向是，盖特伍德一直被关押到庭审结束之后才被释放，之后他没有回到保留地，而是选择了别处居住。

直到 3 月 8 日，也就是计划开庭的八天前，正在竭尽心力、热火朝天地为客户准备合法辩护材料的律师多尔蒂向亚利桑那州的地方法院提交了一份请愿书，抱怨“检察机关一而再、再而三地拒绝本人会见关键证人（盖特伍德）”。

# 12 | 大陪审团决定起诉高尔尼

为了推进对高尔尼·西摩尔的起诉过程，法庭迅速召集了陪审员组成大陪审团。冈格尔吩咐唐纳将证人罗伯特·盖特伍德、斯特里特探员、负责尸检的赫普医生、速记员柯布以及译员多塞拉全都安排前往图森，作为证人出庭作证。大陪审团的集结比预计多花了一天的时间。高尔尼·西摩尔的辩护律师多尔蒂似乎意识到检方起诉高尔尼已成不可避免的事实，所以他表示对召集大陪审团并无异议。大陪审团成员的职责是听取相关的证供和审阅案件材料，并基于此做出高尔尼·西摩尔是否面临指控的裁决，这些资料包括高尔尼在多人见证下亲自签署的供罪状与确认书，还有一堆关于凶案现场和亨丽埃塔所居住的小屋内外的照片与陈述。盖特伍德作为关键证人被传去作证，他的证词为检方提出控罪缘由提供了基本的佐证。

据 11 月 20 日的《图森市民日报》的报道，高尔尼·西摩尔在大陪审团面前全程表现得“泰然自若”。(美联社的报道中也出现类似的描述，说他“冷静而麻木地坐着”，其他的媒体报道对高尔尼庭审状态的描述基本一致。)

今日出现在大陪审团面前的高尔尼·西摩尔的形象，就是一位来自怀特山地区富饶的谷地的牛仔。他身形健硕神气，穿着精心挑选过的高筒靴，头戴阔边帽，穿着深色的裤子和毛衣。

他那整齐又乌黑浓密的头发很明显是拘留期间被修剪过的……他在多尔蒂律师的身边坐下，将帽子摆放在面前桌子上一个不碍事的位置，之后便低下头，他那珠子般的眼睛便一直盯着桌面，再也没有扫视过其他地方。

看起来胸有成竹的辩护律师多尔蒂先生不久之前刚从怀特里弗镇回来，为了准备为被告辩护，他特地亲自去找当地印第安人进行深入交谈，但被告高尔尼——这位体格健硕的年轻人，从始至终都低着头，只有偶尔一两次听到律师的辩护观点时轻轻点了点头。

11月23日，周一，大陪审团对于是否起诉高尔尼·西摩尔有了最终的裁决，呈交给法庭的文书中这样写道："高尔尼·西摩尔，又名麦克斯·西摩尔，1931年7月18日在亚利桑那州的印第安保留地内对亨丽埃塔·施梅勒犯下谋杀罪行。"

原本定在1月5日的开庭日期被多次更改，直到3月14日才最终确定下来，这期间高尔尼一直被关押在亚利桑那州皮马县的监狱里，自从11月5日被押送到图森后他就一直被关押在这里。罗伯特·盖特伍德也被拘留于图森，但他是以"关键证人"的身份被限制在另一种性质的监狱中。

大陪审团裁定将起诉高尔尼·西摩尔之后，辩护律师多尔蒂开始为庭审辩护做准备。各路媒体蜂拥而至，涌入保留地。检察方决定加快推进此案进度，1月13日，冈格尔给唐纳发去电报：

我已获知被告律师和媒体公众目前因为西摩尔一案去了保

留地。若他们接近证人，请确保证人们的身份不会被暴露，检察官们应确保这些证人们不会私下谈论或泄露案情。

这就说明了当时出庭作证的那些人，事实上事前仍然不知道自己即将作为证人被传唤，所以这样的保密工作看来并不容易进行。

## 高尔尼其人

案情最初的构建只是基于高尔尼·西摩尔的单方面证供，冈格尔认为需要为检控方的论述寻求一些证据支持，即检控方可以攻击高尔尼的为人品行。他听说被告律师正在游说一群证人为高尔尼·西摩尔的人格做担保，证明他是一个勤勉努力、诚实守信、不谙世故的人——经典的印第安年轻男子形象，天真无邪，前途无限。

要找到证人证明高尔尼·西摩尔在案发之前酗酒一事非常容易，但冈格尔很清楚，在酒醉状态下犯案极有可能被当成为被告减轻罪行的理由。实际上，冈格尔仍然寄希望于找到西蒙·威克利夫——另一位曾目击到高尔尼·西摩尔与亨丽埃塔同骑一匹马的人，高尔尼在证词中说他威胁过威克利夫，如果真的能找到他，他的证词将对检察官一方十分有利。

冈格尔听闻高尔尼·西摩尔还是个学生时就没有什么好名声，如果能找到相关的人证，或许能成为攻击高尔尼品行的有力武器。斯特里特在冈格尔的指示下开始打听一位名叫卡尔·布里顿的女士（当时她在阿帕奇堡的路德教会学校教书），希望她能证实传言中所说的事情——少年时代的高尔尼曾经“闯入她家的鸡圈，用刀斩断好几只鸡的头和爪子”。之后，洛杉矶 FBI 找到了布里顿女士的家庭住址，他们一家目前居住在加利福尼亚州。当探员找到他们时，布里顿女士表示已经完全不记得高尔尼·西摩尔这个学生，但她的丈夫却证实了确有此事，当时的高尔尼·西摩尔潜入他们家的鸡圈杀掉了十二只或十五只鸡，仅仅是为了体验屠杀的快感。

**资金危机**

律师多尔蒂在准备辩护过程中深感财力不足，但检察官一方的情况也并没有比多尔蒂宽裕多少。冈格尔和他的助手曾经因为资金问题亲自找到联邦财政机构，那时经济大萧条刚刚席卷这个国家，官员们纷纷表示财政紧缩，每一分钱都必须花在刀刃上，即便是为了亨丽埃塔这个轰动全国的案件而来，冈格尔最后也没有得到所需要的资金支持。

不久之后，冈格尔向相关的部门提出申请 3.5 美金用于雇用一位法庭书记员的费用，以便记录下几位证人在法庭上的证供，这项申请也三番五次地被否决了（通常检察官一方的助理律师有责任确保将庭审的开支降到最低，所以他们不能接受自己的速记员记录的速度赶不上律师问询和翻译的速度，他们的说法是：“庭审过程中的问询和答复……必须最高效率地记录下来”）。庭审结束后没过多久，司法部门本应该支付因为大陪审团延期一天召集而需要给两位执达吏每人 5 美元的报酬，但此项要求也被驳回了。类似的关于金钱和酬劳的争辩频繁出现在检控方主管与其部门员工的通信之中，例如关于那位帮助拍摄案发现场及周边环境照片的摄影师，还有花了数十天测量案发地地形情况的测量员的酬劳是否要支付的问题。

经济萧条和财政紧缩的影响不只是作用在当年的案情审理过程，更影响到今时今日我们的研究工作。六十多年后，当我们试图重构当年庭审的全貌时，由于检控方最后还是没能说服拨款机构雇请人手将庭审全程以文字的形式抄录下来，所以这一尝试举步维艰。（因为首次判决后被告方并没有提起上诉，所以相关人员被告知没有必要留存完整的庭审记录。）1933 年，在法庭就高尔尼·西摩尔的假释问题进行裁决期间，司法部和内务部还在比穷，争论到底应该由谁来做完整的庭审记录——即使庭审早已结束，一切都无法挽回了。这场错综复杂、戏剧性层出不穷的审判最后只能靠拼凑各种零碎的资料、再添加一些或真或假的传言才能窥见一斑了。我们只能参考当年亚利桑那州格罗布市的当地日报的头版头条和《亚利桑那共和报》的报道，甚至不得不把《纽约城市报》上面那些概要式的转载报道和电报内容也拿来参考。

## 寻找一位人类学家出庭作证

检控方希望弗朗兹·博厄斯或露丝·本尼迪克特能作为证人出庭接受问讯，告诉法庭在亨丽埃塔出发前往保留地之前，这几位教授究竟帮助她做过哪些前期准备，以及他们究竟给了亨丽埃塔什么样的田野工作的相关指导。博厄斯因心脏病发而长居欧洲住院休养，虽然亨丽埃塔一案发生后他从未间断与其他几位人类学家的联系，全程参与商讨应对策略，但他早就表示无法作为证人参加庭审。本尼迪克特当时与亨丽埃塔会面商量田野工作事宜时，玛格丽特·米德作为本尼迪克特的陪同也参加了这次会面，但受到法庭传唤的也只有本尼迪克特一人。

本尼迪克特曾明确表示过不想出庭。出庭就意味着她要作为亨丽埃塔的品德证人，去公然反对当时那些流传已久的谣言，为高尔尼的定罪助一臂之力，矛盾之处在于她是如此重视印第安部落的研究事业。这就是本尼迪克特所推崇的“人类学研究方法”的脆弱之处——人性的弱点在这样的利益纠结中显露无遗。这样的矛盾更加将这场庭审带入不确定之中。

于是，哥伦比亚大学人类学系急于寻找一位可以替代本尼迪克特出庭的人选，最后找到了露丝·安德希尔（Ruth Underhill）——巴纳德学院的一位助理教授，她的密友是曾经担任过亨丽埃塔指导教师的格拉迪斯·雷夏德。亨丽埃塔遇害的同一时期，她正在亚利桑那州赛尔斯地区做关于帕帕戈印第安部落的田野调查。她自告奋勇出庭为亨丽埃塔担任人格证人，本尼迪克特曾说，安德希尔上庭作证的意愿非常强烈。

在庭审之日的前两天，本尼迪克特给玛格丽特·米德写了一封信，日后这封信被无意间流传出来，其中的内容证明了本尼迪克特有意推卸出庭作证的责任，将包袱丢给安德希尔。

亲爱的，我哪儿都没有去！你之前是否已经从种种迹象中预感到我不需要去出庭作证了？事实是我真的可以不去了。你猜他们找了谁代替我出庭？——露丝·安德希尔。检控方需要找个人证明亨丽埃塔·施梅勒是由哥伦比亚大学派过去做田野调查的学生，还能回答一些关于人类学系规章制度方面的问题，法兰肯塔尔曾经指派安德希尔的助理秘书到我们系来了解情况，为庭审做准备。我认为安德希尔是去做这件事的最佳人选，她整个暑期都在田野的寂寞和孤独中度过，应该需要一些热闹，谁能想到这一点呢？

法兰肯塔尔委托了一家律师事务所全权负责出庭作证的事情，眼下弗朗兹老爹生病，克虏伯又没有被牵扯到这件事中，所以我就被推到这关键位置上了，虽然这些理由在我看来都是托辞，但却非常奏效。我猜想，安德希尔此刻一定认为我一直都是这件事的责任人。格拉迪斯先前告诉我，安德希尔非常积极地自愿去做证人，看来她还没意识到自己在其中的角色就是一个替代功能的傀儡，格拉迪斯自己也一样，她在媒体有一些门路，所以她也会作为哥伦比亚大学的代表面对媒体和公众，看起来她还是乐于做此事的。所以这样看来，我很好地保护了自己！我对露丝·布莱恩说，若我直接叫格拉迪斯和安德希尔替我出庭作证，对她们来说很容易变成一种冒犯，所以最后是露丝·布莱恩说服弗朗兹老爹，再由他去说服安德希尔，和律师一起打电话给我，让我考虑让安德希尔代替我去作证，我就顺势应允了。

她此刻已经离开纽约了，伯莎·科恩也一起去了。昨天晚上我举行了一个小型派对庆祝这件事。系里几乎所有的人都到场，大家一起喝君度甜酒，这瓶酒是伯莎跟我打赌输了的战利品，其他的酒水饮料都是我挑选的，我们一起度过了一个欢愉的派对夜晚。①

我们可以将本尼迪克特在 3 月 16 日给一位新墨西哥州的人类学家杰西·纳斯巴姆（Jesse Nusbaum）所写的信中，找到她对于安德希尔代表哥伦比亚大学出庭作证一事所做的公众解释：

我前天还想着如果能去亚利桑那州出庭施梅勒一案，或许能去找你见上一面。我之前收到了法庭的传唤，但检控方想知

---

① 本尼迪克特的这封信写于 1932 年 3 月 12 日，我们在国会图书馆里找到一摞关于玛格丽特·米德的封存档案，这封信就夹在其中。经过米德的女儿凯瑟琳·贝特森的应允，伊芙琳阅读了这封信。我们很好奇凯瑟琳·贝特森是否读过这封信。拿到这封信的一年半前，正值我们回顾亨丽埃塔的案情的阶段，我们为她的遭遇感到愤懑不平，这一批人类学家们如此轻易地就将责任归结到亨丽埃塔的身上。他们臣服于某种倾向——将亨丽埃塔设想为一个品行不端的人，以便尽可能地自我保全、为他们的过失和行为开脱。我们当然也明白，人不可能完全不带偏见，我们深知一些人视为私欲、可以随意揣度的事情，在另一些人眼里则需要经过反复与审慎的思考；有人认为无关紧要的事情，他人则奉为圭臬。尽管如此，看到一个计划如此清晰且赤裸裸地摆在眼前，还是说明了一些东西。至少在某种程度上，这些伟大的人类学家充分体现了人性的弱点。

道的不是施梅勒小姐具体获得了哪些田野工作的指导，而是来自哥伦比亚大学官方说法的田野调查流程和传统，所以由其他人代替我去也是可以的。最近对我来说是非常时期，博厄斯教授身体抱恙，现实情况不允许我离开，尤其是这场庭审何时能结束仍然不确定，我不可能不考虑到我有可能无限期地被困在庭审进程里。我的想法得到地方检察官的配合，他们安排了巴纳德学院的助理教授露丝·安德希尔代替我出庭。

事实上，后来露丝·安德希尔上庭作证的时间还不到二十分钟，法庭准许她离席之后，她就离开了格罗布市。哥伦比亚大学一方在这起案件的庭审中所起的作用也只限于这短暂的二十分钟了。

## 起草证人名单

检控方开始起草证人名单。双方对证人的选择各有侧重，有一部分证人需要帮助还原亨丽埃塔在保留地为期三周半的生活经历，为她来到保留地的目的和正当性做出证明，这是例行的证供。另外的证人将作为亨丽埃塔的品德证人出庭，以防被告律师抓住亨丽埃塔的品德作为辩护理由。司机詹姆斯·麦克尼尔将证明亨丽埃塔是乘坐他所驾驶的公共汽车来到保留地的，他对亨丽埃塔的评价是“一个良善的人”；露丝·安德希尔将代表哥伦比亚大学人类学系申明人类学田野工作的性质和重要性，证明亨丽埃塔此行是为了严肃的学术研究工作，但她私下表示，自己无法为亨丽埃塔的品行作证（她与亨丽埃塔并不直接相识，却从她的好朋友格拉迪斯那里听了不少关于亨丽埃塔污名化的谣言）；弗格森与赫普两位医生、丹·库利、赫苏斯·维莱克斯负责讲述亨丽埃塔尸体被发现的过程和周围的环境、尸体受到虐待的迹象，帮助证明亨丽埃塔死前曾遭受过性侵与残忍虐待。塞拉斯·凯拉斯、保罗·约翰逊、杰克·佩里分别提供自己看到的案发当天高尔尼·西摩尔的行踪信息。最后，高尔尼与盖特伍德接受审讯时在场的三位见证者——唐纳的秘书格特鲁德·柯布、译员汤姆·多塞拉、威廉·莫平将向法庭证明所有供罪、审讯记录的真实性，嫌疑人是在完全自愿而非受到逼供或胁迫的状态下供认犯罪行为的。

检控方的证人里有几位也在被告方的证人名录中，作为高尔尼与亨丽埃塔的品行证人，杰克·凯斯是被告方证人当中最关键的一位，尽管他与亨丽埃塔的关系非常近，也曾参加搜救亨丽埃塔的行动，但还是被列入被告方证人列表中。

唐纳自然要作为政府一方的证人出庭，亨丽埃塔在保留地的生活和行动都是他时刻密切关注的事情。同时检控方需要找一位印第安保留地的官方代表出庭，唐纳自然是不二人选。开庭那一天，唐纳的证词里满是对亨丽埃塔突然出现、打乱保留地平静生活的愤恨不满，他极力推进高尔尼·西摩尔免于绞刑。这也不难解释为什么唐纳同样也被列为被告方证人之列，如果被告方真的要在“品行问题”上大做文章的话，唐纳的观点一定能派上用场。

其实，那些没有被当作证人传唤出庭的人更值得注意。在控辩双方最初起草的证人名单里，西蒙·威克利夫并不在其中。根据高尔尼·西摩尔的口供，西蒙·威克利夫有很大几率曾目击到他和亨丽埃塔同骑一匹马，为此高尔尼曾扬言要将他灭口，如此关键的证人却没有出现在双方的证人名单中，这实在是一件值得揣度的事。

最令人费解的是，另一位关键人物约翰·多恩也未被列为证人。FBI 的档案里写着他见到舞会当天高尔尼·西摩尔出现在亨丽埃塔家门口，当时两人还在交谈；高尔尼杀害亨丽埃塔的当天晚上还与多恩一起饮酒，所以约翰·多恩是证明高尔尼在舞会当天行踪的有力证人。根据罗伯特·盖特伍德的供述，约翰·多恩曾向他透露自己闯入亨丽埃塔的小屋，偷走了一个装满笔记和衣物的行李箱。还有一位名叫朵拉的印第安女子提供消息称，多恩曾告诉她自己曾经目睹舞会当天晚上亨丽埃塔与高尔尼在树林中争执打斗，亨丽埃塔挣扎着试图逃离高尔尼。在这之后，不知出于什么原因，多恩马上就搬到了佛莱斯代尔。这样看来，多恩很有可能是所有证人中唯一目击了案发过程的。在一份 2 月 3 日由斯特里特纂写的报告中，有这样一段附注：

> 这个叫多恩的印第安人接受问询的时候，几乎是半醒半醉的状态，紧张的同时又显得异常激动，如果要将他作为证人，务必需要再次进行深度的问询。我们相信他没有道出他所知道的全部。

事实上，没有任何材料显示多恩之后是否再次被 FBI 问询，他也没有作为证人被传唤出庭，他的名字只在庭审中他人的证词中出现过一次，之后便再也没有出现过。

毫无疑问，检控方的关键证人是斯特里特探员和盖特伍德。盖特伍德的证词与高尔尼的供罪之间互相对应，他是唯一能使高尔尼定罪的人。考虑到在庭审过程中高尔尼很有可能会否认自己的供罪，所以只要盖特伍德的证供足够无坚不摧，被告一方想要更改罪行、扭转乾坤便是一件很难的事情。作为侦查人员的斯特里特是最早接触高尔尼与盖特伍德证词的人，所以他必须要确保这两份关键证词是在完全自愿的情形下说出的，不然他将惹上很大麻烦。

## 被告方的准备

庭审开始之前，多尔蒂就已经在精心策划引导公众舆论。1932 年 3 月 12 日，美联社的一篇报道使用了如下标题——“阿帕奇证人爆出谋杀真相”，副标题为“白人女学生求嫁印第安男子，遭拒后在打斗过程中丧命。此证人与被告方关系密切。”[①] 盖特伍德成为检控方的核心证人之后，一直被安排在亚利桑那州皮马县的监狱，期间多尔蒂多次提交申请与盖特伍德会面，都

① 我们在《华盛顿先驱报》找到一篇令人费解的文章，文章标注的日期是 1932 年 2 月 15 日，大意是说高尔尼推翻了之前承认有罪的证供，称亨丽埃塔的死亡是个“意外”。这个说法与一个月后高尔尼在庭审首次提出并公开传播的犯罪过程故事线不谋而合——故事开始于高尔尼与亨丽埃塔两相情愿、柔情蜜意地做爱，后来两人发生了争吵，很快演化为肢体冲突，于是结局变成了“阿帕奇嫌疑人说，打斗过程中，他试图躲避她手中的刀子，却意外地误伤了她”。（转下页）

遭到拒绝，在多尔蒂连日的愤怒抗议和严正要求下，法官阿尔伯特·萨默斯最终批准了这项会面请求，多尔蒂为此做足了准备，以便不放弃任何获取信息和操控媒体的机会。

1932 年 3 月 12 日的《亚利桑那每日星报》发表文章称“八个月的沉默今日被打破，盖特伍德首次发声”，并说盖特伍德告诉多尔蒂“西摩尔拒绝了他歇斯底里的娶她的要求之后错手杀了她”[①]，这篇报道进一步写道：

> 那天夜里，有当地人目击到高尔尼·西摩尔独自一人出现，交谈后西摩尔告诉他，那个白人女孩要求西摩尔娶她为妻，两人之后陷入打斗。据盖特伍德称，西摩尔已有家室，所以他拒绝了白人女孩的请求，恼羞成怒的她掏出刀子刺向西摩尔。
>
> 盖特伍德还补充，第二天一早西摩尔对他说：“我昨晚做了坏事。”

---

（接上页）（高尔尼在法庭上说他不清楚是什么导致了亨丽埃塔受伤和死亡，而且他离开的时候，并不知道亨丽埃塔受了重伤，生命垂危。）这难道是多尔蒂提前泄露给媒体的说法吗？或者是印第安事务局等保留地政府相互通气后的抗辩理由？另外，将三月写成二月难道仅仅是一个印制错误吗？恐怕不是，因为关于犯案过程最早的法庭证词出现在 3 月 17 日，我们却在相关文件上发现一枚由司法部门所盖的日期印章，印章上的日期却是 2 月 16 日。

① 此处的人称代词令人不解。有可能这只是一个细微的排印错误，也有可能是庭审过程中从由阿帕奇语转译为英语过程中造成的错误。另外，以这篇报道所呈现的语言风格来看，仿佛是有记者亲自采访了盖特伍德之后写作的，这样的呈现方式为查证增加了不少难度。

这篇报道还提到：

根据之前与盖特伍德的会面，律师多尔蒂对犯罪过程做出的总结如下：施梅勒小姐误解了印第安人情感表达的方式，所以她以轻浮的方式进行互动，这样就反而让高尔尼·西摩尔会错意，这样一来一往的误会反复叠加，最后避免不了引发肢体上的冲突，最终导致了那女孩的死亡。

根据《亚利桑那每日星报》的这篇报道，多尔蒂认为高尔尼的行为是基于上述情况下的合理自卫，所以盖特伍德的证词“**即使在法庭上再重复一遍**”，也不会改变他的辩护策略。

之后的庭审中，盖特伍德声称当初在接受审讯的时候，他对斯特里特问的几个问题理解错误，但他坚持称是因为高尔尼拒绝了亨丽埃塔的求婚，才导致亨丽埃塔出现暴怒反应。

真正进入庭审阶段之后，关于犯罪动机和过程的叙述被高尔尼和他的律师重新解释和叙述，产出了好几个不同版本的情节，上述的版本不过是其中之一而已，后来高尔尼在狱中反复申请假释的期间，还有各种关于犯案过程的不同说法传出。我们找到一封律师为高尔尼手写的假释申请书，里面的陈述更歪曲事实：“高尔尼·西摩尔因为犯了罪行而被起诉和定罪，但我认为对他刑罚过重了。当时他喝醉了，所以他对自己在做什么并不清楚，更别说能清楚地知道自己的行为属于犯罪了。就算犯罪的人真的是他，这也不是一场预谋犯罪，而更偏向激情犯罪——在酒精的催化作用下，激情混杂着恐惧，这样的罪行不应该被判一级谋杀罪，最重刑罚应该是二级谋杀，判处监禁的年限不应高于二十年或二十五年，当然，如果高尔尼·西摩尔是无罪的，那他压根就不应该被监禁。”（我们读这封假释申请书的感觉就好像在看关于O. J. 辛普森的电视特别节目中的自述——“假如真是我干的，事情应该是这样才对”[If I Did It, Here's How It Happened]。这句话充满来自嫌疑人的质疑、不满和无辜，之后被修改为其自传的书名:《如果真是我干的——来自杀手本人的自白》[1]。）

在庭审持续的那十五天里，高尔尼本人并没有提出什么更新版本的叙述，反倒是他的律师多尔蒂忙着收集和整理各种细节，好在大陪审团和媒体的面前有发挥的余地。

---

① O. J. Simpson, *If I Did It: Confessions of the Killer*, New York: Beaufort Book, 2007.

# 第四部分

# 庭审来临

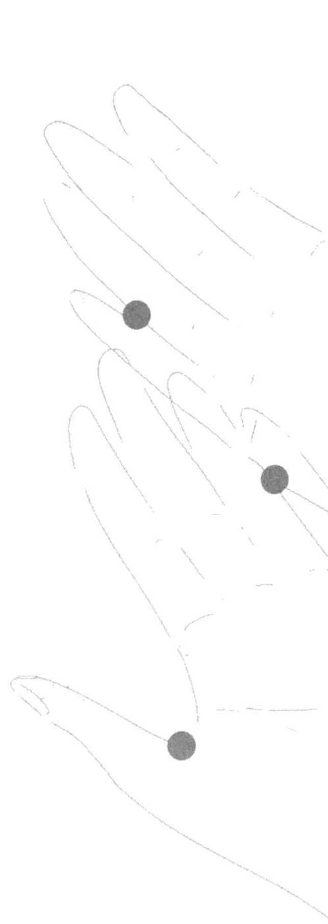

# 13 | 庭审七日

亚利桑那州的格罗布市在1875年之前还是个采矿营地，之后才被合并为市，1932年之前这里还是一个尘土飞扬的边陲小镇，常住人口从未超过7200人。“市中心”所在的地方是两栋醒目的建筑，两栋都是法庭大楼，其中矗立在北广街那栋巨型石灰岩建筑就是希拉县法院大楼，最初落成于1905年，建造它的石头就采自辖区内的圣卡洛斯阿帕奇印第安人保留地。法院大楼的后面是一幢三层楼的监狱——“许多生命在这里的绞刑架上终结”，有一座桥将监狱和法院大楼连接起来，这座桥有一个不太讲究的名字——“恐惧之路”。1889年，这里曾经关押过传奇人物——变节者“阿帕奇之子”（the Apache Kid），在被押解到这里的路途中，他杀掉了负责押送他的警员。

两个街区之外的希尔街和西卡莫街上那两栋建筑就是联邦邮局与另一座法院楼，比起希拉县法院稍小一些，但在壮观的程度上毫不逊色。1932年3月14日，这里成为了全美国上下关注的焦点。由于非印第安人在印第安保留地内发生的刑事案件属于联邦管辖的范围，所以高尔尼·西摩尔的庭审被安排在联邦法院进行。当天一大早，法院大楼外早已人山人海，很多来自怀特山的阿帕奇人直接在此安营扎寨，他们并不是为了旁听庭审，而是要到场支持自己的同胞，展示族群的团结。

负责此案庭审的法官阿尔伯特·萨默斯是伊利诺伊州人，被胡佛指派到亚利桑那州地方法院审理此案，在此之前他曾长期担任亚利桑那州高等法院法官。

## 庭审第一天：确定陪审团成员

开庭第一天的程序是被告方向候选陪审员提问，提问内容充分显示出他们的辩护策略，那就是即使高尔尼·西摩尔之前已经签署过供罪，也要主张他的行为是一种自我防卫而非预谋犯罪，让法庭和陪审员相信高尔尼犯案时处于醉酒状态，争取比死刑更轻的刑罚。

多尔蒂为陪审员候选人准备了两个问题：如果有证据显示被告人违背了其部落的传统，即不能与未婚女子同骑一匹马，你会对被告人形成偏见吗？你是否会要求作为一个印第安人的被告，以正直的人格面对诱惑、保持审慎和自控？如果他是一个白人，你又是否会对他有不同的要求？

冈格尔向法官提出反对这两个问题，法官裁决反对有效，法庭要求将这两个问题与检控方提出的反对都记录在案。有一位因为向检控方表达了他反对死刑的个人立场，或许是意识到这样的立场有可能会左右他在庭审过程中的倾向，他被判定为不符合陪审员资格。在高尔尼·西摩尔的庭审档案中有一份关于 26 位候选陪审员的记录，其中四位也是因为死刑立场问题而被判定不符合资格，还有一位被解除资格的原因是“固执偏见”，另外有几位候选人的除名理由是：“已经对案情持有一定的

**亚利桑那州格罗布市，联邦邮局和法庭所在地（摄于 1928 年）。这幢建筑曾被用作亚利桑那州的地方法院，现在是一个邮局。（照片来源于国家档案馆）**

倾向并且表达了此种倾向。”

由于法庭希望在当天完成陪审员的选任，以便在次日开庭时就进入下一步庭审程序，挑选陪审员的过程一直进行到夜晚，对于长久以来总是死气沉沉的法庭来说，这绝对是破天荒的现象。

最终被挑选出来的十二位陪审员无一例外全是男性。从初始的六十八人的候选陪审员名单中，即使有几位的名字只显示了姓名的首字母，也可以看出其中并没有设立女性陪审员的席位。《图森日报》在 3 月 12 日的报道中说：“当多尔蒂拿到那份陪审员召集名单时，里面早已藏着十二个迟早会被选中的**白人**，他们将会最终裁决西摩尔有罪。”这篇报道还说道，农民和农场主们被刻意排除在候选人之外。

所有的陪审员候选人的姓名、住址和职业都被刊登在《亚利桑那记录报》和《图森日报》上，除了被选为最终陪审员的十二人之外，其余的人未当选的理由也被记录下来。（**出于对案情保密和信息安全的考虑，法庭会赋予陪审员和候选陪审员比公众更大的案情知情权**。）最后当选的那十二人里，先不谈性别与种族的问题，光是他们的职业分布就让人印象深刻：

塞缪尔·C. 富特，理发师
亨利·H. 胡德，杂货店收银员
J. 迈伦·奥尔雷德，售货员
安德鲁·H. 克兰，木匠
弗农·格雷德，油罐车司机
保罗·迈克尔森，承包人
乔治·米尔斯，矿工
G. D. 巴克利，饲料和燃料经销商
本杰明·T. 沃利，洗衣工
詹姆斯·F. 阿里洛，分析师
查尔斯·卡雷尔，公路部门职员
弗雷德·惠特福德，矿工

## 庭审第二日：关于亨丽埃塔的尸体

使人摸不着头脑的是，庭审开端部分的大半时间都被用在证实横尸山谷的那具尸体确实是亨丽埃塔本人。3 月 14 日，陪审团成员终于集结完毕，第二天一开庭，一连串的检控方证人就被依次传唤到证人席上，被事无巨细地询问亨丽埃塔尸体被发现和指认尸体的过程，还有尸体现场的情况。当涉及到对高尔尼·西摩尔不利的内容时，多尔蒂频频以“与案情无关”为理由打断检察官的问询，坚持认为那并非亨丽埃塔本人的尸体。

哥伦比亚大学的露丝·安德希尔是检控方传唤的第一位证人，她的作证时间还不足二十分钟就被准许离席了。她向法庭说明，1931 年暑期由哥伦比亚大学派出前往西南部保留地进行研究工作的女性共有三位，亨丽埃塔是其中之一，她被指派去研究的课题是“阿帕奇部落的女性”，并根据获得的田野资料来纂写一篇报告。安德希尔还说校方给了亨丽埃塔一笔经费用于基本开支和“给印第安信息提供者支付一点报酬”。在安德希尔本来就不长的作证时间里，控辩双方的律师一直在拉锯：冈格尔试图引导安德希尔说出所有被派往保留地的学生都是带着相似的任务去的，包括亨丽埃塔，而多尔蒂则频频以“与案情无关”为理由反对检控方提问证人的问题，法官萨默斯判定反对有效，还没过多久，安德希尔就被允许离席退场了。

詹姆斯·麦克尼尔是一位邮车司机，亨丽埃塔正是搭乘他的车从亚利桑那州的秀洛镇出发前往阿帕奇保留地。他在法庭上指认了一件作为证物的箱子，那正是亨丽埃塔当时随身携带的行李箱之一，后来他还曾经帮亨丽埃塔运送一张简易小床到她住的木屋。在多尔蒂的盘问下，他坦言眼前的这只箱子比初次见到时要破旧多了。

接下来被传唤作证的是测绘人员查尔斯·弗思，他用一张大地图向陪审团指出发现尸体的地点和周边环境的分布。

约翰·赫普医生是当时的两位赶赴死亡现场进行尸检的医生之一，他借用斯特里特探员作为模型，详述尸体最初被发现时的姿势，根据《亚利桑那记录报》的报道，当时赫普医生给出如下描述："尸体面部朝上，双膝僵直，右膝略微高于左边。右臂伸出到头部上方，拳头紧握，仿佛要抓取什么东西。头朝向右边，左臂自然地放在身体一侧。"

"尸体呈半裸状态，除了几条残留衣物的带子之外，死者的腰部到膝盖位置是无衣物遮蔽的，右脚的长筒袜被拉到靴子之下，死者穿的是一双狩猎靴。她的上衣被掀到头顶之上，双乳袒露。尸体被发现时已经处于严重腐烂的状态，她的左手戴着一只腕表，右手戴着手镯。稍后我们将尸体运到一家木工厂，我在那里对尸体进行了进一步的检查。"

赫普医生又对右眼处的伤口做了说明——"是被利器所伤"，太阳穴处有瘀青，虽然脸部已经开始腐烂，但还是能清晰地看出鼻子已经碎裂，两颗前门牙不见了，赫普医生说那是"上颌的门牙"。在法庭上，冈格尔问赫普医生是否有尸检笔记可以作为参考，赫普医生于是开始依据笔记上面的信息来作证。多尔蒂立即提出反对，质疑赫普医生所拿出的笔记很有可能不

**从左至右：高尔尼的雇主希德·厄尔，律师约翰·多尔蒂，高尔尼·西摩尔本人，高尔尼的父母——塞缪尔·西摩尔与阿尔瓦·西摩尔（“H-4 与 H-4 夫人”）**

是原初的材料，因为这些笔记是被打印出来的，法官裁决反对有效，赫普医生便不能再参阅笔记。赫普医生认为亨丽埃塔颈部那条刀伤是致命伤，长 4 英寸，约 2 英寸。

到了交叉询问环节，赫普医生坦言在他到达之前，不排除尸体有被移动过的可能。在《亚利桑那记录报》的报道里，他说他“试图检查死者死前是否有被暴力殴打或强奸，但没有明显迹象支持他的这一推测”。[①]“但从尸体被发现时的姿势来看”，亨丽埃塔极有可能受到性侵。但当时到场检查尸体的另一位医

① 在我们收集和阅读过的所有媒体报道和叙述中，都没有出现“强奸”（rape）一词，大部分报道采用的是“暴力对待”（ciminal assault）或“强占”（ravished）这类的委婉说法。

生——雷·弗格森曾说从现场和尸体的情形看，无法得出被害人是否遭受过性侵犯的结论。

## 庭审第三天：检控方的主要证人举证

保留地政府的特别官员威廉·莫平（外号图拉皮比尔）是周四当天第一位上庭作证的检控方证人。他的绰号来源于他曾大力强制推行一系列强制的封禁政策，尤其是与怀特山阿帕奇爱好饮酒风俗对着干的“酒禁政策”。[①] 莫平向法庭说明了自己参与发现和辨认亨丽埃塔尸体的过程，还指认了证物中那只手电筒是属于亨丽埃塔的，还有同样出现在证物中的行李箱，上一位证人——司机麦克尼尔也确认了那个行李箱确实属于亨丽埃塔。莫平还说，当时他和约翰·多恩在离尸体被发现之处大约一英里半之外的某个地点找到了这只行李箱，他俩于是合力从几块岩石的夹缝里将它拉出来。他将行李箱带回怀特里弗镇保留地的办公室打开，里面是一堆书写的纸和黄色积木块（积木很可能是为

---

① 关于阿帕奇人的饮酒文化，最盛行的描述和观点出自爱德华·柯蒂斯（Edward S. Curtis）1907 年的作品《北美印第安人》（*The North American Indian*）：“Tulapai 是印第安人生命的毒药与诅咒，这种酒有时也被叫做‘tizwin’，Tulapai 的意思是浑浊暗沉的液体。它实际上是一种酵母啤酒，发酵完成后必须在十二小时之内饮用完毕，不然就会腐坏。适当饮用的话，它实际上可以算是一种还不赖的饮料，但对当时城市社会的人来说，这种酒绝对不是什么味觉上的愉悦享受。然而阿帕奇人在饮用图拉皮酒上是毫无节制的，他们可以一整天不进食，却大量饮用这种酒——通常要喝一到两加仑的量，在酒精的催化作用下，这时一个印第安人就回归了实实在在的野蛮状态。”

了接近儿童而准备的），他将这些物品整理后封装到一个麻布袋中，打包运到格罗布市，交给冈格尔、佩林、唐纳和科尔文等人，作为呈堂证物。

在法庭上，冈格尔让莫平在陪审团的注视下打开行李箱，莫平照做，里面是各种混杂的纸张和黄色的积木块、一个钱包，一条童子军腰带、几本笔记本和一些信件。在冈格尔的要求下，莫平将写有“亨丽埃塔”和“亨丽埃塔·施梅勒”字样的信件单独抽取出来。

高尔尼的律师多尔蒂一直神情紧张地稳坐着，直到看见冈格尔开始将刚才展示的东西放回证物群里的时候，他突然跳起来大喊反对，称行李箱的指认过程不能让人信服：“司机詹姆斯·麦克尼尔说她看到那女孩带的是一个崭新的行李箱，但目前的庭上这个残旧的行李箱是在离陈尸地点一英里半之外找到的，检察官刚才并没有证明这个行李箱就是当时施梅勒小姐带来保留地的那一个。”

法官裁决多尔蒂的反对无效，行李箱还是被放回了证物堆里。多尔蒂随后提出要求亲自检查行李箱内的物品，法官批准之后他用了二十分钟的时间进行检查，之后轮到多尔蒂对莫平进行交叉询问。莫平承认他一直都以“施梅勒小姐”来称呼被害人，因为最初亨丽埃塔就是这样向他介绍自己的。

多尔蒂问：“她对你说可以称呼她为施梅勒小姐，然而你基于什么理由就认为你证供中的‘施梅勒小姐’就是死者亨丽埃塔·施梅勒？”

莫平答道：“因为她自我介绍的时候说自己是施梅勒小姐。”

从左至右：高尔尼·西摩尔，约翰·多尔蒂（高尔尼的律师），詹姆斯·麦克马纳斯（法庭警官，负责在庭审过程中监看和押送被告人高尔尼）。下图从左至右：R. H. 科尔文（FBI 特别行动署署长），克拉伦斯·佩林和约翰·冈格尔（检控方律师）。图片摄于亚利桑那州格罗布市联邦法庭。

多尔蒂随即要求法官“基于证人证词中的含混与不明确性，裁决这位证人所有的证词不被采信”。

美联社报道对此发表评价称：“要证明那就是亨丽埃塔·施梅勒本人并不难。”多尔蒂开始挑刺一般地对一些基本事实“发起挑战”，“而令人想不通的是，检控方并没有回应这些”。

法官驳回了多尔蒂的请求，判定莫平的证词为有效证词。在莫平之后被传唤作证的是纳瓦霍县的副治安官乔治·伍尔福德，比起莫平，他的作证过程要顺利得多。他主要指认了在尸体附近找到的一个印第安风格的小包以及里面的东西。之前他

左图：法庭大楼外，高尔尼的妻子伊丽莎白抱着他们刚出生不久的孩子。右图：高尔尼在拘留所内。

在唐纳的办公室里已经打开过这个包，在里面发现了“一个贝壳（有可能是贝壳帽）、一个写过的笔记本、几张白纸、一张小手帕、一个装着 1.4 美元银币和两个 50 分硬币的金属制杯子，还有三个硬币，面值分别是 25 美分、5 美分和 1 角”。多尔蒂没有提出反对，这个包和里面的东西也就顺理成章地成为合法证物。但出于程序规定，在上庭作证之前，多尔蒂要求伍尔福德、莫平、赫普医生、格特鲁德·柯布几人以斯特里特探员的身体作为模型，预演了亨丽埃塔尸体被发现时的姿势和形态，看来多尔蒂并不想放过任何可以质疑检控方证人正直度和证供可信度的机会。

之后的几位证人主要讲述峡谷日舞会当天从经过东福克去往现场的形形色色的人们的活动踪迹。亨丽埃塔的邻居萨利斯·克拉赛作证时说舞会当天傍晚“大约 6、7 点”，他看见高尔尼·西摩尔、杰克·佩里和杰克·凯斯三人从亨丽埃塔的家附近经过，之后没过多久，他又看见塞缪尔·西摩尔的妻子骑马疾驰而过，她的女儿（贝茜·盖特伍德）和儿媳（伊丽莎白·西摩尔）两人同骑一匹马紧随其后。当时他正在与保罗·约翰逊在一起修理一辆汽车，过后在法庭译员唐纳德·麦金托什协助下，保罗·约翰逊佐证了克拉赛的证供。

《亚利桑那记录报》上有一篇报道简短地提到了杰克·佩里的作证过程——这是我们能找到的关于杰克·佩里证词的唯一材料，他说他曾于“峡谷日舞会前一晚”到亨丽埃塔家中去讨水喝（**实际上，所有的证据都指向杰克·佩里是在峡谷日舞会的当天傍晚或清早到亨丽埃塔家要水喝的**），亨丽埃塔告诉杰克·佩里她家里并没有储水。但这篇报道却把重点放在看起来有些坐立不安的杰克·佩里身上，大量地描述他的穿着："他穿灰色的衬衫，李维斯牌的工装裤，脖子上围一条亮色的围巾，袖口和绑腿都是皮制的。"刚开始，他尝试着用英语回答问题，但他"越来越紧张，之后提出需要译员帮助翻译。在整个作证过程中，他不断在用一块彩色手帕擦拭脸部"。

## 盖特伍德

《亚利桑那记录报》的报道把盖特伍德上庭作证形容为"万众期待的时刻"，因为盖特伍德一直被当成是"检控方杀手锏般的证人"，他能"帮助检控方将高尔尼·西摩尔送上绞刑架"。鉴于在庭审之前，盖特伍德会反悔并修改供词的消息已经被多尔蒂大肆宣扬出去，所以公众好奇盖特伍德被传唤到法庭上作证时会发生什么，不确定的悬念感在法庭中弥漫开来。亲属关系的强大控制力和部落禁忌很有可能阻止盖特伍德指证高尔尼，他更需要考虑以后如何在保留地与高尔尼一家生活在同一片土地上的事情。在被检控方带离保留地单独监禁的四个半月里，盖特伍德肯定把这些情形翻来覆去想了好几遍。在不知道即将面临怎样后果的情况下，盖特伍德还会坚持当初向 FBI 作出的证供吗？

盖特伍德被安排在周四下午上庭作证。走向证人席的时候他一直低垂着头，一贯肃静的法庭突然出现一阵阵议论的嘈杂声。所有人都心知肚明高尔尼一定会企图为自己脱罪，只有盖特伍德作为检控方证人才有可能阻止高尔尼翻案，但高尔尼的供罪是否最终被法庭和陪审团采纳，还是要取决于在法庭上盖特伍德那份最初的证供是否仍然站得住脚。

检控方先开始交叉询问。冈格尔先从一些不太重要的问题开始，节奏缓慢而温和。盖特伍德说了峡谷日舞会当天下午高尔尼找到他要求理发的事情，说他们骑马经过亨丽埃塔居住的木屋时，看见亨丽埃塔正在给杰克·佩里舀水喝，高尔尼过去和他们说话，他自己则在大门处等着（**盖特伍德的说法和杰克·佩里的说法有矛盾之处：佩里的证词是亨丽埃塔并没有给他水喝，她告诉他家里没有储水**），之后他们一起回到塞缪尔·西摩尔的家中，待了半小时后又离开，高尔尼前往亨丽埃塔的住处，盖特伍德则回到自己的家中，没过多久就上床休息了。

冈格尔开始提问关键性问题。《亚利桑那记录报》的报道说盖特伍德在检察官的引导下“慢慢揭开这桩轰动一时的奇案背后令人咋舌的案发真相”。被问到之后发生的事情时，盖特伍德面无表情地说道：“第二天清早高尔尼又来到我家，当时他的手上都沾有血迹，他说他不得不杀了那女孩。”

盖特伍德继续复述当时高尔尼的话，“他说他们亲热时那白人女孩突然威胁说要去告发他，把他驱逐到很远的地方，他没办法只能杀了她灭口，他还威胁我如果我把这件事说出去的话，我也别想活命。”①

①《亚利桑那记录报》的这篇报道使用的“intimacy”这个词来形容亨丽埃塔死前遭受性侵的过程，这种说法是含糊且靠不住的，新闻报道的这种模糊化用词，使得本来该有的庭审记录显得更加必要且关键了。

盖特伍德说，当时高尔尼不止是手上沾有血迹，衣袖上也有——“右边衣袖的血迹比左边要多”，高尔尼径直走到炉子边，用水洗去血迹，把双手伸到火苗上方烘干衣袖，之后就离开了。

盖特伍德还说，那天上午晚些时候，高尔尼又折回他家并威胁他：“还记得昨天晚上我说的吗？你敢告诉任何人的话，我一定会杀了你。”

轮到多尔蒂对盖特伍德进行交叉询问。他猝不及防地抛出一个问题：“你家住在哪里？”

盖特伍德回答：“我以前住在锡贝丘，后来搬到了东福克。”

多尔蒂对这个回答不满意，他继续追问：“去年 11 月 1 日之后，你居住在什么地方？”

冈格尔立即领会到多尔蒂提这个问题的用意，他提出反对并提请陪审团先行回避，好让控辩双方与法官单独进行商议，法官批准了这个要求。在法官面前，多尔蒂与冈格尔的唇枪舌剑到达高潮，冈格尔向法官强烈抗议辩护律师“坚持要求会面检控方证人”的请求，根据美联社报道记载，冈格尔评价这样的行为“专业性与职业道德的缺乏”。

“你这个恶棍！你还想跟我谈道德？”多尔蒂朝冈格尔怒吼道。

萨默斯法官劝他俩冷静下来。由于这一幕发生在法官与律师的私谈过程中，所以这是我们唯一能找到的关于双方律师冲突的描述。冈格尔坚持称将盖特伍德置于联邦权力的保护之下并无不妥，更不会对他上庭作证的内容产生什么影响，而多尔蒂不信这一套说辞，他极力说服陪审团相信盖特伍德被关押在皮马县监狱、断绝一切外界联系，也没有律师在身边的这几个月里，他的倾向及观念很有可能被检控方操纵。萨默斯最终裁决多尔蒂可以继续询问盖特伍德关于居住地的问题，但提醒他不能以任何方式向陪审团暗示盖特伍德可能受到来自检察官的压力。私谈用了十分钟，之后萨默斯法官召回陪审团。

庭审继续。多尔蒂重复之前的问题："11 月 1 日之后你在哪里居住？"

"住在一个旅馆。"盖特伍德回答。

多尔蒂追问："那个旅馆是由地方治安官来经营的吗？"

盖特伍德简短地沉默了一下："11 月 19 日我被带到图森，在一个旅馆里住了三天，之后就被关押在监狱里，一共 113 天，几天前被带到这里准备出庭作证。"

多尔蒂明显没有听到他想要的回答，于是他反复提起庭审前两天他与盖特伍德面谈的内容，盖特伍德后来承认自己可能误解了高尔尼说的话，自己的证词存在不合理表述，他说高尔尼告诉他自己不得不杀了亨丽埃塔，因为"她拒绝嫁给他"，其实，高尔尼真正的意思是，"阿帕奇人的观念里，婚姻意味着保持一段时间的亲密关系"。于是多尔蒂终于成功引导盖特伍德说出高尔尼是出于自卫而错手杀了亨丽埃塔的，是恼羞成怒的亨丽埃塔首先拔刀刺向高尔尼。

多尔蒂结束问询之后，盖特伍德被带离证人席。多尔蒂成功将高尔尼的犯罪动机引导到"自卫杀人"之上，但无论如何也无法改变高尔尼亲口向盖特伍德承认自己杀害亨丽埃塔的事实——这显然是对被告方极为不利的事实。

斯特里特探员是周四下午晚些时段被传唤上庭作证的。依照程序，FBI 的探员必须先证明他所获取的供罪陈述是真实而可靠的，当冈格尔刚要开始提问关于高尔尼的供罪陈述的问题时，多尔蒂立即起身打断，称冈格尔手中的认罪陈述是经过翻译的，经过翻译之后的内容很可能与高尔尼本人真正的意思不符。多尔蒂向法庭提出反对，他认为斯特里特不能基于一份经过翻译的认罪陈述来作证，这样的证供都是道听途说，不能被法庭所采信。冈格尔反驳说检控方可以证明所有高尔尼·西摩尔的认罪陈述都是经由他本人确认之后才签署的，之后检控方会通过证人来证明这些陈述材料的原真性，参与翻译工作的译员也具备准确翻译的能力。萨默斯法官要求双方律师就翻译的陈述问题，列举各自的立场和理由，冈格尔向法庭请求多一些时间准备，法官决定今日先休庭，明日一早继续。

## 庭审第四天：高尔尼的供罪

庭审的第四天上午的时间全部花在高尔尼的认罪陈述的可靠性判断上。11 月 1 日那个忙碌的早晨，高尔尼签署认罪时在场见证的所有人都被一一传唤上庭，法官请陪审团回避了这个过程，直到他裁决检控方所提供的认罪陈述具备效力之后，才将陪审团请回现场就座。

第一个作证的是斯特里特探员，他坦言自己“听不懂阿帕奇人的语言，但当高尔尼·西摩尔在译员多塞拉的帮助下讲述犯罪过程时，他也同时在做笔记，还将笔记内容复述给在场的速记员柯布先生听。当高尔尼·西摩尔承认他在打斗中杀了施梅勒小姐时，在场的威廉·莫平、唐纳、泰德·希普利、赫苏斯·维莱克斯都听到了”。值得注意的是，检察官冈格尔对斯特里特进行交叉询问时，刻意避开了询问高尔尼签署认罪陈述之前的口述、重读、记录和翻译的过程，也没有提起审讯的过程和手法，或者对长达三个半月的调查追凶过程进行任何提问。轮到被告方提问时，多尔蒂同样避开对这些过程进行提问，很有可能是打算之后在陪审团面前集中火力指责检控方胁迫认罪和伪造口供。

汤姆·多塞拉是高尔尼接受FBI盘问时负责翻译的译员，当时他从圣卡洛斯保留地被调过来为亨丽埃塔·施梅勒案提供翻译服务。在法庭上，他说他首先用阿帕奇语向高尔尼翻译了斯特里特所宣读的宪法权利，斯特里特对高尔尼说“希望他在自愿的情形下陈述事实，如果要说，则所说的必须为实，不可给假口供”。当他在所有在场人员的见证下，向高尔尼重读速记员所记下的现场口供之后，高尔尼完全自愿地签字表示同意。多塞拉回忆道：“他说他对口供没有异议，而且他还有事情要说。”

轮到多尔蒂询问的环节，他开始向多塞拉译员施压，想迫使多塞拉承认从口述到书面记录、从阿帕奇语到英语的翻译过程有可能造成意义的变异或转换。多塞拉承认，目前法庭的这份认罪陈述确实有可能与之前高尔尼在正式接受审问前一晚所做的陈述有很大的不同，多尔蒂趁机追问斯特里特是否有采用任何胁迫手段要求高尔尼签署口供，多塞拉引述了当时斯特里特对高尔尼说的话："如果你配合我们，我们就会保证你安然度过这个过程。"

赫苏斯·维莱克斯是通过自己的女儿玛丽才认识了亨丽埃塔（亨丽埃塔穿着去参加峡谷日舞会的那件裙子就是玛丽帮忙缝制的）。亨丽埃塔失踪后，他组织人们进行搜寻，发现尸体时他也在场，审讯高尔尼时他也是见证人之一，因为他本人会说阿帕奇语和英语，所以他认定法庭上的这份证供是对高尔尼口述证词的准确转译。

县治安副官伍尔福德也是审讯见证人之一，他是当时负责将高尔尼从麦克纳里的监狱押送到怀特里弗镇的副官，在押送的路上，他问高尔尼："麦克斯，你到底犯了什么事要被关押？"高尔尼只说："跟那个白人女孩有关"。高尔尼还说，被关押那几天的生活"像是在与魔鬼同住"。

保留地监管人唐纳一直以来都是一个强硬的法制拥护者，他理所应当地成为检控方的有力证人出庭，但后来唐纳的同情天平开始越来越向高尔尼倾斜，他对亨丽埃塔的不满和怨怼也开始频繁展露。最后，唐纳被检控方和被告方都列入了证人名单。当检控双方正在为供罪陈述的合法性争执不休时，唐纳作为审讯过程从头到尾的监督人和见证者，自然被多尔蒂要求上庭作证。多尔蒂抓住高尔尼的英文理解水平来提问唐纳，唐纳坦言，虽然高尔尼在保留地的西奥多·罗斯福印第安学校读完了小学五年级，但他几乎不会说英语。他说他"感到十分抱歉，印第安人对英语的掌握程度低于在座各位的期望"。

不论是在法庭上的证词，还是我们所找到的唐纳私下里与各种部门或个人的通信里，唐纳均未提及任何高尔尼在审讯过程中有遭受不当对待的情况。对盖特伍德也是一样，没有材料显示两人接受审讯的过程中曾被胁迫，这其实是出乎我们意料的，也有可能是受官僚层级限制，唐纳很难公然挑战联邦政府的权威。所有的材料都显示，他认为亨丽埃塔自己才是导致这场悲剧发生的主要责任人，于是他极力反对判处高尔尼·西摩尔死刑。

多尔蒂一直在尽其所能从高尔尼·西摩尔被 FBI 关押和审讯的这段时间里发生的事情寻找辩护的突破口，在正式认罪之前，高尔尼在没有进食的情况下被斯特里特关押超过一天，也可能接近三十个小时。莫平再次被传唤上庭讲述他负责将高尔尼从麦克纳里监狱押送到怀特里弗镇的过程，全程参与了审讯过程的维莱克斯和译员多塞拉都被问到关于审讯持续时长的问题。

在之后的庭审进程里，每当检控官开始读高尔尼的认罪陈述时，多尔蒂就会站起来反对，他的理由是这份陈述的有效性未经证实，高尔尼缺乏英文读写能力，审讯过程和审讯手法存疑，而且从来没有切实的证据表明山谷里被发现的那具尸体就是亨丽埃塔本人。多尔蒂在这些问题上无休止的纠缠让法官越来越恼火，他开始频繁给出“反对无效”的裁决。

为什么多尔蒂死死抓住在尸体的身份问题不放呢？这令我们感到不解。山谷里的那具尸体被发现后，7 月 25 日，怀特里弗镇和东福克的六位白人组成一个验尸陪审团进行验尸工作，验尸团非常明确地给出尸体身份的结论——那确实是亨丽埃塔·施梅勒本人。事发后参与案件的保留地政府工作人员、法律部门执法人员、医疗工作者等人员合计起来超过二十人，他们没有一人对尸体身份产生过怀疑。多尔蒂对这个问题的纠缠真的有可能对陪审团产生影响吗？这是否是多尔蒂使用的“模糊焦点”策略来掩盖己方的弱势，将陪审团的注意力从真正应该关注的事情上引开？这样的把戏取得成效了吗？还是适得其反？但我们可以看见，不论是法官还是陪审团，都没有像辩方律师多尔蒂那样在这个问题上继续纠结下去。

在得到法庭支持之后，冈格尔继续向陪审团宣读高尔尼的认罪陈述，陈述材料中有一部分附注的评论内容是用括弧起来的，这部分内容将不予宣读。

这部分附注内容其实是斯特里特添加的。在高尔尼签署供罪陈述之前，斯特里特对陈述的内容作了补充。有一些补充是必要的，为了让报告中信息的指认更明确，例如，在高尔尼口语化的“那个白人女孩”之后添加相应的人名附注——“[亨丽埃塔·施梅勒]”；更为关键的是，斯特里特在高尔尼抗拒或回避的问题旁边做了标注，以便记录他的现场反应。当被问到衣袖上的血迹时，高尔尼几次均回避或拒绝回答，斯特里特在这部分标注：“[嫌疑人被问到他有没有去罗伯特·盖特伍德的家中清洗衣服上的血迹时，他并没有回答。]”后面还有：“[嫌疑人几次被问到关于衬衫血迹问题的时候都拒绝回答。]”在末尾还有标注：“[在接下来的审讯过程里，他说他从来没对父母说起这件事，但他认为他的父母对此早已心知肚明。]”

所有的这些附注都不是高尔尼的原话，冈格尔并没有将这部分附注作为证据提交。

到这时，法庭的时钟已指向下午 3 点，多尔蒂再次向法庭请求裁定不予采用高尔尼的供罪词，这也是他最后一次提出这个要求，他向法庭提交了六个理由：

“直到此时此刻，检控方都没有证明起诉书中的‘亨丽埃塔·施梅勒’被确证为遭到谋杀。”

“直到此时此刻，检控方都完全没有拿出任何关于我方被告人的犯罪构成事实和人证物证。”

高尔尼与法庭译员唐纳德·麦金托什。

“检控方所持的供罪材料中有大量未经被告证实的内容，所以这份供罪并不具备有效性。”

“检控方所宣读的供罪陈述以及所展示的证物，这些都不是被告在自由和自愿的情况下做出的。”

“我方发现被告人实际上还做了许多关于案情的额外的陈述，但却没有被记录在这份供罪词中。”

“所以这份供罪陈述并不是被告人在那天所做陈述的真实版本，它并不完整，更缺乏准确性。”

法官决定短暂休庭，控辩双方律师再一次被法官召集私谈。一浪高过一浪的激烈争吵时不时从法官室中传出，但没有人知道里面曾发生过什么。

庭审继续。冈格尔起身要求撤回不久之前的动议，请求将供罪陈述中添加的附注内容也作为证词采纳——检控方改变主意了，他们希望将一整份供罪陈述的内容都被采纳为庭审证据。多尔蒂起身表示反对，但这次却显得有些敷衍，他心知肚明自己已经输了这个回合，做什么都恐怕是无力回天了。萨默斯法官裁决反对无效，这份供罪陈述将被法庭采纳为证据，并在陪审团的监督下被宣读。

## 宣读高尔尼的供罪陈述

冈格尔开始在陪审团面前大声宣读这份认罪供词，还特地为了营造一些戏剧性效果而时不时停顿。陪审团成员都十分专注地聆听，也很好地保持了专业性，过程中从未表现出过于夸张的动作或表情。

高尔尼的供罪词如下：

1931 年 11 月 1 日，亚利桑那州怀特里弗镇

关于发生在 1931 年 7 月 18 日亚利桑那州境内阿帕奇印第安人保留地内（临近阿帕奇堡）的亨丽埃塔·施梅勒被谋杀一案。

我的名字是高尔尼·西摩尔，也被称作“麦克斯·西摩尔”。我已经被告知我所拥有的宪法权利，知晓我所说的关于这起谋杀案件的一切可能或将要被用于起诉我自身的行为，在我已经被清楚告知相关的权利义务之后，我自愿说出我所知道的关于这起案件的真相。

我叫高尔尼·西摩尔，别人也叫我“麦克斯·西摩尔”，今年 21 岁[①]，和父亲一起居住在亚利桑那州临近怀特里弗镇的东福克。我父亲就是代号 H-4 的塞缪尔·西摩尔，我母亲是阿尔瓦·西摩尔，我有一个妹妹，她嫁给了罗伯特·盖特伍德，他们就居住在我父亲家附近，离那个白人女孩（亨丽埃塔·施梅勒）的木屋很近的地方。

1931 年的 7 月 18 日，我从我父亲家出发去罗伯特·盖特伍德的家中找他，我想让他帮我剪个头发。当天下午我们从他家

① 编者注：作者在网站 henriettaschmerler.com 发表的勘误说明中指出，高尔尼在本书中的年龄——根据报纸报道、法庭文件和联邦调查局档案中的多次提及——是 21 岁，无论是在他谋杀亨利埃塔时还是在六个月后他的审判发生时。事实上，根据他的死亡证明，他出生于 1909 年 2 月 14 日，也就是说，他在谋杀时为 22 岁，在审判期间为 23 岁（就像亨丽埃塔一样）。

离开，一同前往我父亲家中。骑马到我父亲家门口的时候，需要穿过一道大门，那道门就在那个白人女孩住处附近，我们看到杰克·佩里正和那白人女孩站在屋外交谈。盖特伍德打开了大门，我们进了我父亲家，但在进去之前，我和那女孩聊了一会儿，她说她急需一匹马去参加当晚的峡谷日舞会，我说我只有一匹马，但如果她愿意的话，可以跟我同骑一匹马去。之后，我和盖特伍德离开我父亲家，走出大门后盖特伍德就径直骑马走了，我去那女孩的家找她，停留一小会儿之后她跨上了我的马，她骑在我在前面踩着马鞍，我在她身后拉着缰绳。

上路后没多久，在离那女孩家不远的地方，我看到罗伯特·盖特伍德骑到了路的另一端，正朝着他自己家的方向去。我们继续赶路，天色越来越暗，这时西蒙·威克利夫从我们刚刚来的方向，骑马超越了我们。我认出了他，但是不确定他有没有认出我来。经过七英里峡谷后，我们在一条小路上掉头，这条路通往南边的老阿帕奇堡公墓，再往南就是阿帕奇堡的集镇。有一条水道切断去路，周围泥泞不堪，我们只能下马步行穿过山谷。我们一边走，那女孩一边用她的手包拍打我、挑逗我，从她当时的行为，我以为她在暗示要和我发生性关系，所以我抱住她，我们就做爱了。之后她开始发怒动手打我，捡起石头往我身上丢，石头打中我的胸部，这时她从包里掏出一把刀，同时不断从地上捡石头砸向我，我也捡石头反击，有一块打中了她，她脸朝下倒在地上，我不知道是不是击中了她的头部，因为我当时是朝她的正面投掷石头的。她倒地后，我手里拿着石头靠近她，拿走了她手中的刀，朝她的脖子靠近头部的地方刺下去，刚刺下去的时候，她还能站起身走几步，之后便倒下了。我走到她躺着的浅滩，站在那里哭，我感觉糟透了。我跟她说话，我说我本来不想伤害她，是她逼我的。我找了一根树枝放在她身体上，当时她还有呼吸。然后我回去找我的马，一路往峡谷日舞会现场的方向骑，马撞上一处栅栏，无法通过，我只好掉头回去，路上又经过之前我们争执打斗的那个山谷，可能就在那时候，我的马踩到了从那女孩包里掉出来的钢笔，但我没有注意。

我来到罗伯特·盖特伍德的家，将发生的一切都告诉了他，叫他替我保密。（当嫌疑人被问到他有没有去罗伯特·盖特伍德的家中清洗衣服上的血迹时，他并没有回答。）当我把这一切告诉罗伯特·盖特伍德的时候，我知道他一定看见我和那女孩同骑一匹马了。从盖特伍德那里离开后，我又去了舞会现场，我在场外找了一个木垛坐着，坐了很久，直到我妻子出来看到了我。

（嫌疑人几次被问到关于是否有在盖特伍德家里清洗衬衫血迹问题时，都拒绝回答。）

（在接下来的审讯过程里，他说他从来没对父母说起这件事，但他认为他的父母对此早已心知肚明。）

（签名）高尔尼·西摩尔

见证人：

赫苏斯·维莱克斯

乔治·伍尔福德

威廉·莫平

威廉·唐纳

泰德·希普利

J. A. 斯特里特，调查局特别探员

埃尔帕索，得克萨斯州司法部门

本人特此声明，在所有人的见证下，我已将这份供罪陈述完整地用阿帕奇语读给高尔尼·西摩尔听，他本人对内容的真实度与准确度表示无异议。

（签名）托马斯·多塞拉，译员①

供罪陈述宣读完毕之后，冈格尔宣布检控方停止举证。

## 被告方开始举证

庭审进入到第四天，终于轮到被告方进行案情举证。多尔蒂起立准备发言，刚开始他没说话，而是胡乱翻阅着文件，几分钟后，多尔蒂终于打破这尴尬的沉寂："接下来我要向各位说明的是事实的真相，我方的证人将会证明它不容置疑的真实性。"

1931 年 3 月 19 日的《亚利桑那记录报》详细收录了多尔蒂的开场白。这篇庭审记录集中展现了许多细节之处的矛盾，特别是与检控方才刚刚宣读完毕的那份供罪陈述的内容存在多处冲突。更值得注意的是，多尔蒂举证的版本与接下来两天里

---

① 这些签名可见附录 2。

高尔尼亲自在法庭上作证的版本，以及多尔蒂最终结案陈词的版本——这三个版本各自叙述的细节之间存在多处关键不同：一开始，多尔蒂的叙述承认是高尔尼杀害了亨丽埃塔并且清楚地知道自己犯罪的事实，之后高尔尼本人却拒绝承认这个基本事实。

我想提出的事实是，当施梅勒小姐要求坐高尔尼·西摩尔的马去参加舞会时，这样的要求对于西摩尔来说是违反戒律的。随后她邀请西摩尔到屋子里去喝酒小酌，西摩尔进屋后，施梅勒小姐拿出了一品脱量的威士忌。

喝着喝着，西摩尔感到喉咙有强烈的烧灼感，施梅勒小姐就往杯子里加了些糖水，两人继续喝，两三杯下肚后，西摩尔已经有些醉了，施梅勒小姐趁机再次提出要西摩尔带她去舞会现场的要求，西摩尔当时已经不能清醒思考，就答应了她。

那天，施梅勒小姐从头到尾都是印第安人的打扮，西摩尔是第一次见她穿成这样。他们跨上马，施梅勒小姐在前，西摩尔在后。没走出多久就见到盖特伍德骑着马，之后施梅勒小姐一直试图与西摩尔说话，西摩尔听得半懂不懂。

一路上，施梅勒小姐表现得非常愉悦，她时不时转过头来轻抚西摩尔的下巴。他们在路上遇见了西蒙·威克利夫，之后他们来到一条小路，施梅勒小姐想玩探险游戏，于是西摩尔选择了施梅勒小姐所指的路。中途，两人下马休息，施梅勒小姐将酒带出来了，于是他们又一同喝了点酒。喝完后继续上路，这时西摩尔已经处于醉酒状态了。半路上，他们遇到一处水沟，只能下马徒步穿越。

这时，施梅勒小姐不断说些调情的话，用她随身携带的印第安手包逗引西摩尔。西摩尔于是抱住她，她在西摩尔的身边坐下。两人越来越亲密，最后发生了性关系，过程中施梅勒小姐并没有表现出明显的反抗。

事后，西摩尔认为自己做了对不起妻子的事。他对施梅勒小姐说这是这个错误，他要自己前往舞会，但施梅勒小姐坚持要跟西摩尔一起去。之后便发生了争执，**两人互掷石头**，施梅勒小姐从包里掏出刀子。之后两人扭打在一起，施梅勒小姐几次被刀划中，西摩尔并不清楚具体有几次。

骑着马离开现场后，西摩尔撞上一处围栏，于是他掉头来到盖特伍德家中，对盖特伍德说他杀了那个白人女孩，之后便离开去了舞会，当他来到舞会现场的时候酒还未醒，他的妻子出来看到他坐在那里，便用干草给他垫了一张床，当晚西摩尔就是在那里过夜的，第二天早晨才回到他父亲家中，之后他对盖特伍德说他昨晚做了坏事。

西摩尔被叫去离家五六英里的探员办公室去接受讯问，之后就被关押在麦克纳里的监狱，之后在几位官方人员的见证下再次接受讯问，但他仍然被扣留了很长时间，之后才被允许签署供词。

高尔尼·西摩尔是个老实人，几位官方公职人员一直在给他压力，误导他认为即使这份证供并没有完整呈现他自己的原话也必须要签名，除此之外别无选择。他曾向译员多塞拉表达异议和反对，多塞拉将西摩尔的反对告诉给斯特里特之后，斯特里特说，虽然这不是全部的口供，但你可以签名。

很显然，多尔蒂的策略是强调：高尔尼犯案时是醉酒状态，而且是亨丽埃塔将她灌醉的。两人发生性关系，也是亨丽埃塔先挑起、并在完全知情同意的情况下进行的。她的死是意外导致，高尔尼·西摩尔的反击是出于自卫考虑。讯问过程中高尔尼·西摩尔受到了威逼胁迫，他对自己所签署的内容一无所知，供罪词虽然是以他的口吻呈现，却不是出自他自己的意思。多尔蒂极力在法庭中散播一种观念，即亨丽埃塔本人存在道德品行方面的问题，是她的所作所为导致自己意外身亡。

被告方传唤上庭的第一个证人是被称为“H-4”的塞缪尔·西摩尔，高尔尼的父亲。被告方后来才发现，塞缪尔·西摩尔的证供竟然糊里糊涂地推动了陪审团将高尔尼最终认定为杀人犯。多尔蒂说老西摩尔“对白人的事情一无所知”，《亚利桑那记录报》的报道用不可思议的语调写道：“（H-4）连怎么表示时间都不知道。”在法庭上多尔蒂问老西摩尔高尔尼的确切年龄，H-4 说他并不知道：“登记文件都在白人手里，我根本不知道他们是怎么记录和表示的。”到了交叉询问环节，冈格尔也没能从塞缪尔·西摩尔口中问出什么有价值的东西，之后 H-4 就被准许离开证人席，法官宣布今天到此休庭，明日（周五）继续开庭。

## 庭审第五日：高尔尼·西摩尔出庭作证

庭审第五天的上午，高尔尼·西摩尔的几位品行证人分别被传唤上庭作证，证人们都尽力营造一个相似的叙事，但却没发现他们的叙述陷入了自相矛盾之中—— 一个老实巴交、稳重可靠的男人，偏偏在 7 月 18 日这天喝得烂醉。

高尔尼的妻子伊丽莎白·西摩尔是当天第一个被传唤上庭的。媒体和观众早就期待着看这出狗血好戏，想着高尔尼的妻子一定能说出什么让人意想不到的信息，现实却让他们失望而归了。伊丽莎白的作证还是在重复先前的陈词滥调：当天下午，她与高尔尼一起去他父亲家中，之后高尔尼去找盖特伍德帮他剪头发，所以她没有与高尔尼一起去舞会。她还说高尔尼当天下午喝了啤酒和图拉皮酒，所以当晚她看见高尔尼的时候他已经喝醉了，于是她用毯子给高尔尼搭了一个简易的床，他马上就蜷曲着身体睡着了。交叉询问时，冈格尔问伊丽莎白是谁教他说高尔尼当时是醉酒状态，伊丽莎白说没人教她这样说，但又承认自己只看到高尔尼喝了半罐图拉皮酒。

她还说，峡谷日舞会那晚她已经是有孕在身，现在她已经怀孕六个月多了。媒体报纸将她的外形着装描述为“非比寻常地沉重”——《亚利桑那记录报》报道称她“穿着一条很长的垂地蓝红色裙子，腰的部分是不同的颜色，她的黑色长发披在后背，有一部分头发被那条红色、紫色和粉色相间的披肩裹住”。

伊丽莎白之后，陆续有几位证人被传唤为高尔尼·西摩尔的品行证人，每位证人都说他是个稳重可靠的男子，希德·厄尔曾好几次雇用高尔尼给他放牧牛群，他说他与高尔尼相识快十五年了，一直都认为他是个忠诚可靠的雇员，在周遭人中的名声也一向很好。另一位证人华尔特·安德森是高尔尼的朋友，也是阿帕奇人，他说他与高尔尼自小就认识，高尔尼一直是个遵守法律，安分守己的年轻人。检控方都没有提问这两位证人。当多尔蒂问到安德森的职业时，他回答自己是个游手好闲的无业游民，这时法庭旁听席里突然出现持续不断的笑声，萨默斯法官严厉地指责了旁听观众，称“法庭审判不是娱乐”，如果旁听者继续发出噪音的话，他会请他们立即离开法庭。

## 品行证人证词

牧师金瑟是长居在阿帕奇保留地的一位传教士，同时他也是东福克路德教堂的牧师，他是高尔尼·西摩尔的品行证人之一。他说自己是看着高尔尼·西摩尔长大的，高尔尼的名字就是他给取的。金瑟也是高尔尼上学时期的老师，他说学生时期的高尔尼比起同龄男孩来说，虽然在学习成绩上更滞后一些，但从来没闯过什么大祸，性格也十分“温顺”。

交叉询问环节，冈格尔试图引导金瑟复述二月份时接受斯特里特问询时说的话，他说高尔尼是个“聪明的学生”，实际上金瑟的言外之意是高尔尼的聪明只表现在“学生之间游戏、操场上的打闹和跟同龄年轻人混在一起，而不是学业”。当我们阅读品行证人的证词时，我们深深感受到他们所做的事情就是在为被告人说好话和表达同情，除此之外的其他证人，即使他们的身份不是被告方的证人，也在帮助建立“被告是在不完全明白内容的情况下签署供罪陈述”的叙事。

多尔蒂询问牧师金瑟与亨丽埃塔是否认识，检控方立即起身表示强烈反对，请求法官基于道听途说的理由裁决这个问题的无效性，萨默斯法官裁决反对有效，而且表明将会坚持之前的立场——“任何由被告方证人所作出的关于施梅勒小姐性格品行和行为的证词将不予采纳。”被裁决提问无效后，多尔蒂对法官说：“法官大人，之后轮到被告在法庭上陈述的时候，您会改变想法的，所以我恳请您再三思量刚才的裁决。”法官同意了，并要求陪审团暂时离席回避。①

陪审团离席后，多尔蒂说：“事先声明，我将会证明施梅勒小姐的印第安之行并不像之前哥伦比亚大学人类学系的露丝·安德希尔所说的那样只是为了进行人类学研究。”

“我方还有证据证实施梅勒小姐在从事一项违背伦理的研究，她当时在保留地私下里调查印第安人的性行为。她的调查

---

① 萨默斯法官在此坚持的是亚利桑那州长期惯用的法律先例，即不采纳被告一方的人格证人对检控方所代理的受害者做出的人格方面的判断。在并不存在统一的联邦证据规则的情况下，虽然州隶属于联邦的一部分，但联邦罪行的适用法律一般依照州法律来施行。根据出版于1915年的《亚利桑那州最高法院判例解读》（*Digest of Supreme Court of Arizona Decisions*）一书所说，通行的法律裁决是：“在谋杀案件的审判中，一般不采纳对已故之人做的人格证供，除非有证据证实被告的行为是出于正当防卫，或有正当防卫的理由。”这就是说，只要能证明亨丽埃塔有实施暴力行为的倾向，关于她的品行的证词证物就会被法庭采纳。

在当地人中激起反对和愤怒，引起不少人对她的品德的质疑。”

“据证人称，施梅勒小姐有一次偶然遇到印第安青年传教士乔治·沃伦，当时他正在布道，施梅勒小姐要求他陪自己回家，一开始是说服他陪她走一段路，两人一起走了几英里之后，施梅勒小姐邀请他一同坐下，开始提问关于印第安人性生活的问题。过程中还一直试图抚弄调戏乔治·沃伦。身为人类学专业的学生，这种行为是不可原谅的。”

法官萨默斯并没有给牧师金瑟太多发言机会，这可能源于他一贯严格的庭审作风。之前金瑟在接受斯特里特的询问时就曾经对亨丽埃塔的品行大谈特谈，大部分是质疑和批评。他说虽然他并不认识亨丽埃塔，但曾经见过“她和几个印第安人混在一起，当时他觉得亨丽埃塔独自混迹在印第安人群中是一种愚蠢又自负的行为，他还曾经听到一些印第安人在聊天时说亨丽埃塔是个‘boudwam’（妓女）”。当斯特里特在保留地采访当地人关于未婚女子与男子同骑一匹马是否成问题时，牧师金瑟对斯特里特说这种行为是“极其违背道德”的，他还补充道：“不仅是单身女性，寡妇也是，她们哪怕是独自出门旅行或者和男子单独待在一起，都是有违道德的。”实际上，虽然被问到的证人们大多都表示亨丽埃塔的行为是“不明智”的，但只有牧师金瑟一人在作证的时候使用了“不道德”这个词。

牧师金瑟在接受 FBI 问询时说自己并不认识亨丽埃塔，这件事让人存疑。亨丽埃塔的田野笔记第一页就写着她抵达保留地的第二天——6 月 24 日那天的事情：“关于路德宗信徒的描述（我是听一位方济会神父说的，他说路德宗的信徒常对阿帕奇人说关于方济会的坏话，用毛骨悚然的谣言抹黑方济会）似乎非常不可信，我今天与路德教会的牧师金瑟先生见了面，他已经在这里生活了二十多年了，看起来真的不像是方济会神父说的那种人。”这就让我们忍不住猜测，难道这位给亨丽埃塔留下不错印象的牧师在面对FBI的询问时说谎了吗？

金瑟在法庭上对亨丽埃塔行为的严苛指责竟然以一种怪异的方式与今天的我们产生联系。六十年后，伊芙琳在阿帕奇保留地找到了金瑟牧师的儿子亚瑟·金瑟，他继承了他父亲的工作成为了一位传教者，当伊芙琳问他是否听说过当年轰动一时的亨丽埃塔被谋杀一案时，他闭口不谈，而是说：“我还是要在这里生活的，你懂的吧。”

之后的被告方证人的作证过程更像是在走流程：多尔蒂先带证人们了解一些基本信息，提问他们与高尔尼·西摩尔的关系，引导他们表扬高尔尼的为人品行，说一些溢美之词，之后再问一些跟亨丽埃塔有关的问题，每到这时，检控方总要跳起来反对，反对的理由是“道听途说”、“不被法庭采纳”或“这是伪证”，法官无一例外地裁决反对有效，他几次向多尔蒂提出警告，法庭已经裁定不会接受任何被告方证人所做的关于亨丽埃塔品行的证词，请多尔蒂不要再明知故犯。

被告方证人中有一位是切斯特·卡明斯，他是政府在怀特里弗镇的收税人，亨丽埃塔还在世时，他们的关系十分友好，卡明斯对亨丽埃塔处处照顾有加。亨丽埃塔很显然并没有完全遵照他的劝告，这让卡明斯很是懊恼。卡明斯作证的过程除了点头同意高尔尼的“好品行”之外，还简单描述了他与亨丽埃塔的关系，当多尔蒂问到峡谷日舞会当天下午他与亨丽埃塔说了什么做了什么，检控方提出反对，法官裁决反对有效，证人不必回答这个问题，所以卡明斯并没有在法庭上透露任何他与亨丽埃塔的对话内容。

亨丽埃塔抵达保留地的第一周里，杰克·凯斯曾为亨丽埃塔牵线搭桥，在当地建立起一些关系，但最重要的是，7 月 18 日那天亨丽埃塔似乎是通过凯斯认识了高尔尼，后来司法部门还对凯斯提出指控，理由是他故意隐瞒案发当天的关键信息。所以，当多尔蒂将他列为高尔尼一方的证人，坐在证人席上的他出奇地沉默。被告方律师问凯斯的第一个问题就是他与亨丽埃塔的对话内容，这个问题很快就被检控方反对。最后凯斯也只是为高尔尼象征性地说了几句好话，就被准许离席了。

因为双方律师在法庭上争执不下，一些证人的作证过程十分草率，匆忙收场，例如 14 岁的乔治·沃伦，他就是多尔蒂之前所说的亨丽埃塔向他询问关于印第安人性生活的那位少年（多尔蒂将沃伦列为证人，是想证明亨丽埃塔的行为超越了露丝·安德希尔所说的研究主题范畴——关于印第安女性的情况）。多尔蒂还声称亨丽埃塔一直试图调戏乔治·沃伦，这可以说是目前所有关于亨丽埃塔品行的风言风语中最耸人听闻的指控了。法官只允许乔治·沃伦回答关于他在 6 月 23 日或 24 日（亨丽埃塔抵达怀特里弗镇的头两天）遇见她的事情，还有 7 月 4 日他看见她出现在一个阿帕奇舞会的事情经过。多尔蒂不出所料地追问在其他几次舞会上发生的事情，检控方提出反对，萨默斯法官判决反对有效，因为证人的回答将对亨丽埃塔的品行产生关键性的影响。多尔蒂锲而不舍地尝试变换策略发问，但无一例外都失败了，法庭一次次地阻止他的举证，多尔蒂也一次次地表达不满，乔治·沃伦很快就被准许离席了。

更有趣的是，不论是从乔治·沃伦的证词，还是其他几位年轻信息提供者的消息，都能看出亨丽埃塔的田野笔记最终并没有成为呈堂证供，在庭审过程中也从未被提起过。在经历了漫长而艰难的申诉过程之后，我们才终于拿到一份田野笔记的复印件，而此时距离我们最初完成调研基础工作已经过去了十年。这些田野笔记最初是由案件相关的“政府部门”保管的，不知道出于什么原因没有跟其他的庭审材料一道被送回到纽约，交还到亨丽埃塔的家人手中。多年来，我们费尽心思追寻这些笔记的下落，大多时候都无功而返，最终我们是在亚利桑那州立博物馆找到了这些被遗忘了几十年的宝贵材料。①

从这些笔记中，作为一个“人”的亨丽埃塔渐渐浮现出来。这些并不精美的文字，加深了我们对她这份志业的理解和感知。当初我们用于描述和理解她的那一堆抽象词汇，全部转化成了如今这些血肉丰富的细节，展开在我们面前。不仅如此，这些笔记也让我们对她在保留地做调查时所使用的方法，以及她的

---

① 亚利桑那州立博物馆的档案保管员艾伦·弗格为我们找到了这些笔记，他也不遗余力地帮助我们追踪和解释这些材料的来源。这些笔记是亚利桑那州立大学一位名为伯纳德·丰塔纳的先生的收藏品。当时这位先生也无法解释他是从哪得到这些笔记的，但这些材料中多处均盖有约翰·冈格尔的姓名印章，由此，弗格推断说这些田野笔记材料当初一定曾经被打印成稿，准备用在庭审中。后来证明了弗格的推测是完全正确的。

思维模式——用露丝·本尼迪克特的话来说，“一个努力将事情做好的人”——有了更多的了解。

笔记中，她详细记录了对几位印第安年轻人关于青少年仪式和行为的采访。她坚持不懈地追查这些信息，确实引起了我们的一些担忧，特别是考虑到随后发生的事件。不过，在6月25日（她抵达保留地的第三天）采访乔治·沃伦的笔记中，她只谈到了他对“Gan”[①]的关注，并将其描述为“超自然存有，存在于风、空气、洞穴或大山里的任何地方……会拿出长刀来惩罚那些说了反抗他们的话、有任何忤逆它们的想法，或取笑他们的人”。[②]

周五下午1点55分，高尔尼·西摩尔坐上证人席。到了这个节骨眼，高尔尼·西摩尔即使想要更改之前的认罪陈述，企图翻转案情，成功的可能性也是微乎其微了，再加上之前盖特伍德与斯特里特探员的证词都进一步坐实了高尔尼的罪行，案件的走向逐渐清晰明了起来。在法官的支持下，检控方早已成功阻止被告方律师引导证人开口谈论亨丽埃塔的品行。一些报章杂志将高尔尼描述成一个“阴郁沉闷”的人，还有的形容他“冷漠”，这些形容显然对高尔尼毫无助益。当天下午，高尔尼在全副武装的法警的押送下，面无表情地走进法庭，他身上没有佩戴限制活动的器具。坐下进行证人宣誓的时候，他的眼

① 编者注：“Gan”是阿帕奇印第安人对山灵的称呼。

② 根据写作的需要，我们挑选了一部分田野笔记来呈现与讨论，这部分笔记的完整内容可以在本书末尾的附录部分找到。完整的笔记内容可见网站henriettaschmerler.com。

神不偏不倚、注意力完全集中在法官身上。多尔蒂以提问的方式对他进行第一轮询问，他的眼神便只在多尔蒂和法庭译员两人之间切换。回答问题时他的声音很微弱，但又不至于让人听不见。一个月前，当他第一次出现在大陪审团面前时，媒体纷纷将他描述为“迟钝”、“冷漠”、“克制”的人，不然就是根据故事的需要，偶尔也说他“温顺”或“易掌控”。当天下午，多尔蒂引导他为自己作证，他全程都保持了一贯的平静。

多尔蒂不紧不慢地引导他说出舞会当天下午发生的事情。这个过程已经被之前的证人以不尽相同的视角反复叙述过了，这些叙述与高尔尼和盖特伍德两人亲自签署的供词也差不太多，但高尔尼在法庭上还是增加了一些细节。根据 1932 年 3 月 19 日的《亚利桑那记录报》(似乎是将高尔尼作证内容逐字收录的唯一的现存记录)，当时他用阿帕奇语说：

去年的 7 月 18 日我在怀特里弗镇的东福克，当天上午 10 点左右，我从家里出来去了我父亲家，当时所有的亲戚都在那里，包括我父母亲、我妹妹贝茜·盖特伍德和她丈夫罗伯特·盖特伍德、我弟弟艾瑞斯·西摩尔、约翰·多恩，当时我父亲正在讲故事。

我在那里待了大约一个小时，我父亲说晚上会举行峡谷日舞会，他们都准备要去，我说那我回家问我妻子是否打算也去参加。一开始我是骑马朝家的方向去的，但半路上遇到一群印第安人正聚在一起喝啤酒，我跟他们买了 50 美分的酒，在继续上路之前先喝了两瓶。

到家后我又待了大约一小时，之后和我妻子一起去我父亲家，我们打算跟父亲那边的人一起去舞会现场。我妹夫叫我一起喝酒，所以我又喝了点图拉皮酒。我让他帮我修剪一下头发，就一起到他家里去找剪刀和剃刀，后来又回到我父亲家中。

之后高尔尼讲述了他与盖特伍德一起回到他父亲家，中途遇到杰克·佩里和杰克·凯斯的事情，并且在进入父亲家之前曾看到亨丽埃塔出现在她自家的庭院里。

这里出现了一个值得注意的矛盾点。在先前的陈述里，高尔尼和盖特伍德在回高尔尼父亲家的路上见到杰克·佩里出现在亨丽埃塔家的庭院，亨丽埃塔手里拿着盛水的瓢，至于到底有没有将水递给杰克·佩里就不得而知了。但高尔尼当庭做作证时只说遇到了杰克·佩里，并没有提他出现在亨丽埃塔庭院里的事，双方律师似乎都没有追问下去，这个问题就这样被忽略了。更值得注意的是，若要用一连串零散的信息来拼凑出当天下午在这几人和亨丽埃塔之间究竟发生了什么，就能发现高尔尼的证词里略去了他与亨丽埃塔对话的具体内容，但这部分内容在他的供罪陈述中是存在的：“在进我父亲家门之前，我和那女孩聊了一会儿，她说她急需一匹马去参加当晚的峡谷日舞会，我说我只有一匹马，但如果她愿意的话，可以跟我同骑一匹马去。”在高尔尼庭上作证的过程中，这段与亨丽埃塔对话内容的概括并没有被提起，也没有出现在任何报纸媒体中，有的报纸还将高尔尼与亨丽埃塔两次的单独谈话合成了一次。

上述就是高尔尼叙述与亨丽埃塔的接触过程，他之后的讲述开始有意识地向被告方一贯的辩护策略上靠拢：

离开我父亲家后，盖特伍德骑着驴子先走，我骑上马朝着舞会的地点去，快到那女孩家的时候她叫住了我，当时我早已经骑过了她的家门口，突然听见她朝我喊“过来一下！我有事情要对你说”，于是我扭转马头，进了她家的大门。

她问我：“你有多余的马可以租给我吗？”我指着我正骑着的这匹马回答：“我只有这一匹”。她说：“我听到舞会的声音了，我觉得一匹马应该可以载两个人，我看到很多印第安男人和女人都是骑一匹马的。”

当时我告诉她，只有结了婚的夫妻才会一同骑一匹马出行，所以我不能接受她的提议，她便邀请我进屋，我先是站在门廊，之后就进到屋里，屋里有张桌子，她在边上给我放了一张椅子叫我坐下，还递给我一支香烟。

之后她出门了一小会儿，回来之后径直向我走来，递给我一个酒杯，她说里面是威士忌，让我尝尝。我喝了一小口，说我喉咙烧得疼，她自己装酒的杯子很小，也只喝了一小口，我不知不觉喝了大半。

这时她再次提出要和我一起去舞会现场，我答应了。刚离开她家后不久，我们还返回去取她的印第安手包，她穿的是印第安女人常穿的黄色裙子，鞋子是她自己的。我先走出她家大门，她紧跟在我之后，她先跨上马坐在前面，我坐在她身后，她把手包挂在马鞍角上。

我们准备出发之前，她转头亲了我一下，之后我们就上路了。

《亚利桑那记录报》那位写作这篇报道的记者似乎唯恐自己的文章变成一篇速记的风格，所以他试图添加一些“在场感”，仿佛他本人在现场目睹了整个作证过程一般。所以他会时不时添加一些对高尔尼本人的描述，例如“在将近一个小时的时间里，他都在用一种毫无感情的平调对译员说话”，还补充道：“这个夜晚给高尔尼往日干涸沉闷的生活带来了全新的滋润。”

高尔尼继续说，他和亨丽埃塔离开后路上遇到盖特伍德，他们骑马超越了盖特伍德的驴子，之后又遇到西蒙·威克利夫（这里值得质疑的是，若真的如高尔尼所说，在一同上路之前他在亨丽埃塔家中停留了一段时间喝酒的话，盖特伍德即使骑的是速度稍慢一些的驴子，也早该走远了，不可能还被高尔尼追上）。亨丽埃塔一路上不停地跟他说话，但他也只能听懂其中一部分。

她身上还带着威士忌，我们在赶路中途又喝了几杯。走到一处水洼的时候，她说他想下马走走，她走到一棵树的后面，回来后她问我那条路是通往哪里，我说是通往舞会的，她说自己这么问是因为她正在考虑买一匹马，之后可以骑马走一次这条小路。（实际上，在这之前她已经付钱买了一匹马，只不过周一才会送到她这里。）

我们又喝了一点酒，她又亲吻了我，之后我们继续上路，路遇一道水洼，我们就下马淌过水洼，走上小桥之前她还迟疑了一下，之后就牵着马走到对岸了。

她开始用那个手包轻轻击打我的腿，还牵起我的手轻挠我的掌心，我们坐下之后她不断触碰我的手和颈部，我察觉到她或许是想做点不同寻常的事。

高尔尼所说的“不同寻常的事”到底指的是什么？但凡是个有点偏执的观察者，可能都会问出这个问题，高尔尼的这些陈述似乎没有成功引导陪审团读懂他的“暗示”，没有任何确实的证据显示亨丽埃塔“想做点不同寻常的事”，或证明她的动作是一种“魅力诱惑”。高尔尼的证词没有成功激起在场者对亨丽埃塔的愤怒。并没有明确的理由推断亨丽埃塔用手包拍打腿部、挠他的掌心，或触碰他的脖子就是对性行为的暗示——更别说是一场粗暴、激烈的性暴力了。

高尔尼继续向法庭讲述这场性接触的“细节”，但由于那个年代公共话语惯例的限制，这些细节信息经过媒体改头换面的遮遮掩掩之后，真实性和准确性永远不复存在了——不仅仅是热衷于报道此案的《亚利桑那记录报》和美联社，就连本应绝对忠实地记录下全部事实的 FBI 内部机密报告里，也都对“强奸”一词避而不提。

《亚利桑那记录报》企图用一种概化的方式蒙混过去：“在律师多尔蒂的引导下，高尔尼·西摩尔讲述他与施梅勒小姐的亲密行为，即使是在用自己的母语阿帕奇语作证，他依然很难完整地组织语言来表达自己的观点。”

我们做爱之后，我呕吐了，我意识到自己做了错事，我告诉她我要一个人自己去舞会，她非常生气，捡起石头来丢我，我也朝她丢石头反击，她朝我喊‘我有刀，我要杀了你’，然后就拿着刀刺向我，我躲开了。她说她要杀我的马，说完就朝我的马跑去，我赶紧追上她。正当她举起刀要刺向我的马时，我从后面抓住了她的手腕，我们扭打在一起，我还没醒酒，不记得打斗了多长时间，后来我夺走她手中的刀，往远处一扔，赶紧跳上马，以最快的速度离开了。①

多尔蒂还不放弃任何一丝能暗示陪审团的机会，他问高尔尼："当你跨上马离开的时候，那个白人女孩在做什么？"

"当时她应该是朝着我扔刀的方向走去，可能她想找那把刀？"

"后来你还见过她吗？"

"没有。"

"你认为是你杀了那个白人女孩吗？"

"不是我。"

"你曾对罗伯特·盖特伍德说，是你杀了那白人女孩吗？"

"我没有说过。"

这里存在值得注意的矛盾之处。根据高尔尼在法庭上的作

---

①《亚利桑那记录报》的报道似乎更倾向于采用法庭上的原初说法，所以报道中的言语大多用的是译员唐纳德·麦金托什对高尔尼证词的直接翻译，而美联社则看似对这些证词进行过一番修饰，使它们变成更加规范化的英文表达。例如对于上述这段证词，美联社是这样呈现的："我打了她，她扬言要杀了我，随即拿出刀来追赶我，她又说要杀掉我的马，举起刀就朝我拴马的方向走去，我赶忙追上去，从后面抓住她的右手腕，然后我俩扭打在一起，最后我成功抢夺了她手中的刀子，朝远处用力扔，之后我跑着跨上马，朝舞会地点的方向跑了。"

证陈述，亨丽埃塔是在高尔尼说要抛下她独自前往舞会地点之后才生气发怒的，他也没有提到将刀架在亨丽埃塔脖子上的事情。最关键的是，在这个版本的证词里，当高尔尼离开现场时，亨丽埃塔显然还是活着的。

那份早已签署了的认罪陈述以及检控方持有的一系列证据，使得高尔尼·西摩尔减轻嫌疑甚至脱罪的可能性已经越来越小。正如众人猜测的那样，多尔蒂开始调转火力，他从高尔尼在签署供罪之前被拘留的那段时间里寻找突破口。

## 从认罪过程中寻找疑点

多尔蒂开始引导高尔尼说出被拘留期间的事情。高尔尼说，被捕当天周六上午大约7点，他被准许吃了点东西，此后一直到周日的下午1点签署所谓的“供罪”之前，在这长达三十个小时的时间里，他一直没有进食。他第一次接受问询是在怀特里弗的政府办公室，之后又陆续被带进去两次，最后那次才终于有了一位译员在场进行翻译，但他仍然没有说出他是怎么和那个白人女孩相遇的。他说，周日签署供罪之前，他被带到麦克纳里的监狱关押了一晚，第二天早晨又被带回怀特里弗镇接受问讯。当天在场的除了斯特里特，还有库利、维莱克斯、卡明斯和“两个白人官员”。高尔尼在庭上说：“下午1点左右我才开始交代跟那个白人女孩的冲突过程，但在这之前整整两个小时的时间里，都是他们一直在说，并没有我说话的份。”“他们”指的应该就是斯特里特和多塞拉。

“他们说要把我送到埃尔帕索去，说他们也不知道我到了那里会遭受什么，让我老实交代，所以我开始说出我和那白人女孩的冲突过程，但我从来没有说是我杀了她，我也没有说我有谋杀她的意图，我也是在舞会之后的某个周日才得知她死亡的消息，在这之前我连她具体的姓名都不清楚。”

多尔蒂拿来供罪陈述，让高尔尼辨识上面的签名是否是他的亲笔签名，他回答是，之后又说，当时多塞拉向他宣读供罪陈述时非常含糊，“我告诉他有些重要的词遗漏了，我还有想说的话没有说完，但斯特里特先生没有让我说，而是塞给我一支笔，催促我赶紧签名。”

“在这之前你有被告知你所拥有的宪法权利吗？”多尔蒂问。

高尔尼说：“我不知道什么是‘宪法权利’。”

在所有的材料中，我们并没有看到有明显的证据显示高尔尼在审讯和认罪过程中曾遭受过身体上的胁迫或虐待。试想一个弱势的印第安男子，孤身一人面对一群强势的白人执法人员，最后做出这样一份复杂、信息含量高的认罪陈述，难免让人不由自主地猜想这过程中是否有什么不可告人的猫腻，再加上历史上白人的法律在印第安世界中长期横行霸道所留下的粗野残暴的作风，有这种猜想也并不让人觉得突兀。但有趣的是，在我们所找到的所有官方档案卷宗、报章杂志和电报通信中，没有任何一处曾提到或暗示了高尔尼·西摩尔在接受审讯时曾遭受过暴力对待。

高尔尼作为证人出庭的初次询问就在不断推翻自己的供罪

陈述中结束了，本来应该轮到冈格尔对他进行交叉询问，但冈格尔向法庭申请使用周六一整天的时间对高尔尼进行问询，于是法官宣布第五天的庭审到此为止。

**庭审第六天：检控方对高尔尼进行交叉询问**

庭审继续进行。这场庭审获得了全国上下的空前关注，每天数以百计的稿件从格罗布市的庭审现场发往全国各地的媒体总部，包括美联社、合众国际新闻社、国际新闻社，这些报道不仅在纽约引起高度关注——《时代杂志》、《先驱论坛报》和《每日新闻报》都争相报道，全国各大主流城市的媒体也都在保持密切关注。本土媒体《亚利桑那星报》和《图森市民日报》派出自己的采编队伍，每日在法庭外屏息凝神等待消息，第一时间将庭审情况编写成新闻稿，通过电报发送出去。但参与报道的所有报章媒体里，反而是毫不起眼的《亚利桑那记录报》——总部在格罗布市、一周发行两次的小报，给我们留下了大量的庭审过程和对话内容。由于当时正值美国经济大萧条时期，基于成本的考虑，法庭最终决定不对这场庭审做全程的文字记录，所以《亚利桑那记录报》的报道对我们这些后来研究者和事实追寻者来说，简直是极大的福音。

我们着手进行这个项目的初期，在贝莱姑妈的公寓里找到一本全是剪报的剪贴簿，里面全是关于亨丽埃塔案件的消息报道——关于失踪遇害的和搜寻救援的，更重要的是关于庭审的内容。我们从大学、博物馆、FBI、监狱系统和个人收藏家那里拿到了海量的资料，全是杂乱无章未经分类的各种文字资料，其中大部分是不明出处的报纸，有一些报纸上面印有美联社或合众国际社的发稿日期。最重大的收获发生在我们第一次去亚利桑那州格罗布市的《亚利桑那记录报》总部寻找相关资料的时候，本来是要失望而归的，因为报社的人告诉我们，即使旧的报纸档案还存在，也几乎不可能找出来。但就在我们离开后不久，一位年轻的编辑追出来在街头叫住我们，手里挥舞着几期他刚刚寻获的旧报纸，报纸的日期分别是1932年3月15日、3月19日和3月22日，恰好是亨丽埃塔一案庭审期间的报道，里面包含了大量的庭审对话，对信息的还原和丰富程度远远超出其他任何新闻通讯社的报道，这些报纸后来成了我们整个调查过程中关于庭审部分的最佳信息来源。

不同立场的人对同一事件的叙述会出现各异的侧重点，这并不出奇。强势的律师擅长掌控舆论的风向——他们在抗辩中表现得响亮、好斗和粗暴，而在亨丽埃塔案件中，印第安人在旷日持久的庭审煎熬中表现出来的冷静和斯多葛式的耐性，也为故事提供了一种新的叙事可能。至于批评亨丽埃塔天真无知、鲁莽愚蠢，则是整个庭审过程中循环不息的主题。整个案件的核心争议始终绕不开高尔尼·西摩尔和他的印第安人身份，他被形容成一个即使处于各种势力交锋和唇枪舌剑中仍然保持寡言和冷漠的人。实际上，在高尔尼还没有出现在媒体大众视野之前，关于他的谣言与想象早就漫天流传了：“既然他已经亲手签署了供罪，还有希望在法庭上翻案吗？他还能说什么来为自己辩解甚至脱罪？”记者们很快就意识到，被告律师多尔蒂的策略就是不惜一切代价推翻这份供罪，引导高尔尼·西摩尔在法庭上逐步否认一切指控，当这个策略逐渐清晰起来，关于高尔尼有可能成功脱罪的猜测开始成为新闻报道的主题，看热闹的人们开始期待戏剧性转折的发生。

或许是因为之后的庭审进程越来越紧凑——星期六是由检控方对高尔尼进行交叉询问，紧接着是周一的结案陈词、陪审团退席合议、做出裁决、法庭宣判……一切都进展得太快，报纸媒体们应接不暇，周六当天检控官对高尔尼的交叉询问成反而为了所有庭审对话记录中最含糊、最简略的部分。高尔尼在法庭上讲述了一个可以被概括为“决定命运的马背之旅”的故事版本——亨丽埃塔如何诱使他一同骑马去参加舞会，他如何半推半就地和她发生了性关系，如何被迫卷入打斗和自卫，以及他离开事发地时亨丽埃塔还活着的事实。

从仅存的资料上看，公诉人冈格尔和他的助理律师很显然没有抓到高尔尼新版本证词中的漏洞，反而**加强**了高尔尼无罪的叙述，至此，检控方才意识到被告一方翻案的决心和行动已经发展成了难以阻挡的势头。

### 检控方试尝试击破高尔尼的庭审证词

轮到检控方进行交叉询问环节，冈格尔使用各种策略试图击破高尔尼的法庭证词，于是便有了如下的问答：

**“所以，不像之前供罪陈述中所写的那样，高尔尼·西摩尔**

**没有刺杀亨丽埃塔·施梅勒吗？”**——没有。情况恰好相反，是亨丽埃塔先掏出刀子威胁说要杀了高尔尼和他的马，高尔尼去抢夺她手中的刀，两人便扭打在一起，高尔尼夺下刀后“将它扔到远处”。

**“高尔尼没有用石头砸向亨丽埃塔的头部吗？”**——没有。当高尔尼·西摩尔与亨丽埃塔发生性关系之后，他感到后悔莫及，而亨丽埃塔却发怒了，朝他扔石头，他“也用石头反击回去”，但他不清楚到底砸中亨丽埃塔哪里，也“并没有看见她倒地”。

**“当高尔尼骑马离开现场的时候，没有看到亨丽埃塔一动不动地倒在地上吗？”**——没有。事实上，当高尔尼“跨上马全速离开现场的时候”，亨丽埃塔正跑进树丛中去找那把刀。

高尔尼在作证时所描述的与亨丽埃塔发生冲突的细节，与他之前的供罪陈述和多尔蒂的辩护陈述都存在很大出入。在报道的叙述中，我们还看到一种倾向：高尔尼当时的醉酒程度与英文理解水平原本只是一些次要的考量因素，检控方却试图抓住这两点来发起攻击。

正如美联社报道中所描述的：“坐在证人席的高尔尼·西摩尔看起来窘迫不安，而联邦检察官冈格尔用他那副角质边框的眼镜不断敲击桌面，给证人造成无形的压迫感。紧接着，他开始展开密集的、猛烈的攻击式发问，正如他之前预告过的那样，这场交叉询问或许会持续一整天。”

## 高尔尼的醉酒程度

冈格尔开始追问高尔尼 7 月 18 日当天的饮酒情况。高尔尼说自己在中午时喝了两瓶啤酒（冈格尔问："当时喝醉了吗？"他回答："没有喝醉，但是喝得非常舒服。"），没过多久又在他父亲家中喝了点图拉皮酒，冈格尔追问："那时感觉到醉了吗？""有点微醺，但没有醉。"高尔尼回答道。

高尔尼说他在亨丽埃塔家里"喝了两口威士忌，当时感觉有些飘飘然"。在两人一起上路之后，途中他又喝了亨丽埃塔随身携带的酒，之后才完全进入醉酒状态。

冈格尔问："当时那个白人女孩是清醒的还是醉的？"冈格尔指的正是两人在山谷发生肢体冲突之前的那段时间。

"当时我已经喝醉了，不清楚她是不是也一样。"高尔尼答道。

"所以你当时已经醉了？"

"是的。"

看来，把"喝醉"作为辩护的理由也是被告方的脱罪策略之一，但似乎检控方也想从这里找到一个突破点来冲击高尔尼的证供，在交叉询问的最后，高尔尼仍旧坚持自己没有杀害亨丽埃塔，冈格尔再次提起："你说当时你是喝醉了？"

"是的。"高尔尼回答。

冈格尔追问："你真的醉到完全意识不到你在做什么吗？"

"如果只是半醉，我会记得事情的，但当时我真的是完全醉了，所以我一点都不记得了。”

高尔尼死死咬定自己当时醉得不省人事，但检控方并不买账，他们不相信一个人在经历了可能威胁生命的肢体冲突之后，居然不能准确回忆起任何细节，这难以使人信服。

## 高尔尼的英文理解水平

还有一个十分关键却从未被提出的问题，就是高尔尼对英语的掌握程度。高尔尼若想成功脱罪，横在被告方面前最大的绊脚石就是那份已经签署的认罪陈述。被告方深知，最直接的突破口便是证明这份供罪陈述和签名是通过不正当的审讯手段得来的——首先是FBI的斯特里特探员没有向高尔尼传达他基本的宪法权利，其次是翻译在转达审讯程序过程中的含混不清，最后是斯特里特在要求高尔尼签名时有意催促他，使用各种策略向他施压。在上庭作证之前，高尔尼向法庭提出需要译员帮助，这就足以让陪审团警觉并质疑高尔尼是否真的是在熟知供罪陈述内容的情况下签署自己名字的。

以下是3月19日《图森市民日报》的报道摘录。检控方试图通过提出“高尔尼的英文理解能力”的争议点，来戳穿高尔尼“清白无辜”的伪装：

通过译员的转译，高尔尼·西摩尔坦言自己是在保留地上的学，但不清楚自己就读的年限，在学校时也被要求用英语交流。

“你会说英语吗？”冈格尔逼问。

“不太会说。”高尔尼通过译员回答道。

冈格尔示意在一旁的译员，他准备尝试用英语直接与高尔尼对话：“当天你去参加峡谷日舞会了吗？”

高尔尼用英语回答：“去了。”

“你是坐汽车去的还是骑马去的？”

“骑马。”

“跟谁一起去的？”

“那个白人女孩。”

“你知道那白人女孩家住在哪吗？”

“知道。”

之后的询问又转回使用阿帕奇语。高尔尼解释说自己虽然也能听懂一点简单的英文，但每当他尝试说英文时“总是词不达意”。之后他又重复说了他骑马经过白人女孩的家门口，却被她叫住的过程。

冈格尔问：“你骑马从施梅勒小姐家门口经过时是处于醉酒状态吗？”

“不是。”西摩尔这次用阿帕奇语回答。

“所以你当时意识是清醒的，知道自己在做什么对吗？”

“是的。”

“所以你当时是用英语和施梅勒小姐交流的吗？”

“我当时是在说英语，但是我说出的话可能没有正确表达我的意思。”

冈格尔提出，让西摩尔把当时与亨丽埃塔对话时说的英文原话在法庭上说出来，尤其是当亨丽埃塔提出要和他同骑一匹马去舞会现场的时候，他是如何回应的。

西摩尔迟疑了一阵子，一字一句结结巴巴地说："男人要与妻子一起骑马……我不想这样做。"

冈格尔对高尔尼的交叉询问持续了一整天，却没有击破高尔尼直接证言中的任何一处漏洞。直到当天下午 4 点 45 分，高尔尼还在一口咬定："我没有杀害她。"冈格尔见状急忙结束盘问，宣布停止举证。至此，控辩双方都清楚自己已经使尽了浑身解数，这场抗辩即将迎来终局。对双方来说，明天将是一个难得的休息日，结案陈词安排在周一进行。

## 庭审终日：结案陈词与陪审团合议

周一上午 9 点 30 分之前，陪审团成员已经在陪审团席就坐完毕，今天是计划中的庭审最后一日。之前的周日虽然是个休庭日，但对于这些陪审员来说却没有想象中的那么自在轻松，他们还是被限制在法庭指定的公寓中，与外界隔离开来。由于法庭禁令严禁他们私下里议论案情，所以即使他们能在公寓内部相对自由地活动，但为了避嫌，他们也只能避免与别人长时间待在一起。平时会有一个法警在附近巡视，但休息日那天却不见他，或许是受经济大萧条的影响，法庭为了节省开支而不能再支付他哪怕多一天的报酬——举国上下都在被大萧条的阴影笼罩，就连法律部门也难逃一劫。在这种情况下，法庭禁令的实施恐怕更多要靠陪审员们的自我约束了。萨默斯法官也反复强调不能私下讨论案情，一旦有陪审员违背这项禁令，情况将变得难以收拾。

旁听者名单早在前一天就已经编录好了。开庭当天早上，尽管法院内外一如既往地聚集了各路人群，旁听观众在进入法庭就座时却是有序而肃静的。他们中的大部分人都不是第一次来旁听这起案件的庭审了，所以他们习惯于找熟悉的位置坐下，连续几天都是如此。旁听者们对接下来的程序早已了然于心，在陪审团合议案情之前，控辩双方的律师会分别做最终的结案陈词，然后法官会为陪审团稍后合议裁决提供指导和提示，之后的一切重任就全部落在了陪审团的身上。

庭审终日的开场白是萨默斯法官对陪审团的告诫和敦促，萨默斯法官要求陪审团成员为了要做出不偏不倚的公正裁决，务必仔细聆听双方的结案陈词。他为陪审团列出了五种可能做出的裁决：一级谋杀罪且不予以宽大处理，强制执行死刑；一级谋杀罪但建议宽大处理，判处终身监禁；二级谋杀罪；过失杀人罪；无罪并当庭释放。

在接下来的六个小时里，检察官冈格尔与助理检察官克拉伦斯·佩林代表检控方，多尔蒂代表被告人高尔尼分别再次陈述案件的基本事实、回顾证人的证言、提出合理性解释，一切都在紧张而密集地进行着，中间只被午歇短暂地打断了一次。

可能是因为前一天冈格尔对高尔尼进行交叉询问末尾突然宣布停止举证，冈格尔和佩林在结案陈词的策略和语调上表现得尤为谨慎，而多尔蒂的结案陈词则磕磕绊绊，他也表现得越来越激动、焦虑，甚至有时让人觉得咄咄逼人。

助理检察官佩林首先代表检控方进行结案陈词。他一开始先陈述了亨丽埃塔来到保留地是为了从事人类学田野调查项目的事实，她只是由哥伦比亚大学——“这所全国闻名的综合类院校每年派出到各地进行学术研究的千百个学生之一”，基于这一点，他带陪审团回顾了几天的庭审中对亨丽埃塔来到保留地原因的证词。佩林强调，亨丽埃塔在保留地期间做了大量意义非凡的调查工作，她的专业度和热忱驱使她不愿意错过盛大的峡谷日舞会。亨丽埃塔一直对印第安信息提供者报以真诚和友好，作为一个研究者，她对事物有天然的好奇心……尽管佩林深知，陈述这些可能又会再一次引发对亨丽埃塔品德的讨论，但他还是以此作为结案陈词的序言。

紧接着，佩林回溯了亨丽埃塔与高尔尼·西摩尔一同前往舞会现场的过程。他坚称，亨丽埃塔与高尔尼同行的全程一定是伴随着忧虑与恐惧的：“各位绅士们，你们难道真的认为一个弱小的年轻女孩会让高尔尼·西摩尔——一个她素未谋面的陌生男人进到家里，还给他酒喝，又对他心生爱意并亲吻他吗？”

之后的结案陈词由冈格尔与佩林交替进行。他们再次强调高尔尼曾经亲自签署供罪陈述的事实，详细回顾了这份供罪陈述，从翻译到复读、再到多方见证下签署生效的过程。佩林特意提醒陪审员，要注意高尔尼的英文理解能力比他自己所认为的更高，这一点可以从他在庭审过程中的表现看出来。另外，高尔尼当庭否认供罪陈述，提出一个新的故事版本，但这个版本甚至与他的代表律师多尔蒂先前辩护的版本都大相径庭，这一切都使得高尔尼的“清白说”越来越站不住脚。

检控方第二重要的武器是盖特伍德的证供。冈格尔详细复述盖特伍德指证高尔尼·西摩尔的证词，他提醒陪审团注意：为何盖特伍德在明知注定会承受风险和压力的情况下，还要站出来指证他妻子的哥哥，那个与自己非常亲近的人？

冈格尔向法庭回顾亨丽埃塔尸体被发现时的情形和案发地的基本情况，他指出，从尸体残损的程度与案发地被破坏的情况看来，这绝非是一场基于双方同意的性行为，打斗也一定不是在性交之后才发生的，亨丽埃塔极有可能遭到高尔尼·西摩尔的强奸。

四十分钟的午歇之后，轮到被告方律师多尔蒂进行结案陈词。多尔蒂一开始就向陪审团表明，不论是高尔尼还是他自己，在这场庭审的对抗中一直是劣势者，也是最后的输家：“这位可怜的、软弱的年轻人，他背后可没有实力雄厚的山姆大叔为他撑腰，没有完备坚实的法律团队和资源来为他的辩护提供保障，他那有限的经费，也只请得起我这样级别的律师。”

多尔蒂结案陈词的全过程都在试图建立一种特殊性：“在阿帕奇印第安人的历史中，从来没有出现过这样有损族群荣誉的事情。历年来，大量白人女性在他们的地盘里进进出出，从来没有发生过让她们的贞洁受到损害的先例。”

虽然我们没有强有力的证据来辩驳这段对历史的歪曲解释，

但在亨丽埃塔之前前往印第安保留地从事调查研究的工作者们一向不受到印第安人的欢迎，这种排斥情况确实伴随着骚扰和袭击行为。在过去的十年里，我们就能找到不止一例针对白人的严重暴力伤害事件。

与检控方的节奏完全相反，关于亨丽埃塔如何死亡的部分，多尔蒂只是用几句匆匆略过，在他的陈词中，高尔尼是个有责任心、充满善意和单纯的青年，而亨丽埃塔则是个满腹心机的、不择手段地勾引男性以达目的的人。“在一个平凡却注定改变命运的早晨，当这位年轻的印第安人如往常一样走出自家帐篷，他怎么可能预料到有一道诱惑的关卡正在前面等着他。他或许还曾诚心祈祷，上帝啊，请让诱惑远离我。而亨丽埃塔·施梅勒，为了达到自己的目的——与其说是想诱使高尔尼带他到舞会，不如说是想借此满足她的肉体欲望，所以在出发之前，亨丽埃塔不断地给高尔尼灌酒，对他进行身体上的性暗示。试问一下，高尔尼作为一名血气方刚的年轻男子，怎么会经得起这样的诱惑攻势呢？亨丽埃塔靠色诱达到了自己的目的。但在事发的那个峡谷里，当高尔尼说他“追悔莫及”，打算抛下亨丽埃塔自己一个人去舞会现场时，亨丽埃塔“预感到去参加舞会的计划破碎，她就不能在舞会现场炫耀她身上的印第安裙子了”。她恼羞成怒，开始掏出刀要刺高尔尼和他的马，还捡起石头丢高尔尼。说到这里，多尔蒂故意停顿了一下，转身面对陪审团说：“**面对这样的危境，反击难道不是正常人应该做出的反应吗？混乱中，他砸中了白人女孩的几颗牙齿也是有可能的，但高尔尼并没有故意这样去做。**”

面对多尔蒂对亨丽埃塔品性的诋毁战术，检控方必须尽力扳回一城才行。冈格尔强调，亨丽埃塔作为哥伦比亚大学表现优异的研究生，学术能力和道德品行自然有保证。她在保留地居住的三周半的时间里，各方面的能力特质显露无遗，这样一位优秀的研究者，绝对不可能像被告方律师所说的那样，故意灌酒和色诱印第安人。

但多尔蒂必须要抢占先机。他的音调逐渐升高，情绪由激动转向愤怒，他转身直面陪审团："我请各位绅士注意检控方的可笑逻辑，检控方的意思是，只要是经由名校派出到印第安保留地的所有女性都是善良的天使吗？我在此恳请各位陪审员不要被这种'大学学生不可能喝酒'的谬论所欺骗，施梅勒小姐的行为可能就是脑子一热的突发奇想。"

"如果不是这样的诱惑出现在面前的话，这个可怜的边缘人不会做出我们指控他做的那些行为。我相信这不是一个天真无邪、涉世未深的女大学生误闯印第安保留地、懵懵懂懂地开展冒险的故事，她被男人的手臂环抱着，踏上一条人烟稀少的僻静小路，一个高学历的年轻人会将自己置于这样的危险当中吗？这样的行为是谨慎的选择吗？"

"所以，我在此恳请各位陪审员不要因为宪法第十八修正案的存在，就站在真相的对立面，在今时今日，即使是一个大学生，喝点威士忌也是再正常不过的事。"①

---

① 译者注：美国宪法第十八修正案规定，酒类的酿造、运输和销售是违法的（但是可以私下拥有和私下饮用），实质上是关于酒类饮料的禁制令。

“刚开始，施梅勒小姐递给高尔尼一杯水——这是她设下的圈套，好让这位可怜的印第安青年一步步掉入陷阱，但这距离目的达到还远远不够，所以她把水换成了威士忌。”

多尔蒂指出：“这个白人女孩抵达保留地是在六月份，但之后的几周里，她一直没能建立起什么像样的社会联系，也没有白人愿意亲近她，她便盯上了这个印第安男孩，想要主动投怀送抱。”

“就算我们暂且假定她是无过失或无过错的，假设她的行为全部都合乎情理，但她毕竟是一只从学校的禁锢中被放出来的金丝雀，期盼着在家猫温暖的掌心中找到新的避难所，难道就因为这只家猫无法抵挡自然本能的诱惑，我们就要杀了它吗？”

“高尔尼·西摩尔是个印第安人，就像之前的证人们所说的那样，他是个品行端正的印第安人，我们要厘清的是他的意图所在，追问是什么外部因素驱使他做出这样的行为。”

难道高尔尼从来都没有惹过麻烦吗？唐纳作为被告方人格证人在庭上作证时曾说，他所供职的印第安事务局从来都没有接到过对高尔尼的投诉，在整个庭审过程中似乎也没有人对这一点提出质疑。在我们从FBI那里拿到的一份庭审报告中写道：“印第安管理机构的主理人曾经收到关于高尔尼涉嫌做出不端行为的举报。”难以置信的是，在FBI最初提供给我们的材料中，这部分内容被莫名其妙地被删去了，直到法庭责令FBI提供未经删减的报告之后，我们才获得这部分信息。

多尔蒂反对单凭亨丽埃塔尸体的状态就推断出一定是高尔尼对他施加了暴行，尤其是她脖颈那道致命伤——并无证据证明是高尔尼所致。且从案发当日到尸体被发现的几天内，当地连下了好几天雨，尸体很有可能被雨水冲刷和搬运了好一段距离，动物啃食和其他自然力的作用都有可能彻底改变尸体的形态。“之前的检控方证人，纳瓦霍县副治安官乔治·伍尔福德就说过，检控方的几位证人在上庭之前曾排演如何展示尸体残破不堪的程度，请各位陪审员不要被他们预谋好的假证词所蒙蔽。”多尔蒂说道。

对于检控方视若杀手锏的盖特伍德的证词，多尔蒂更是不屑一顾。他义正辞严地指出盖特伍德的证词是被操控过的虚假证词：“至于那位盖特伍德先生的证词，11 月 1 日他在怀特里弗镇被逮捕，直到开庭之前一直被关押在区检察院所管辖的监狱中。但正如各位所见，他在庭上作证时欺骗各位说 11 月 1 日之后他一直住在怀特里弗镇的家中，当时正是高尔尼被逼承认罪行的时间。之后他又改口说他被安排住在图森市的旅馆中，最后才不得不承认自己是被关押起来了，而且猜猜是谁一直和他在一起？赫苏斯·维莱克斯，尸体的发现者之一。”

“请大家换位思考，如果是你们身处这样的强权和压迫，被禁食禁水长达三十个小时，你们肯定也会丧失意志，不管拿来什么都签了就是了。你们肯定会说：‘上帝啊，放过我吧，给我那张死刑执行令，只要能还我自由，我什么都愿意签。’”

多尔蒂也不认为高尔尼的英文理解水平如检控方检察官所说的那样，能够清楚地理解供罪状中的内容，他为高尔尼辩驳：“这位印第安年轻人常年隐居在荒野中，平日里只听得到风的狂啸和野兽的怒号，现在却被安排在这文明的法庭和一群陌生面孔之中，如坐针毡，还要受千夫所指。”

多尔蒂继续说：“请各位不要忘了，在几代人之前，我们现在脚底下踩着的这块土地还是印第安人安居的乐土，白人西进入侵之后，他们奋力抵抗守卫家园，却寡不敌众，被迫一退再退，退到今天这蛮荒之地。”

“眼前这个年轻人的生命中曾经面对的最严峻的威胁，不是枪炮，不是暴力武器，而是来自一个年轻女性的红唇、长裙和魅惑的装扮。”

多尔蒂最后一次停顿，眼神悲哀地扫了一圈法庭上下，最后落在陪审团身上，以深情的结尾呼吁道：“各位，请想象你们手中握着的那事实的准绳，这个印第安男孩值得一个公正的裁决，请各位像我们对待白人一样，给予这位可怜的印第安土著一些人性的包容。”

冈格尔刻意借用多尔蒂结案陈词的最后这句话，再做了些补充：“没错！我方同样也恳请在座的各位陪审员不要将这位印第安人与白人区别对待，请将死者放在与被告同样的境遇中去考量。”

“只要我们还沉浸在刚才被告方律师煽情的长篇大论中，而持续忽视死者所受到的折磨，伤害与犯罪就永不绝。你们的裁决会昭告世人，以后来到亚利桑那州的客人，将不再受到这样的生命威胁。守护亚利桑那州司法的至高无上与人民利益不受侵犯，是各位陪审员的神圣职责，你们已经宣誓过了，请不要背叛了你们宣誓的义务。”

“我们的注意力总是很容易被在世的人所占据，而逐渐忘却了逝者也需要公道，被告方律师一直在呼吁宽恕这位年轻人，但我以最大的真诚提出，此案中被告的罪行足以判处死刑，请各位陪审员谨记曾对法庭宣誓的内容，不要与誓言背道而驰。”

## 法官给陪审团最后的指导意见

冈格尔陈述完毕后，庭审终于来到尾声——萨默斯法官例行给予陪审团一些基本指导意见。法庭挂钟的时针不知不觉已快要走到下午 4 点，萨默斯法官对陪审团表示，最好的情况是在庭审结束的当天完成合议，拿出统一的裁决。他再次复述了五种可能的判决结果，并向陪审团申明：“陪审团做出的裁决必然是这五者之一，无论做出怎样的裁决，必须是全员一致通过的结果，只要任何一人存在异议或投出反对票，陪审团必须继续合议，直到达成全体一致的裁决。”

萨默斯法官特别提醒陪审团在做出裁决的过程中，切忌携带任何种族偏见：“在座的各位陪审员们想必已经听过双方律师的主张，有一个观点是双方一致捍卫的，即判断被告人有罪与否的唯一基石就是证据，正如双方律师所说的那样，你们唯一可以运用的，就是事实的准绳。”

言毕，萨默斯法官询问陪审团是否还有疑问，陪审团回答无疑问，法官代表法庭向所有旁听者与证人表达谢意，之后陪审员们在法警的引导下回到陪审团会议室。接下来的时间里，他们将一直待在里面对案情进行合议，直到所有陪审员都达成一致裁决为止。此时，法庭墙上的时针正好指向下午 4 点。

## 宣判环节

晚上9点28分，陪审团主席告知法警，陪审团已作出统一裁决。9点39分，高尔尼被带回法庭被告席，9点45分，萨默斯法官回到法庭；10点整，法警宣布庭审继续进行。萨默斯法官循例问陪审团是否已有裁决，陪审团主席巴克利先生回答“是”，并起身将装有裁决结果的信封提交给法官，法官阅后转而将写着裁决的纸递给副法庭书记员爱德华·斯克鲁格斯，他起身，用低沉而缓慢的声音念出纸上的内容：

“本陪审团经由法庭程序召集选任，负责对‘联邦政府诉高尔尼·西摩尔’一案作出裁决，现陪审团已作出一致裁决，判处被告人高尔尼·西摩尔一级谋杀罪名成立，不执行死刑。”

相比过去，今天公众很容易通过各种媒体的即时直播报道来监督陪审员的合议过程，尤其是当陪审员之间出现争辩抵抗、绝不退让的分歧时；陪审员本人还可以在事后接受电视采访，讲述作出裁决的过程；甚至还有陪审员忙着与出版社商量著书事宜，讲述案件审理的全程……但对于这场发生于1932年的庭审，最初我们只能像串珠子一样，从各大报章杂志海量而碎片的报道中比对筛选出事实，再将它们串成完整的故事链条。我们所得到的新闻报道主要来源是美联社，故事报道则主要从《亚利桑那记录报》和《图森市民日报》两家报社的报道中获得。

陪审团从开始合议到达成一致裁决大约耗时四个半小时，

中途有一小时的晚餐休息时间。在退庭合议的最初阶段，所有陪审员都一致认定高尔尼有罪——第一次不记名投票结果全部为“一级谋杀罪”，但最大的分歧出现在量刑——是对高尔尼执行死刑，抑或是本着“宽大处理”的原则，判处终身监禁？

为了在量刑上达成一致，陪审团成员接连进行了七轮投票，终于在第八轮投票时达成一致——量刑为终身监禁，但陪审团内部对于量刑问题的分歧程度到底如何，我们将永远不得而知了。旁听席里总有那么几位经验老到的记者，他们常常夸耀自己有“看穿陪审员表情”的能力，据这些记者描述，即使在量刑裁定上存在分歧，陪审员最终还是形成了“统一战线”。

法庭书记员念出陪审员的最终裁决的时候，高尔尼脸上“并没有出现明显的情绪起伏”，旁听席里坐着的高尔尼双亲也“面无表情”地听完了全程。（这两段描述出自《亚利桑那记录报》的报道，这段关于高尔尼一家情绪的总结是基于上文所铺垫的——千百年的历史过程中磨练出印第安人对于痛苦和厄运有种斯多葛式的坚忍与隐忍，使得他们习惯于喜怒不形于色。）裁决宣读完毕后，萨默斯法官例行感谢陪审团成员对此案所投入的时间与精力，并准许解散离席，之后要求执法人员于明日上午 11 点之前将高尔尼 · 西摩尔带到法庭进行最后宣判。晚上 10 点 9 分，高尔尼被押送回监狱。

# 14 | 法庭宣告最终判决，高尔尼·西摩尔接受服刑

1932年3月22日，周二早晨。经历了过去几天的紧张和喧闹，这天的联邦法院内外显得有些冷清。几位执法人员将高尔尼押送到被告席上就座，身边是他的律师多尔蒂。高尔尼的父母、妻子带着他们六个月大的儿子哈利在法庭外等待，还有几位从头到尾旁听了庭审过程印第安部落成员，他们依旧前来见证这场庭审最后的时刻。检控方团队全部到场，现场还有几家媒体的记者前来报道今天的大结局。上午11点整，随着萨默斯法官手中的木槌落下，宣判正式开始。

多尔蒂首先向法庭表明现阶段不会提出上诉。之前各方还在翘首期待被告方是否会提出上诉，将这场庭审拖入遥遥无期的进程之中，现在看来是不可能了。多尔蒂在法庭上宣称："我方暂时不考虑提交上诉动议，但如果高尔尼·西摩尔的亲属或部落成员坚持上诉，且保证有足够的资金支持上诉流程的话，我方仍然保留提交上诉的权利。"很显然，被告方在资金方面早已山穷水尽了（据说之后一段时间里多尔蒂还在追讨他的律师费），之后再提起上诉的可能性实在是微乎其微。

听罢多尔蒂的说辞，萨默斯法官提问高尔尼："被告人还有什么要说的吗，是否要为自己的罪名辩解？是否认为法庭对你作出了不公裁决？"高尔尼站起身的动作比平日里要敏捷许多，在翻译的帮助下，他请求法庭准许他在宣判之前说几句话，萨

默斯法官准允:“你可以说，或由你的律师代表你说。”

“不用，我可以自己说。”高尔尼坚持。

“我是个好人。从没想过今天我会像个罪犯一样站在这里，我从来都只专注在自己的工作上，我 14 岁就开始工作干活了。”(以上为美联社报道的内容,《亚利桑那记录报》提供了与美联社不同的另一个版本,《亚利桑那记录报》的版本应该是对高尔尼的原话进行了语言学和新闻话语的修饰:“我是一个善良勤恳的印第安人，我做梦也没想到有一天我会以一个罪犯的身份站在世人面前，要知道我 14 岁就开始工作了，从那时起我所有的重心都投入在工作上。”)高尔尼之后还解释自己的英文水平之所以不好，是因为还在读书时他是个体弱多病的少年，“大部分时间都在医院中度过”。

在法官最终宣判之前，高尔尼一直没有回到位置上就座，等待他的即将是终身监禁的刑罚——他将在联邦监狱中度过余生。虽然宣判时没有指明高尔尼的服刑地点，但依照惯例他将被送往华盛顿海岸沿岸的麦克尼尔岛监狱服刑。①

宣判程序完成后，高尔尼跟在警察局长乔治・默克的身后走出法院，他要先被押送回拘留室等待下一步的流程。在这短暂的时间里，法庭外等候着的妻子伊丽莎白将手中的婴孩递到他的怀中，两人依依惜别，直到默克要求伊丽莎白带着孩子

---

① 麦克尼尔岛在 1904 至 1976 年间是联邦监狱的所在地，这里远离大陆，难以抵达，只能通过乘船或直升飞机才能前往。大名鼎鼎的罪犯查尔斯・曼森、阿尔文・卡皮斯——巴克黑帮的领导人和米奇・柯罕都曾被关押在这里。很长一段时间里，北美印第安人若有犯下联邦罪行的，都会被送到麦克尼尔岛服刑。

往后退。高尔尼目光朝前，依旧面无表情地往拘留室的方向走去。当天下午，他将与另一位囚犯铐在一起，并被送往凤凰城的马里科帕县监狱，从那里中转前往麦克尼尔岛。美联社的报道称，高尔尼是面带微笑地启程前往凤凰城的，似乎“对陪审团最终否定执行死刑”这一判决十分满意。

在关于最终宣判的报道中，国家级的媒体在获取和解读信息的速度方面一直占优势。宣判当晚，美联社就发出报道称：“对于印第安阿帕奇人来说，但凡监禁年限超过三或四年，基本上就跟判了死刑没什么两样，联邦政府官员们对这一点恐怕是心知肚明，因为在之前的先例中，只有一位阿帕奇人在监狱中撑过了七年时间。阿帕奇人一旦失去自由，离开部族的笼罩和族人的陪伴，将无法存活下去。”[①] 美联社有勇气作出这样的聪明论断，恐怕是因为他们有“来自法院内部的渠道”。

随着高尔尼·西摩尔抵达凤凰城，在那里等候踏上前往麦克尼尔岛的漫长旅程，案件的公众热度也在逐渐降温，并最终

---

① 美联社的这个论断或许是出于误解——看上去好像有那么一丝可信性，但它的数据很可能是基于 19 世纪末期印第安阿帕奇被监禁者的高死亡率而推断出来的，尤其是在 1886 年阿帕奇部族首领杰罗尼莫被捕后，“阿帕奇战争”最终以阿帕奇人的惨败告终，大量阿帕奇人被捕入狱。杰罗尼莫作为“战争的阶下囚”被监禁了长达 20 年之久，20 世纪初期，数量可观的阿帕奇人所获刑期都很长。值得一说的是，1962 年高尔尼·西摩尔最终获释时还保持着良好的健康状态。从被捕关押的第一天起到最终释放，他被限制自由接近三十年，其中二十五年是在监狱里度过的（1952 年他被批准假释出狱，但之后又因为违反假释条例而再次被捕入狱，据称他被控诉性骚扰一名 10 岁女童，这让他又多服了 5 年刑期）。

沉寂下来。高尔尼在接受美联社采访时说，他感觉“守护神将他遗弃了，以仁慈的爱笼罩自由土地上的游牧印第安人、让每个阿帕奇人都得到安抚与庇护的那位神灵，如今却将他遗弃，让他跌落到白人的世界里任人宰割”。他还说他会“做一个良善的好人，祈祷‘守护神’为他指明重生的方向”。他声称，如果自己是个“白人”，在这场审判中一定“不至于落到如此境地”。这位记者说高尔尼“在监狱里与其他犯人非常疏远，当有人试图接近他，跟他谈天时，他会用蹩脚的英语回答。周一当晚，当陪审团裁决不执行死刑的消息传来，他那一贯漠然的脸上才终于掠过一丝难以察觉的微笑”。

# 第五部分

# 故事的最后

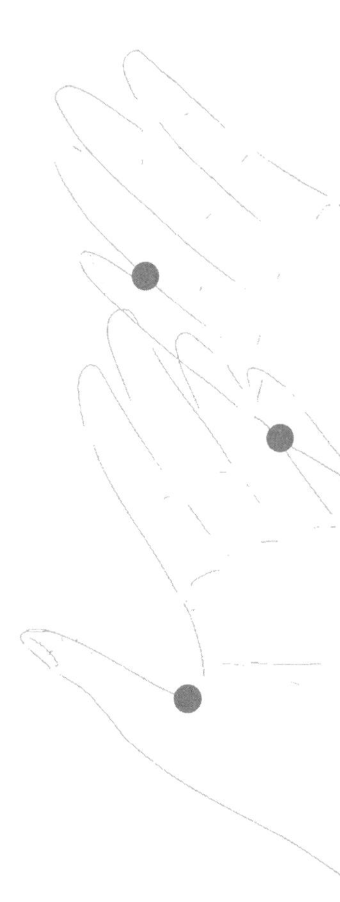

# 15 | 八十五年后再寻亨丽埃塔·施梅勒

1932 年 3 月底，高尔尼·西摩尔被送往华盛顿州的一所监狱开始服刑。至此，亨丽埃塔·施梅勒的生死戏剧故事和余波才戛然而止，但所有关于案件本身的回响与反思，不应该在那个春天就被终止。

不难解释当时为何会出现如此多错综复杂的故事版本。任何叙述都是公关策略的产物，任何个人、派别和组织的立场背后都是自身利益的反映——印第安保留地政府、联邦政府、人类学界，还有一群以写作为生的文字工作者们（包括以事实为依据的新闻从业者们和以故事性为依据的创意写作者们），可能是为了推脱责任，也可能是为了规避影响，还可能是为了让故事更有销路，他们都热衷于营造一个“引火烧身”的故事，暗示是亨丽埃塔自身的行为部分导致了这桩悲剧。在主流话语的叙事里，亨丽埃塔从来不止是一个受害者，而是一个天真无知、轻率大意、暗藏心机的少女。

我们是亨丽埃塔·施梅勒的亲属，我们的父亲山姆·施梅勒是亨丽埃塔的弟弟。亨丽埃塔遇害之后的七十多年间，山姆从未停止怀念他的姐姐。作为与亨丽埃塔有血缘羁绊的亲属，我们在看问题时当然也会有自己的利益倾向，我们眼中的亨丽埃塔认真执着、能力超群、做事一心一意，她同样也是单纯无邪的。我们当然无法保证我们所持有的就是全部的事实，或者我们对案件的重组就是绝对真相的还原，但我们竭尽心力还原一个相对客观的真相，弄清楚那些驱使人们这样说或那样做的逻辑所在。那些都是过去不可控之事，但至少在我们自己的叙事版本里，亨丽埃塔能说出她从未被准允说出的那部分故事。

## 政府官员们

保留地主管威廉·唐纳、印第安事务局专员罗兹、FBI 派来侦查的探员斯特里特、特别行动署署长科尔文，还有时任联邦调查局局长胡佛，他们是亨丽埃塔一案中被卷入程度最深的几位政府官员，不仅如此，他们对案情的关注程度最深，发表评论也是最为频繁的。

但在上述几位核心官员中，身份职位最纠结和矛盾的，当数保留地主管威廉·唐纳了，他是所有人中唯一与亨丽埃塔有过直接接触的官员。从亨丽埃塔抵达到定居保留地的这段时间里，唐纳虽然只能无奈地接受，但还是多留了个心眼。亨丽埃塔遇害后，唐纳作为最直接的责任人和各方冲突的核心，他的所言所行成了故事的关键所在。

关于亨丽埃塔抵达保留地后的住宿问题，唐纳称自己曾告诉亨丽埃塔，“和印第安人一起住在那种帐篷中绝对不是一个可取的方案，更不是明智的做法”。他说亨丽埃塔对他的建议置若罔闻，或许是因为他害怕让人误会在他管辖之下的保留地是一个秩序散漫的放纵之地。他曾说：“报纸媒体发表的各种荒唐故事，为了新闻效果，甚至把阿帕奇人鼓吹成一群满怀敌意的人……这些虚假言论和不实报道给印第安人带来了无尽的烦忧与伤害，对此我深表歉意。”

当时，关于亨丽埃塔品行的负面评价广泛流传，这使唐纳的态度开始飞速转向，刚开始他还在说：“起初我并没有疑心这白人女孩有什么道德方面的问题，并且我从来不会私下谈论或谴责她的言行。”但之后就变成了：“年长的印第安人都劝诫她不要如此行事……与清醒的印第安人待在一起绝对没有什么危险，但要知道，印第安人的嗜好就是喝图拉皮酒和自家私酿的酒，所以混迹在一群喝到半醉的印第安人中一定是危险的行为。她却告诉我她什么都不怕，她在这里唯一害怕的就是响尾蛇。”

唐纳对亨丽埃塔的责难越来越变为家常便饭一般的存在，还时常夹杂着埋怨：“这些人（人类学田野工作者们，尤其是年轻女人）来到这里，总觉得印第安人是什么高尚人种，从来不做可耻之事，从来不犯错，觉得印第安人是一群饱受压迫的人，只要给予善意对待和适时引导，他们就会成为完美种族的代表。人类学田野工作者们认为，只要他们始终保持谨慎，即使和一群喝醉了的印第安人打交道也是绝对安全的，我也从来没遇到过一位女性像施梅勒小姐那样唐突地闯入保留地，却又如此疏忽大意的。”

亨丽埃塔风波之后的大半年里，唐纳感觉自己一直小心翼翼地走在钢丝线上，一方面要确保在自己管辖范围内的阿帕奇人不会受到过于严厉的责罚，尤其这一切都是因为一个白种女人惹出来的祸患；另一方面又要给外界释放这样一种讯息，即所有的犯罪行为（尤其是谋杀）都逃不过法律的制裁。他在庭审期间的所言所行证明了他这种不断在两个极端间游走权衡的想法。

1931 年 8 月，亨丽埃塔确认遇害后不久，前任州长海格曼作为“印第安事务谈判特别专员”前往阿帕奇参与调查，之后他所撰写的报告甚至已经完全不管不顾事实背后的复杂性了：“她的行为举止极其轻浮，直白一点说，在印第安人眼里她就是一个挑逗者的形象。可以看看在遇害之前那些发生在她住处里里外外的事情，那绝对不是凭空猜测——毫不忌讳地与印第安人彻夜舞蹈狂欢，和他们紧挨着同骑在一匹马上……这还只是发生在大家眼皮底下的事情，至于在她住的那个小木屋里，关起门来曾发生过什么就可想而知了……从保留地主理人唐纳的调查反馈记录看来，他对此也是认同的。这些可怕而肮脏的印第安人啊！当人们进入她的住处调查取证的时候，发现那里就是一个肮脏污秽的地方。她毫无预兆地闯入这片土地的时候，唐纳就直截了当地警示过她千万不要与印第安人太过亲近——但现在看来，唐纳的提醒可能还不够直截了当。”

高尔尼被捕之后，官方的叙事话语又有些不一样。一位名叫泰勒的代理特别探员在向 FBI 局长胡佛汇报情况时说：“受害人来到怀特里弗镇后，很快就与当地印第安人熟络起来，据说她刻意疏离那里的白人社群，从不与他们来往，这样的行为在当地激起了一些谣言，说她和印第安人之间关系龌龊，甚至有人说她的身份就是一个妓女。”

## 人类学家们

相关的几位人类学家作为亨丽埃塔的导师和帮助者（至少

他们传递给公众的认知是如此），也在奋力维护自身的利益，将责任归因到亨丽埃塔身上。事发后，这些原本高居学术殿堂顶端、受人景仰的人类学家马上陷入被动之中，媒体公众、执法部门和政府部门向他们抛去一个最关键，也最让他们头疼的问题："你们到底是如何给她指导的？"本尼迪克特和米德究竟给亨丽埃塔做过几次田野工作辅导成为人们关注的焦点，但这些辅导的内容和时间长度却很少被质疑。米德曾对博厄斯说："露丝和我花了几个小时给她指导和建议，她却没有听进去任何一条。"但我们从亨丽埃塔的记录中只明确找到一次指导记录。我们认为，以这两位人类学家的经验，加上他们身为导师的宽泛职责，理应给予一位年轻研究生更深入细致的指导。

其实，对于毫无经验的田野新手而言，当时人类学界盛行的做法就是让他们自由发挥。代表哥伦比亚大学出庭作证的露丝·安德希尔在她的回忆录《一位人类学家的到来》[①] 里引用了博厄斯在她出发去进行田野调查时对她说的原话："去看看那些人是如何生活的，回来跟我们说说。"米德本人则将这种意义更加提升了一层："美国人类学学科还在发展初期时，尊重和包容就是一以贯之的精神，那些有志于从事田野研究的人类学家们，

① Ruth Underhill, *An Anthropologist's Arrival*, Tucson, AZ: The University of Arizona Press, 2014. 露丝·安德希尔活到 101 岁高龄，于 1984 年去世。这本回忆录最终出版于 2014 年，书中的介绍是这样写的："本书由编者奇普·科尔韦尔－尚塔冯和斯蒂芬·纳什根据露丝·安德希尔未曾公开的档案整理编撰而成，包括她本人未完成的自传和生前所接受的采访资料，这些档案取自丹佛自然科学博物馆。"

绝对不会让性别、种族或年龄等因素成为交流的隔阂。”她将那个时期人类学家的工作形容为“戏剧性的文化救危”、“人类的多种生存方式和生存状态正在灭绝，是因为没有足够多的田野工作者费心去记录濒临消失的文化”（摘自玛格丽特·米德 1955 年在格拉迪斯·雷夏德的悼念仪式上的演讲）。

亨丽埃塔在保留地遇害一事给美国人类学界带来了空前的大地震，人类学田野工作——尤其是以印第安人为研究对象的田野工作——的合理性受到极大质疑。印第安事务局对印第安田野研究的准入原本还是睁一只眼闭一只眼的状态，亨丽埃塔遇害的消息传出还不到两周就发布了限制令，尤其针对女性研究者。1931 年 8 月 5 日，印第安事务局专员罗兹在一张便笺上写道：“我建议把下面这段话加到所有我们给田野工作者和考古学者颁发的准许证上——此准许证的持有人风险自担，若遭遇任何性质的意外事故，不得以任何方式要求内政部或任何政府机构和人员对此负责。”保留地主管唐纳的说法更直白：“从今往后，我将不会再允许像施梅勒小姐这样年龄的女性以从事民族志田野调查工作为由在此地开展工作。”

## 余波

不难理解为何那些当时在人类学界能力超群、赫赫有名的人类学家们，如此轻易地就相信了那些关于亨丽埃塔行为不端的评价，还或多或少地助长了这样的批评——说她无知，说她极度任性，亨丽埃塔的故事无可避免地将被之后的几代人不断重提和利用，这些偏见也会渐渐地被历史学者和作者们不加思考地全盘接收下来。一个典型的例子——凯伦·温德姆在她的论文“民族志小说”中就不加判断地接受了那些评价：“田野调查要求在枯燥的工作中保持严谨和缜密，做到非常细致地聆听，但很显然，施梅勒小姐有心冒险而无心研究。”文章里还说，本尼迪克特从一开始就反对她前往印第安地区进行研究，格拉迪斯·雷夏德提醒她不要接近印第安部落的男人，亨丽埃塔在哥伦比亚大学大学就读期间离经叛道的行为让她一点都不像个“正常”的女孩，还有她与阿帕奇男子发展亲密关系——经过我们的研究取证，这些说法都是毫无事实依据的传言。我们广泛查证后发现，亨丽埃塔从来就没与格拉迪斯·雷夏德谈论过与印第安之行相关的事情。在她所有的笔记和叙述里，从来没有出现过哪怕一丝一毫的证据显示她曾与印第安人有身体接触的亲密关系。温德姆女士一直公开标榜自己是女权主义者，却从来不曾对这样的评论进行过求证。①

## 小说化的叙事

我们可以把人类学家的言论立场总结为“学院版本”，但毕

① 2015 年末，当温德姆博士得到一些与当时这些叙述对立的信息之后，她表示不会对自己的论文进行修正：“我并没有看到什么实质性的材料足以让我对我的论述进行修改。”（Karen Louise Smith Wyndham, *Traffic in Books: Ethnographic Fictions of Zora Neale Hurstion, Salman Rushdie, Bruce Chatwin, Ruth Underhill*, CCLS, University of Arizona, Tucson, AZ. Doctoral disstertation, 2001, p. 315.）

竟在学院之外还有一片广阔的虚构文学世界。亨丽埃塔的故事情节早已被各路媒体添油加醋，改写得面目全非。亨丽埃塔的故事滋润了虚构写作这片沃土，迎合了无数追求刺激的猎奇欲望。那些为男性杂志供稿的写手们整日在“清纯女学生与蛮荒原始人”的人设与故事中纵欲狂欢。亨丽埃塔就这样被当成素材随意使用，有的说她是个精通算计、善于利用关系的机会主义者，反而把自己的生命也算计进去；有的说她愚蠢天真，一点都不像一个来自纽约大城市的知识分子，难怪被强奸。《商船杂志》、《真探》和《故事》等一些故事类杂志都将亨丽埃塔的事情当成封面故事来重点推荐，用漫画和照片的方式来填充细节、添油加醋，但无一例外都将亨丽埃塔的遭遇描写得极具挑逗性。几乎所有的故事叙述都表达了同一个基本观点——是亨丽埃塔自己给自己招来了杀身之祸。就连 FBI 调查和追凶的过程都被夸大成与某种神秘力量的博弈，杂志写手们任意使用“官方渠道”和“授权披露”的资料来写作，内容涉及谋杀、侦查和庭审的全过程。

结案十年之后，《真探》杂志发表题为“大学女生遇害奇闻”的文章（1942 年 5 月刊，49—51 页，73—75 页），里面再次叙述了亨丽埃塔遇害之前在保留地的活动、FBI 的侦查与追凶的种种细节、高尔尼落网和认罪的过程——这些统统都被夸张化了。文章的作者埃德蒙·凡·泰恩写道：“她的研究主题要求她出席印第安舞会，这真的不是什么好现象。”该文章开篇写亨丽埃塔乘坐火车前往亚利桑那州的霍尔布鲁克，她意气昂扬地宣布：“我才不怕那一点灰尘泥土，我的工作比起那些享乐的事情更重要。”还说随后对她的警告和提醒纷至沓来，这位涉世未深的女子就更应该清楚自己的身份，摆正自己的位置，接受这些忠告。在火车上，她身边那位知情人士曾苦口婆心地劝她：“我是为了你好，你一定会改变主意的，那可是最危险的地方。”正是因为亨丽埃塔不愿意接受这些衷心的劝告，悲剧无可避免地发生了。文章紧接着又写到 FBI 在惊动高尔尼之前是如何抽丝剥茧地探查真相的；凡·泰恩称，在调查初期，印第安人因受到高尔尼威胁的恐惧，不愿向 FBI 透露任何事情，白人们则置身事外——“印第安人闭口不谈，白人不明就里”。FBI 开展调查后，这句口号就变成了“印第安人闭口不谈，政府特工神通广大”。特工们有能力破解任何迷案，但悲剧发生的根源就是亨丽埃塔放纵无度的行为，不然这桩悲剧和之后的一切都不会发生。

十九年后，同样的故事背景又以另一种叙述方式出现了，凡·泰恩的叙事版本虽然是责难亨丽埃塔的天真无畏，但好歹没有特别将她描绘成行为不端的少女，但《故事》杂志（1961 年 4 月刊，20—23 页，97—100 页）的一篇文章道出了一种倾向：“那位年轻可爱的白人女孩说，如果性感对我的调查带来好处的话，为什么不将这种好处发挥出来呢？——就这样，她把自己引向了‘死亡之舞’。”

这篇题为“荒野阿帕奇人和好奇女学生迷案”的文章作者为韦斯特·彼得森，他所做的无非就是再给故事添油加醋：“如果她知道与一个血气方刚的印第安男子同骑一匹马是一种玩火自焚的行为，估计她就不会被杀了，要知道在阿帕奇传统里，如果一个女子像她一样两腿分叉地被阿帕奇勇士环抱着骑在马上，就是在向世人传递一种信息——她想嫁给这个男子。”在彼得森的笔下，亨丽埃塔还说过这样的话：“一起喝几杯酒，印第安人可能就更愿意多向我透露一些部落的秘密。不要担心，纽约满大街都是醉汉，我见得太多了，我知道怎么保护自己。”她越是拒绝那些“忠告”，就越把自己推向万劫不复。

2006年，哥伦比亚大学里突然出现了一篇回顾此案的文章。一位名为珍·斯皮拉的作者在学校刊物上发表了一篇题为“葬身印第安大地”的文章，文中这样形容亨丽埃塔：“不论在外形气质还是内在学识方面，她都像‘摩登米莉’的翻版。她那时髦优雅、精心修剪过的波波头，那丰厚饱满的双唇和高耸的鹰钩鼻，展现着一种严肃的时尚气质，她是人们普遍认为的激进思想者的类型。”斯皮拉笔下的亨丽埃塔是一个无畏的女学生形象，“毫不留恋地离开校园这样的安乐窝，对闯进荒野乡村世界无所畏惧”。这篇文章里还提到，“施梅勒喜欢边做研究边喝酒、跳舞或骑马，她走到哪里都随身携带一瓶加糖威士忌，酒瓶就这样塞到大腿口袋里。据当地几个常喝图拉皮酒（一种土著人的私酿酒）的阿帕奇人说，亨丽埃塔看起来就是那种主动找麻烦的人。”斯皮拉笔下的亨丽埃塔的形象，光是放在人类学学者身上都是格格不入的，更别说放在一个男性主导的世

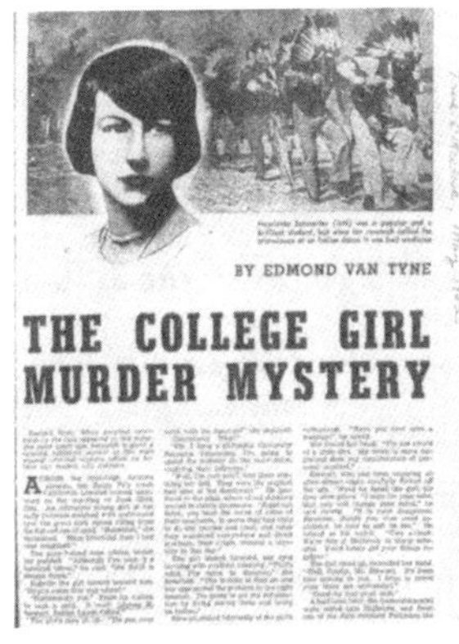
BY EDMOND VAN TYNE

THE COLLEGE GIRL MURDER MYSTERY

多年来，一系列以庸俗取乐为目的的杂志以亨丽埃塔的死亡为题材、添油加醋地融入各种情节和想象，产出了一批故作耸人听闻的文章。上图左为 1942 年埃德蒙·凡·泰恩在《真探》杂志的文章，右图是 1946 年 9 月 26 日爱德华·雷丁在《星期日镜报》上发表的故事，这些文章又将峡谷日舞会的情境构想成一个新版本；直到 1961 年，都还有韦斯特·彼得森发表在《故事》杂志上的文章《荒野阿帕奇人和好奇女学生迷案》。多年来，亨丽埃塔案件就是这样被作为故事题材被反复利用和消费。

The Case of the APACHE and the Curious COED

watched the Dance of Death

界了。[1]

2013 年，梅达・提尔琴出版了一部小说，书名叫《消失在圣达菲的女人》[2]。关于写作的题材，提尔琴称自己“不但记录女同性恋历史，还要丰富它们”。她以亨丽埃塔的故事为蓝本，讲述了一个发生在保留地的人类学家与印第安人的虐恋故事。其中，女主角是一个来自纽约的年轻犹太女性，在哥伦比亚大学人类学系就读，师从本尼迪克特，然而故事发生的时间地点从 1931 年的亚利桑那州阿帕奇保留地改成了 20 世纪 20 年代末的纳瓦霍印第安保留地，中途还特意将人类学家玛丽・卡伯特・惠尔赖特在新墨西哥州的牧场和奢华的房产作为小说中故事发生地。玛丽・卡伯特・惠尔赖特是富有但却很古怪的波士顿人，不远千里来到新墨西哥州记录研究印第安人的习俗和仪式。在小说里，高尔尼・西摩尔的原型只以一种极不讨喜的方式一闪而过，真正的凶手被安排为一个名叫萨克的白人男子——一个总能在恰当的时间和地点以救星的方式出现的人物，剧情中他与来自哥伦比亚大学的女学生雷相识了。作者提尔琴从来不相信高尔尼是杀害亨丽埃塔的凶手，但她也特意不将亨丽埃塔为原型的那个角色“雷”写成引火烧身的女子，她认为

---

① 2006 年 12 月，我采访了斯皮拉，她说她非常高兴有人能告诉她亨丽埃塔故事的真相。她坦言自己最初是从那些“低俗杂志”里收集材料的，当时她也并不完全相信她所写的故事，也只考虑到故事的戏剧性。在我向她展示我们的工作成果之后，她甚至说：“我认为你们可以将我的文章当作一个反例，让人们看看亨丽埃塔的故事是怎样被扭曲和玷污的。”

② Maida Tilchen, *She's Gone Santa Fe*, Salem, New York: Savy Press, 2013.

亨丽埃塔的行为与自己被害并没有直接联系。[①]

2014 年，纽约格罗夫出版社出版了莉莉·金的小说《欢愉》[②]，这本书是以人类学家玛格丽特·米德与她的两任丈夫——雷奥·福琼和格雷戈里·贝特森——在新几内亚岛期间的故事为蓝本写作的。莉莉·金笔下的米德非常清楚人类学工作的危险性，但还是义无反顾地投身到这项事业当中。在这本书里，亨丽埃塔再次被当作例子用来指出人类学家在田野工作中的潜在风险，也用来衬托玛格丽特·米德的勇敢无畏，是女性人类学家的楷模。小说主人公尼尔（以米德为原型的人物角色）正在向贝特森描绘自己在当地几个部落里的冒险经历，贝特森开

---

① 2015 年年末我们与提尔琴有过通信，她本人在寄给我们的信中清楚指明，她的小说情节与事件的真实情况是一定是有差异的："请知悉我所写的是一部虚构的小说，亨丽埃塔·施梅勒的故事只是我的小说的一个宽泛背景。我已经尽我所能进行调查和搜证工作，但书中的角色"雷"与亨丽埃塔的联系还是比较少的。"提尔琴详细阐述了她设计的一个关键情节："关于亨丽埃塔是否得到允许前往印第安保留区这个问题，一直都没有定论，但如果我在情节设计上写成她是被允许前往的话，我后面的故事情节在设计上就很难顺势发展下去。"

这一点早已在该书的"作者前言"里说得很清楚了："鉴于我对亨丽埃塔这个人和事件的了解少之又少，不管是她在哥伦比亚大学就读的短暂岁月还是在印第安保留地的活动，我所掌握的材料都非常欠缺，所以我不得不采用杜撰的方法。我把故事主人公的名字用'雷'代替，就是为了给我的小说写作更大的发挥空间。我笔下的雷·施梅勒是一位女同性恋者，但没有明显的资料显示亨丽埃塔·施梅勒也是女同性恋者……我也相信高尔尼并不是真正的凶手，他只是美国司法体系长期种族歧视的一个牺牲品，但我也无法推断到底谁杀害了亨丽埃塔。"

② Lily King , *Euphoria*, New York: Grove Press, 2014.

始担忧尼尔的安全，于是便有了下面这段对话：

“那里没什么危险。”

“你肯定听说过亨丽埃塔·施梅勒，看看她的下场就知道了。”

“她被杀害了。”我故意隐晦地说。

“我听说的可不止是这样。”

## 如何看待亨丽埃塔·施梅勒

几十年来，亨丽埃塔·施梅勒的故事被各种不同的人，以各种不同的目的一遍又一遍地利用与重述，这就留给世人一个值得思考的问题：我们到底该如何看待她本人、她的死亡，以及之后发生的一切？历史如何评价亨丽埃塔·施梅勒其人？

她的遭遇最直接地被当成人类学和其他社会科学学者在土著人社区从事田野研究的安全警醒，许多安全守则的内容都以她的遭遇为案例呈现，语气里满是惋惜：“切忌大意，切忌轻信他人”；“对研究对象进行深入了解，掌握研究对象的语言”；“保持结伴状态，切忌独自活动”；“对他人的善意保持警醒”；“与异性交往时保持警惕”；“做好行动前的充分准备”。

还有更直接而露骨的说法——“切忌利用性别优势获取信息”；“调查研究过程中不要饮酒，更不要在研究对象的社区中欢宴畅饮”；“在文明程度不高的社区里，不要公然地控制或摆布当地居民”；“对异性保持高度警惕”。这些危险警示的最后总是不出所料地用“做好行动前的充分准备”这条劝诫来总结全篇，同时强调田野工作者要注意察觉自己在社区中采取的某些文化观念与行为方式。

在我们对亨丽埃塔的故事展开了解的初期，悲痛和愤怒充斥着我们的情绪，亨丽埃塔无法开口为自己辩解。人们不加思考地曲解、利用和消费她，然而这些人本应该对事实进行查证才对。他们合力塑造出一个愚蠢的机会主义者形象：疏忽迟钝却又有很强的控制欲。虽然我们深知亨丽埃塔并不一定像我们所设想的那样时刻保持谨慎——她不是圣人，亦不是完人，但直到我们的调查研究进入尾声阶段，这种悲愤感却只增不减。

关于亨丽埃塔在保留地期间到底发生了什么，真相将永远不得而知。她如何与白人打交道？难道真的如当时保留地的白人所说，她固执地拒绝接受所有的善意忠告吗？她与印第安人真的有不正当的男女关系吗？接受过她访问的印第安人曾对信息的保密性表达过担忧吗？还有那个处于舆论焦点和中心的问题——1931 年 7 月 18 日那天，她与高尔尼之间到底发生了什么？

我们也有停下脚步思考的时刻。一方面，我们看到亨丽埃塔那令人敬佩的勇气和胆识——她决定独自前往这样一个完全陌生的环境中度过夏天，更别提独自撑过那些黑暗阴郁的日子。即使她知道自己在那里是格格不入的存在，也知道或许那些印第安舞会并不欢迎她，但她仍然努力融入印第安人的文化之中。那些丰富充实的田野笔记里展现了她固有的学术追求：深刻、专注和正直，我们忍不住将这些材料读了又读。笔记中也有一些材料显示她在访问印第安青少年时，有时会向他们询问一些敏感话题。

但即便如此，我们仍被亨丽埃塔的田野工作能力和决心所打动。志存高远的宏愿与人类生命的脆弱性缠绕在一起，她的英年早逝令我们扼腕痛惜。她原本怀揣着梦想与目标来到印第安的土地上准备开启人类学的试验，她的生命价值正要在这里大放异彩，这价值却突然被暴力残忍打碎，她的生命戛然而止。之后，不管是学术界还是媒体，甚至在法庭审理过程中的那些言论对她的诋毁和羞辱更让我们看到人性的丑陋，人们为了维护自身的利益和名声，不惜编织谎言，这一切看起来是多么的荒诞。

经过多年的分析和研究工作，我们非常确信地说，亨丽埃塔**并没有**做出人们污蔑她的那些事情，她并没有任性地罔顾所有从导师给予的建议。虽说那是一个边界不断被挑战和拓宽的年代，那个年代鼓励学生掌握自己的命运，但亨丽埃塔非常清楚分寸所在，她尽力去寻找可以陪伴她调查和居住的印第安女性，也尝试过住在保留地中比较安全的区域，独居在偏远的小木屋并不是她最开始的计划。她一开始也曾费尽心思去找印第安女性作为访谈对象，却无奈发现大部分的女性都对她避而远之，只有男性愿意接受她的采访。

从来没有人告诉过她绝对不要接近印第安男性，也从来没有人明确警示过她性话题是谈论的禁忌。根据我们所掌握的材料（我们还参照了玛格丽特·米德在萨摩亚从事田野研究期间的行为作为重要的参考范例），关于人类社会行为的形形色色的信息，包括求偶与亲属关系模式、性关系与性行为，以及各种年龄段的仪式——每一个范畴对研究人类社会的整体来说都是不可或缺的部分，都有同等重要的价值。亨丽埃塔从来都没有利用自己的性别或酒精当作获取信息的诱饵，更何况她还在世时从来没有酗酒的习惯，更不曾以性获取便利。相反，以亨丽埃塔的性格，一定会对这种操纵别人的方式嗤之以鼻。对此我们坚信不疑。

作为研究伙伴的我们也会产生分歧，我们争论的焦点是，亨丽埃塔的行为是否确实超越了安全合理的边界（或许可以用舆论中常说的“有勇无谋”来形容），她对外散发的善意与无所顾忌是否真的是一种危险的无知。当然，作为后来人总是可以很轻易下结论，但当我们把自己投回那个年代去想象，那时的美国人类学正处于开枝散叶的阶段，正以无法预料的趋势扩张自身的影响力，人类学者和田野工作者们都处于这种充满变动和不确定性的学科扩张的版图中，亨丽埃塔也不例外。在田野方式的选择上，她一定有她自主的意愿，而对于她的一系列决定否真的超出了当时主流所预期的行为方式，我们深表怀疑。

我们非常同意当代历史学家希拉里·拉普斯利在传记作品《玛格丽特·米德与露丝·本尼迪克特：女性亲密》中的一段总结：“露丝与玛格丽特主张，任何冒犯他人文化准则的行为都应该承担应有的代价，但之后看来，她们对于女性遭受男性暴力的遭遇却没有那么义愤填膺，这前后矛盾让人诧异。亨丽埃塔·施梅勒已无法为自己辩解，除了被告人之外也没有任何可信的目击者知道事实真相。在阿帕奇人看来，发生性行为后拒绝对方，却被对方杀害，这似乎并不是什么新鲜事，但米德与本尼迪克特对于自己学生被害一事表现出的冷漠和麻木实在不应该是人类学家做出来的事，或许这也侧面反映出女性人类学者的困境——因为性别，她们身为田野工作者的正当性常常受到威胁。”①

我们将永远铭记亨丽埃塔·施梅勒，但不是因为她“单纯无知”或“冒失莽撞”，她对情况的知悉远比世人想象的要深入得多，特别是在保留地居住的后期，她愈加清楚每前进一步的代价和潜在的危险，但她选择排除万难，坚持投入研究工作，即使大部分时候她的努力常遭到当地人的漠视和排挤。她全力投身于研究计划的实践中，在三周半的时间里巨细无遗地收集了大量家庭与亲属关系的资料，对每一种文化现象都以一个研究者的态度去对待。从她的田野笔记内容来看，亨丽埃塔完成了一些非常好的工作。然而，1931 年 7 月 18 日这一天，命运却让她在错误的时间，踏上了错误的道路。

① Hilary Lapsley, *Margaret Mead and Ruth Benedict: Kinship of Women*, Amherst, MA: University of Massachusetts Press, 2001, 207.

# 后　记

本书的策划和制作的时间跨度接近三十年，这过程本身就会带来一系列问题，其中最核心的问题是：何时才算作结束？如何结束？亨丽埃塔的故事发生的核心年份是 1931 年，而我们是在 20 世纪 90 年代初期——项目启动的最初五年里——完成了基本的研究工作。故事的主角亨丽埃塔·施梅勒于 1931 年逝世，而杀害她的凶手高尔尼·西摩尔被判处无期徒刑之后，紧接着就被押送到联邦监狱开始服刑。

写作这本书的时间比我们预期的要长。写作期间，我们获得了大量高尔尼的保释文件，这些文件展示了高尔尼曲折离奇的服刑生活，还有关于 FBI 推进案情过程中引人入胜的内幕故事，以及时任 FBI 局长埃德加·胡佛如何将这个案子推向媒体关注与公共舆论的风口浪尖。多年以来，人类学田野工作的方式一直在发展演变，亨丽埃塔的遭遇被用作许多虚构的故事小说的原型，影响了一代又一代的人类学家。科技时代互联网的出现使得亨丽埃塔的故事成为永无止境的螺旋，后人不断在为这个故事补遗，不断赋予它全新的意义。

即便如此，我们还是认为有必要将这个故事出版出来，总要让这些努力有个阶段性的总结与呈现。与书同步出现的还有被我们称为“技术创新”的网站——henriettaschmerler.com，我们在网站上发布那些无法被归纳进时间顺序叙事中的信息，为关心亨丽埃塔的读者提供一个获取额外细节和传播观点的平台，同时也是为了给公众一个开放空间去续写亨丽埃塔的故事，发展全新的认知和视角。如果网站发挥的作用和效果真的能如我们所期待的那样的话，对立的观点也会被收录和呈现，本书则是作为网站内容的增补和延伸。

本书最后一章，“八十五年后再寻亨丽埃塔·施梅勒”，其写作本意是想对亨丽埃塔短暂却传奇的一生做一个汇总，阐明这么多年来我们作为研究者如何看待她与她的生命故事。后来这一章的内容变成了回顾当年各个利益方——政府部门、人类学家们、新闻媒体、历史学家和小说作者们分别是如何看待、阐述和理解亨丽埃塔遇害一案的。出于结构安排和篇幅的考量，我们有选择性地简化了部分内容。以玛格丽特·米德的部分为例，我们一直将米德视作一位公众人物，假定她是亨丽埃塔在人类学事业上的楷模，所以我们会引用她的言论当作她给予亨丽埃塔的指导。但我们同时又需要深入去了解米德的人生进程与生命故事，了解她的观念和她的脆弱之处，尽量避免因为名声而导致她的行为被夸大或弱化。对其他几位人类学家、历史学家、小说作者来说也是一样，正如FBI的胡佛局长对于亨丽埃塔一案的参与度也远比书中呈现的要深入得多。这些附加资料都可以在网站上找到。

# 附录一　亨丽埃塔田野笔记节选

亨丽埃塔·施梅勒在怀特山阿帕奇保留地一共待了三周半，这期间，她边调查边记录，留下了大量田野笔记。这些笔记被我们选摘到书的正文中，作为证据呈现，证实她是怀揣着极大的热情与真诚从事人类学田野工作的，这些笔记也给我们提供了一个看问题的全新视角，我们能够借此窥探到亨丽埃塔在工作方法和动机上被不同人误解的现实。

留存下来的田野资料一共三十页，全部用打字机打出来了（我们假定当时有人要求将这些手写的田野笔记全部用打字机抄录存档，只不过这些材料从来没有被用在庭审中）。大部分的笔记内容是关于阿帕奇受访者生活情况和宗教信仰的相关记录，还有各类部落舞蹈仪式的记录，我们选摘一部分呈现如下，完整的田野资料可在网站 henriettaschmerler.com 查阅。

下面这段记录于 7 月 6 日的田野笔记以“珠宝”为题，内容是基于亨丽埃塔在保留地对阿帕奇人的综合观察（没有提到信息提供者的名字）：

这里，从儿童到老人都穿戴珠宝饰品[①]，每个小女孩都戴珠串的手镯和项链，有些妇女会戴耳环，但我看到的并不多，男人会在腰带、戒指和帽子上佩戴大量的银饰，甚至在一种悬挂胸前的项链上也有，这种项链看起来有点像巫术道具。大部分年长男人会在大衣纽扣孔眼那里缝上珠子，有的是绿松石做的，也有其他材质。女人的珠串项链戴得比较靠近脖子，这样自然垂在胸前（附手绘图）。这些项链大约有几英寸宽，通常搭配裙子穿戴，裙子的设计非常漂亮。她们也戴长项链，先用线串起各种颜色的珠子，再将这些珠串连接起来。盛装打扮的印第安女人会在头上插一把彩梳，戴一条宽项链，旁边用各种单独的珠串装点。

7 月 16 日和 17 日，有几段关于她的信息报道人之一，玛丽·维莱克斯的笔记：

关于继承的习俗——老人过世后，由他的子女继承其财产。每个子女都会分到一部分，长子得到的最多。家庭中只要父亲健在的，父亲对所有财产拥有使用权，但不能随意处置或分发财产。如果遗产足够丰厚的话，死者的兄弟姐妹也会偶尔拿到其中的一小笔钱，不过这当然首先取决于死者子女的意愿。所有的亲戚都会聚在一起，以友好平静的方式商讨财产的处置方

① 编者注：此处“珠宝饰品”在原书中为“sp.e[?]”，应是田野笔记档案中原文如此。为使句子通顺，在此联系语境对这一含义不明处进行了补充。

式。至于死者的兄弟姐妹是否能分得一杯羹，就要看他们的口才和辩驳能力了。我得知的情况大多是姐妹得到的会比兄弟多一些。死者的妻子不参与遗产分配，但因为她可能会改嫁到死者的兄弟家中，所以那位兄弟可能会让她参与分配。这应该是一种部落习惯法。

她（玛丽·维莱克斯）的儿子现在2岁了，还没断奶。这里大部分的母亲都是在孩子快3岁时才让他们断奶，她们使孩子断奶的方式是将辣椒水涂在自己乳房上，这种方法似乎很奏效。

我的印第安裙子用这些材料制成：

13码长的蓝色棉布，7码长的橙色棉布，2码长的红色棉布，1码半的白色棉布，6轴白线。

未婚女性与已婚女性的服装没有明显的差别，早晨她们会穿深色的长裙，再拿一件衣服随意往肩上一搭（就像披风一样）。

丈夫去世后，妻子服丧期为2至4年，在这期间她必须保持独身，不能与任何男性保持亲密关系，如果她违背戒律，她丈夫的灵魂会回来杀了她。这段时间内，寡妇必须保持身体清洁。服丧期结束后，如果亡夫的兄弟愿意的话可以娶这位寡妇为妻，如果兄弟不愿娶她，就有权指定她嫁予何人。从现实情况来看，亡夫的兄弟通常都已经结婚，所以寡妇的下场大多是被移交给别的男子。如果是妻子去世了，男方必须禁欲一段时间，不论当时他有几位妻子。

6月26日，亨丽埃塔参与见证了一位名为贝茜·霍思比的15岁少女的青春期仪式，将现场所见记录下来，以下是这份记录的节选：

女孩们穿着炫目的红橙相间的印第安裙子，长发垂在身后，头上插着一片动物羽毛，还挂着海贝壳，从头顶一直悬挂到额头的位置。

参加仪式的女孩手持一个形状弯曲的饰品，上面插着三支鹰羽，和她们头上的那支一模一样，还系着两个铃铛。她们被两位成年女性一左一右地环绕，与她们一起围绕火堆起舞，火堆东侧坐着一个巫师和一群唱歌的男子。当念诵咒语的声音伴随鼓声响起时大家就会跳舞，她们的舞步整齐而精准（重心在两脚之间切换，从一侧摇摆到另一侧）。在念诵咒语的过程中还时不时听到笑声。

亨丽埃塔笔记的第一页中有一段是6月25日对乔治·沃伦的访谈记录。乔治·沃伦后来曾被传唤上庭作证，亨丽埃塔曾被指控对乔治·沃伦做出“应该被谴责的”行为。田野笔记显示，亨丽埃塔最初只是向乔治·沃伦询问关于“Gan”的事情：

住在风里、空气里，甚至是大山深处的山洞里的超自然存在，它们各有代表自己的彩绘面具，这面具只能是由超强的巫医来赐予。很久之前人们普遍认为“Gan”具有超能力，可以知道凡人说了什么、想了什么，它们会来到凡人的住处拿出刀来惩罚或吓唬那些说它们坏话的人。

这一段是亨丽埃塔田野笔记中唯一关于乔治·沃伦的段落，但我们又找到其他两段有关印第安少年的访谈，具有批判态度的观察者或许会认为亨丽埃塔反复纠结在青少年性生活的问题上。其中一位名叫乔治·柯兰兹，亨丽埃塔在笔记中写道："他是一位16岁的学生，我在路上遇到他，当时他正准备去找他的女友。"

柯兰兹向亨丽埃塔讲述自己对抗父亲的经历（有时候是肢体冲突）、他与他女友的关系（以及其他两位柯兰兹"感兴趣"的女孩）、男孩的青春期仪式，以及他最害怕的鬼神。最值得注意的是：

我问他男孩的青春期仪式是否也是女孩那样的仪式，他说是的，但却非常抗拒就此多说一些，我反复向他保证绝对不会向任何人透露我们的谈话内容，他才勉强愿意继续对话，但也仅限于回答我所提出的问题。我问他女人们是否知道这些仪式，他说知道，但这些仪式对白人是严格保密的，之前我向其他几位男性询问仪式相关问题的时候，他们会立即说没有，然后迅速转移话题。

我们怀疑柯兰兹很有可能是乔治·沃伦的替名，因为亨丽埃塔田野笔记里关于这位柯兰兹少年的内容非常符合对乔治·沃伦的描述。

亨丽埃塔还访问过另一位少年阿帕奇人，关于这一部分的田野笔记是这样的：

我与 ________（原文空白）的对话。他是一个 18 岁的阿帕奇少年，因为他一开始极不情愿回答我的问题，还显得很恐惧，所以我向他保证绝对不会透露他的身份，之后他跟我说了一些青春期通过仪式的事情，但也一直是回答问题，从来不会主动谈论更多。据说，会有一个男人在男孩们的斋戒期间威胁他们，但凡有人向外人透露任何信息就杀了他，这就解释了为什么每个人都对此守口如瓶，每次与他们谈论起这个话题时他们会立马转移焦点。

上面这位年轻人给亨丽埃塔提供了关于青春期仪式非常详尽而深度的信息，还包括他在自己的青春期仪式上的所闻所见，以及“Gan”是如何成为他们精神世界的指引，除此之外，他还透露了别的信息：

他还告诉我，在印第安舞会里，年轻女孩会被逼着缔结婚姻，比如 7 月 4 日周六夜晚的那场舞会之后，周一就有一对新人结婚。我认为这样的婚约太过匆忙，也没有尊重男孩女孩双方的意愿，男方的家庭会付给女方一些钱，但这种婚姻不会幸福，男孩不会珍惜女孩，他喝醉了会吐在女孩身上，还会对她施以暴力。

亨丽埃塔提到，之后她与这个男孩一起走了一段路程：“我们一起朝怀特里弗的方向走了一段，然后走到山脚下一条全是岩石的狭窄小路，那是一条捷径，这条路可能只有阿帕奇人才知道。”我们认为，虽然这位少年的年龄被记录为 18 岁，但他很有可能就是乔治·沃伦本人，又或者是亨丽埃塔曾经访问过的大量阿帕奇青年其中的一位。

最后这一段笔记的日期是 7 月 10 日，采访对象是一位青年阿帕奇男子：

与查利的对话。他 26 岁了，但是还未婚，也没有特别想要结婚的意愿，因为他很享受这种未婚的生活，他说不结婚他就可以和很多女孩约会，结婚了就不行了，所以为什么要结婚呢。他给我透露了这里存在的神秘组织——男孩在青春期仪式之后都要加入这个巫术组织。**他说这话的时候好像喝醉了，不然也不会这么轻易和我透露这些**。这是我在阿帕奇寻找秘密会社的第一条线索，这实在非常难得，很多时候我必须不断地打听搜寻才有可能得到一些蛛丝马迹。

# 附录二　文件与照片选摘

以下是我们在调查研究过程中获得的一些档案文件资料，更多资料可前往网站 henriettaschmerler.com 查阅。

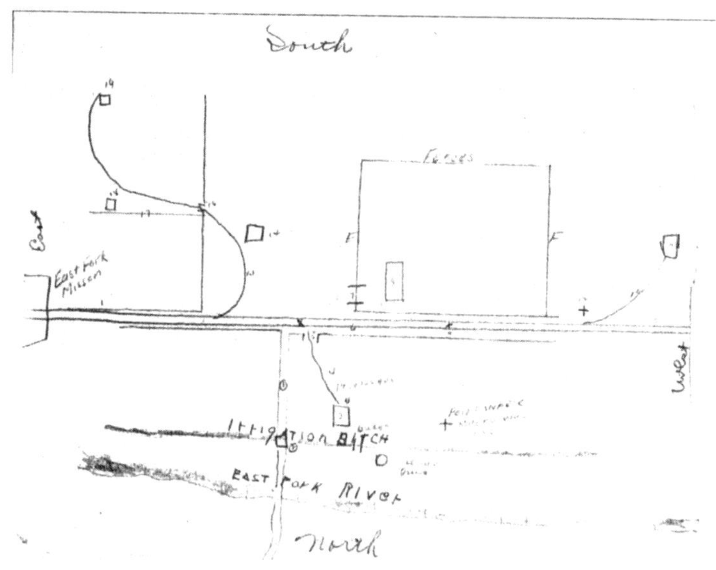


关于案发现场的图解手稿，曾被用在庭审过程中进行展示。有一条线指向画面中心的那个小方格是亨丽埃塔尸体被发现的地点。

# In the Justice Court

of Show Low Precinct, County of Navajo
STATE OF ARIZONA

In the Matter of the Inquisition into the Cause of Death of
Henrietta Schmerler
Deceased.

VERDICT OF CORONER'S JURY

STATE OF ARIZONA,
County of Navajo } ss.

We the undersigned, having been summoned and sworn by Willard Whipple coroner of Navajo County, State of Arizona, to act as jurors in the matter of the inquisition into the cause of the death of Henrietta Schmerler having viewed the remains and having heard and considered all the evidence presented, and being duly informed in the premises, upon our oaths do say that from the evidence before us we find the facts to be as follows:

That the name of the deceased was Henrietta Schmerler

She was of the age about 22 years at the time of death; that she came to her death in (or near) about one mile and a quarter South East of Fort Apache

County of Navajo State of Arizona, at about the hour of unknown on or about the 18th day of July 1931, from (cause of death) wounds inflicted on her head and body by some sharp instrument in the hands of some unknown person or persons

To all of which we certify by attaching our signature hereto, this 25 day of July 1931

Harbert Cooper

# In the Justice Court

of Show Low Precinct, County of Navajo
STATE OF ARIZONA

In the Matter of the Inquisition into the Cause of Death of
Henrietta Schmerler

VERDICT OF CORONER'S JURY

Earl E. Karr
E. E. Shipley
Eugene L. Manton
C. E. Montgomery
J. L. White
Willard Whipple Coroner.
District No. 5 Precinct.
Navajo County, Arizona.

亨丽埃塔的验尸官所写的验尸报告。

(On being further questioned subject stated that he had never talked to his father and mother about this matter, but he believed that they knew what he had done.)

Golney Seymour
Golney Seymour

Witnesses:

I certify that I read the statement to Golney Seymour in the Apache language and he state to me in the presence of others that it was true and correct. Thomas Dosela interpreter

高尔尼·西摩尔和见证人在供罪状上的亲笔签名。

PATRONS ARE REQUESTED TO FAVOR THE COMPANY BY CRITICISM AND SUGGESTION CONCERNING ITS SERVICE

12208

CLASS OF SERVICE

This is a full-rate Telegram or Cablegram unless its deferred character is indicated by a suitable sign above or preceding the address.

WESTERN UNION

NEWCOMB CARLTON, PRESIDENT　　J. C. WILLEVER, FIRST VICE-PRESIDENT

SIGNS

DL = Day Letter
NM = Night Message
NL = Night Letter
LCO = Deferred Cable
NLT = Cable Night Letter
WLT = Week-End Letter

The filing time as shown in the date line on full-rate telegrams and day letters, and the time of receipt at destination as shown on all messages, is STANDARD TIME.

Received at 708 14th St., N. W., Washington, D. C. ALWAYS OPEN　　1931 NOV 2 AM 6 10

AB72 1C5 NL GOVT COLLECT=ELPASO TEX 1

DIRECTOR BUREAU OF INVESTIGATION=
DEPARTMENT OF JUSTICE WASHINGTON DC=

RE MURDER OF HENRIETTA SCHMERLER ON WHITERIVER INDIAN RESERVATION ARIZONA AGENT J A STREET AFTER A MONTHS CONTINUOUS WORK HAS A FULL CONFESSION FROM AGE TWENTY ONE THAT HE RAPED AND MURDERED VICTIM ALSO HAS STATEMENT FROM ROBERT GATEWOOD APACHE INDIAN EYEWITNESS STOP NOW IN JAIL AT GLOBE ARIZONA AND GATEWOOD DETAINED IN JAIL AT WHITERIVER AS MATERIAL WITNESS STOP AGENT STREET SOLVED THIS CRIME BY PATIENCE AND PERSERVANCE UNDER MOST TRYING CIRCUMSTANCES AND I RECOMMEND HE BE COMMENDED THEREFOR STOP HE IS NOW AT OLD DOMINION HOTEL GLOBE ARIZONA STOP SUGGEST ADVISABILITY PUBLICITY ACCOUNT GENERAL INTEREST IN AFFAIR=

COLVIN.

发送给联邦调查局局长埃德加·胡佛的电报。报告的是案件已侦破和凶手认罪的消息。尽管高尔尼·西摩尔的名字早已出现在各种新闻媒体上，但凶手的名字还是被涂抹掉了。

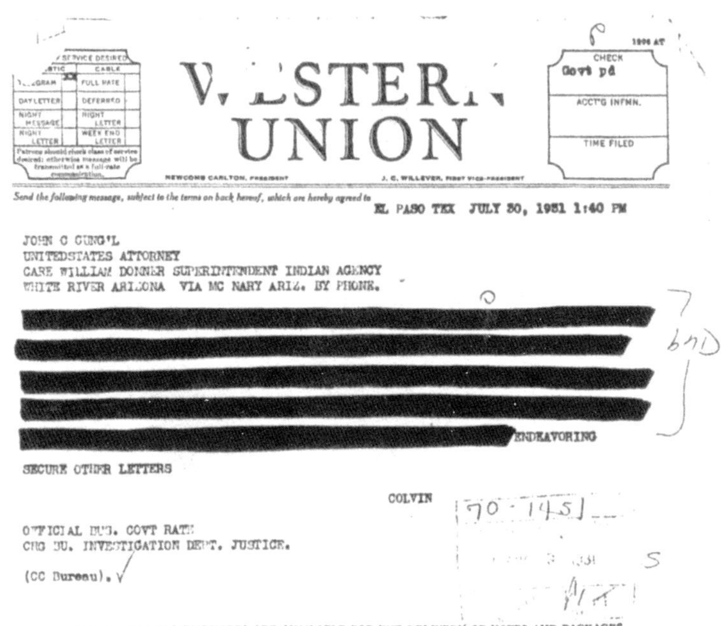
WESTERN UNION

NEWCOMB CARLTON, PRESIDENT J. C. WILLEVER, FIRST VICE-PRESIDENT

CHECK Govt pd

ACCT'G INFMN.

TIME FILED

Send the following message, subject to the terms on back hereof, which are hereby agreed to

EL PASO TEX JULY 30, 1951 1:40 PM

JOHN C GUNG'L
UNITEDSTATES ATTORNEY
CARE WILLIAM DONNER SUPERINTENDENT INDIAN AGENCY
WHITE RIVER ARIZONA VIA MC NARY ARIZ. BY PHONE.

[redacted] ENDEAVORING

SECURE OTHER LETTERS

COLVIN

OFFICIAL BUS. GOVT RATE
CHG BU. INVESTIGATION DEPT. JUSTICE.

(CC Bureau).

70-1451

WESTERN UNION MESSENGERS ARE AVAILABLE FOR THE DELIVERY OF NOTES AND PACKAGES

在 FBI 最初交给作者吉尔·施梅勒的文件中，有很多内容都是像这样被遮盖住了。后来，我们通过针对 FBI 发起信息自由法诉讼，才得以拿到未被遮盖信息的版本。

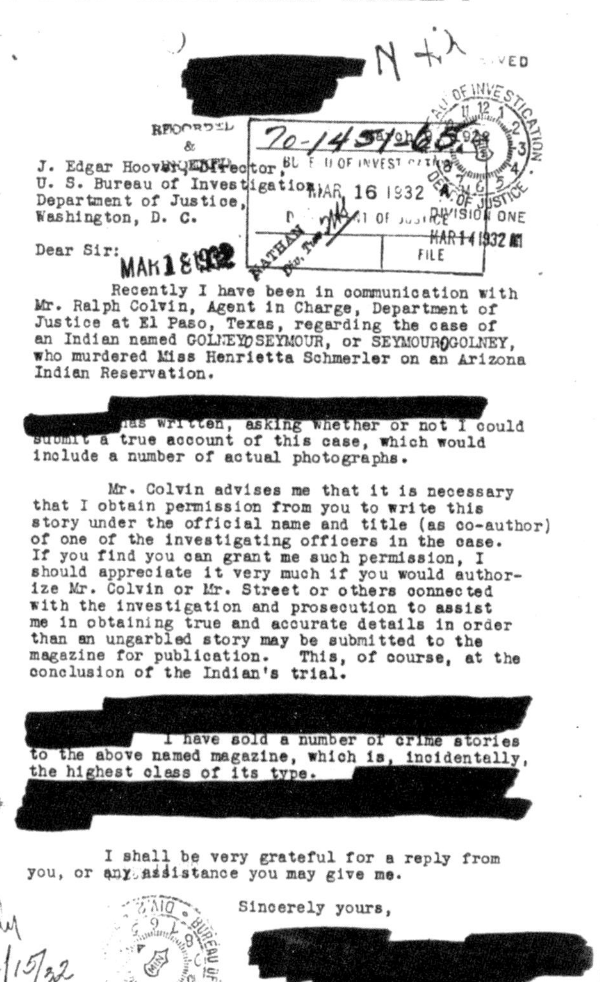

RECORDED & INDEXED

J. Edgar Hoover, Director,
U. S. Bureau of Investigation,
Department of Justice,
Washington, D. C.

Dear Sir:

Recently I have been in communication with Mr. Ralph Colvin, Agent in Charge, Department of Justice at El Paso, Texas, regarding the case of an Indian named GOLNEY SEYMOUR, or SEYMOUR GOLNEY, who murdered Miss Henrietta Schmerler on an Arizona Indian Reservation.

[redacted] has written, asking whether or not I could submit a true account of this case, which would include a number of actual photographs.

Mr. Colvin advises me that it is necessary that I obtain permission from you to write this story under the official name and title (as co-author) of one of the investigating officers in the case. If you find you can grant me such permission, I should appreciate it very much if you would authorize Mr. Colvin or Mr. Street or others connected with the investigation and prosecution to assist me in obtaining true and accurate details in order than an ungarbled story may be submitted to the magazine for publication. This, of course, at the conclusion of the Indian's trial.

[redacted] I have sold a number of crime stories to the above named magazine, which is, incidentally, the highest class of its type. [redacted]

I shall be very grateful for a reply from you, or any assistance you may give me.

Sincerely yours,

70-1451-65
MAR 16 1932
MAR 14 1932
DIVISION ONE
FILE
MAR 18 1932
Reply 3/15/32
Deletions b7C

这些呈交给胡佛局长的信函显示出当时 FBI 热衷于向外发布亨丽埃塔一案的案件信息，这样有助于宣传 FBI 在侦办此案过程中的核心作用

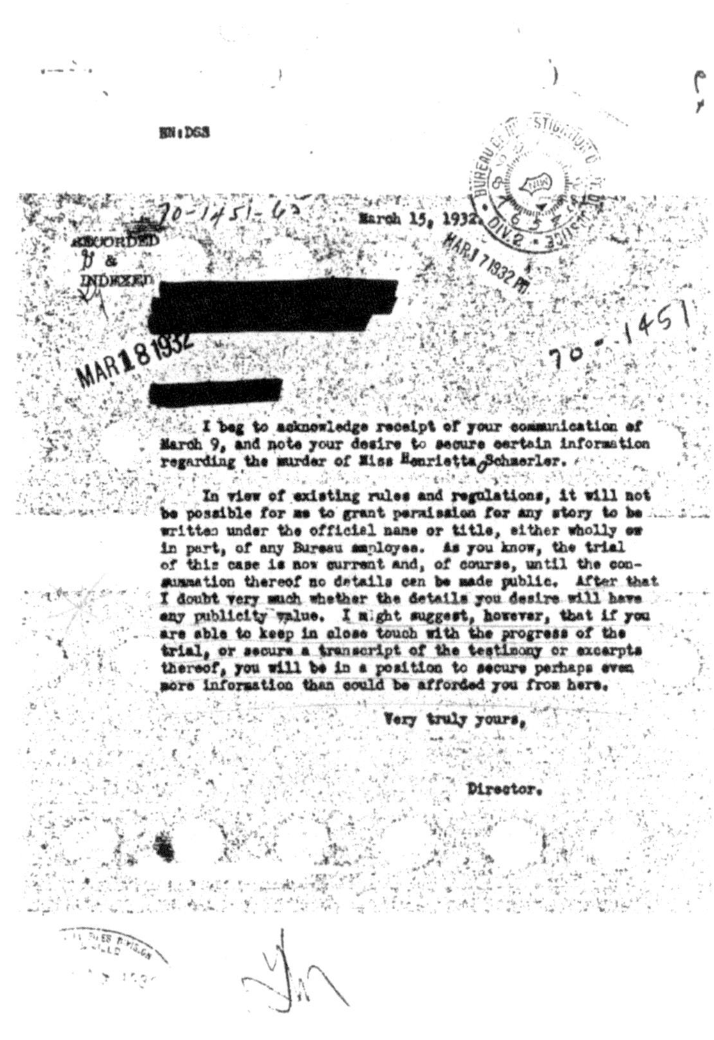

HN:DGS

70-1451-62

RECORDED & INDEXED

March 15, 1932.

MAR 17 1932 PM

MAR 18 1932

70-1451

I beg to acknowledge receipt of your communication of March 9, and note your desire to secure certain information regarding the murder of Miss Henrietta Schmerler.

In view of existing rules and regulations, it will not be possible for me to grant permission for any story to be written under the official name or title, either wholly or in part, of any Bureau employee. As you know, the trial of this case is now current and, of course, until the consummation thereof no details can be made public. After that I doubt very much whether the details you desire will have any publicity value. I might suggest, however, that if you are able to keep in close touch with the progress of the trial, or secure a transcript of the testimony or excerpts thereof, you will be in a position to secure perhaps even more information than could be afforded you from here.

Very truly yours,

Director.

和卓越的能力。这些信函充分佐证了那些哗众取宠的报章杂志在报道亨丽埃塔一案时，FBI 是他们最直接的资料来源。

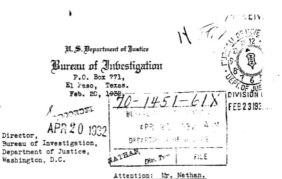

U. S. Department of Justice
Bureau of Investigation
P.O. Box 771,
El Paso, Texas.
Feb. 20, 1932.

70-1451-61X

RECORDED
APR 20 1932

Director,
Bureau of Investigation,
Department of Justice,
Washington, D.C.

Attention: Mr. Nathan.

Dear Sir:

In Re: Golney Seymour - Murderer,
E.P. File #70-180.

70-1451

Having reference to your letter of Feb. 3, 1932, relative to publicity in regard to the Henrietta Schmerler or Golney Seymour case, I am enclosing herewith a fifteen page story of the case which I have compiled from the files and from conversation with Agent Street, which contains in narrative form most of the facts, and a little other stuff, concerning the case. My literary ability and imagination are not sufficiently developed to have put out any better story, and I submit it "as is" for such censorship or embellishments as the Bureau may deem appropriate for publicity purposes.

I am also enclosing some pictures of the victim, the murderer, Agent Street, and the writer, in case the Bureau should desire to use any of them in a story which may be released. Some time ago I sent also to the Bureau postcard photograph of Agent Street, Tom Dosela, interpreter, and others who assisted in the investigation.

In accordance with the suggestions in your letter, I am again writing Miss Madeline Kelley Hannah advising her that she will have to secure her information from the Bureau.

At the present time this case is set up for trial on March 14, 1932, and it might be best to hold up the story until the trial is over, although I do not see that any particular harm could come from the release of the story at this time after it had been censored or edited by the Bureau. However, if we are successful in convicting Seymour, the story would be more complete if put out after the trial and sentence.

At the time I talked with Mr. Nathan about this story

COPIES DESTROYED
51 JUL 26 1966

70-1451-61X p.1

in Washington, I thought I could turn out something real good, but it seems that I have been dealing with facts for so long that the old imagination just won't work.

Yours very truly,

R.H. Colvin,
Special Agent in Charge.

RHC/wc
Encs.

FBI 驻埃尔帕索市的特别行动署署长 R. H. 科尔文呈交给上级的附信，他还附上了长达 15 页纸的关于亨丽埃塔一案的个人推测版本，说是“依据基本事实写作，同时也参考了一些‘其他信息’”。

伊芙琳 1987 年在怀特山阿帕奇保留地的留影，背后是印第安人的尖顶茅屋。

1987 年，伊芙琳与玛丽·维莱克斯（右）在她家车道上的合影。亨丽埃塔遇害那天身上穿着的那件印第安裙子就是她亲手缝制的。现在她是部落长老，也是阿帕奇部落委员会首位女性成员。

Reprinted from The Journal of American Folk-Lore,
Vol. 44. April-June, 1931. No. 172.

196 *Journal of American Folk-Lore.*

TRICKSTER MARRIES HIS DAUGHTER.[1]

BY HENRIETTA SCHMERLER.

The myth of the trickster who lusts after his daughter and by the feigning of death achieves his end is told by the North American Indians, with variations, over a large area, embracing the Central Woodlands, the Plains, the Great Basin, California, the Plateau and Puget Sound. The story has also been recorded among the White Mountain Apache and the Navajo, but in the latter it is known as a tale of the origin of the Utes, and as incest tales are exceedingly rare in the Southwest, we may consider these as sporadic occurrences in this region. It is unusual for a tale to have so continuous a distribution over the particular area covered by this myth, especially as analysis of its elements shows comparatively little variation in versions from widely separated tribes. The only surprising gap in the distribution occurs in the region occupied by the Kutenai, Coeur d'Alene and Nez Percé tribes, from whom no variants have been recorded, although the Shoshonean, Plateau and Plains peoples by whom they are surrounded and from whose cultures they have borrowed extensively possess very detailed versions. An excellent and representative version of the myth, recorded by R. H. Lowie among the Southern Ute, runs as follows:

Sunawavi had two daughters and a son. One day he was lying down in a little brush lodge. It was raining and the roof leaked so he asked his daughters to fix it. While they were doing this he caught sight of his elder daughter's genitalia, which were large, and began to lust for her. He thought of possessing both his daughters and considered how he might do so. He went out to hunt rabbits. He found an old rabbit bone, and stuck it up in front of his tipi. There was snow on the ground, and in cleaning it from his feet he purposely stepped on the bone. He cried out and his family came out. His wife pulled out the bone, but he pretended to be sick. He continued ailing for a long time, at last he said he was about to die. He told his family that after his death they should move far away to a big village. When they were there, some visitors were going to come from another part of the country. One was going to ride a gray horse, and he was the one his elder daughter should marry. There would be a lot of gambling there. This visitor would stand there. He would be good-looking, have his hair wrapped with otterskin and carry an otter-skin quiver. "He is a good fellow, and if my daughter marries him she will never starve." He pretended to get worse. "When I die, I want you to burn me up. Roll me up in blankets on a pile of wood and burn me.

[1] The tragic death of Miss Schmerler, during a field trip at Whiteriver, Arizona, occurred while this article was in press. Her death was a loss to anthropology, to which she had devoted her best efforts.

亨丽埃塔发表在《美国民俗学刊》上的故事文章——《与自己女儿结婚的骗子》。

作者（左）与埃德加·佩里的合影。佩里是我们在阿帕奇保留地的翻译，也是阿帕奇堡文化中心的负责人，他帮我们定位了亨丽埃塔当年居住的小屋的位置。